身代わり

西澤保彦

Nishizawa Yasuhiko
The Lost Partner

幻冬舎

身代わり

身代わり＊目次

装画　久保田眞由美
装幀　鈴木成一デザイン室

プロローグ

こんなやっかいなトラブルに巻き込まれるはめになったのも、もとはといえば操子《みさこ》のせいだ……盛《もり》田《た》清作《せいさく》はその瞬間、そう恨んだ。

＊

八月十七日、午後十一時四十五分。あと十五分で日付が変わる。

いつものように盛田は重い屈託をかかえ、暗い帰路についていた。

それまで歩いていた電車通りを離れ、ふたつめの路地を抜け、一方通行の道に入ると、自宅マンションのある洞口《ほらぐち》町だ。街灯の明かりの下、すぐに洞口児童公園が見えてくる。

昨年、ローンを組んで購入したばかりのマンション〈メイト・ホラグチ〉は、その児童公園と道路を挟んで斜め向かい。徒歩一分もかからない、眼と鼻のさきにある。

向かって左側にある〈メイト・ホラグチ〉の正面玄関に、しかし盛田の足は、すぐには向かわない。ここで右横に逸《そ》れ、児童公園の敷地内に入る。植え込みの傍らのベンチにしばし腰を下ろし、タバコに火を点ける。ゆっくり、ゆっくり紫煙をくゆらせ、心を落ち着ける。そして午前零時にあと数分、すなわちぎりぎり午前さまにならないタイミングで立ち上がり、自宅〈メイト・ホラグチ〉の三〇三号室へ滑り込む。

これが、このところすっかり定着している盛田の習慣だった。休日でない限り、いや、どうかすると休日でさえ、この儀式めいた手順を踏まないと自宅へ戻れない。

たとえ残業が早めに終わっても、どうにかこうにかして時間をつぶし、午前零時前に児童公園に着くよう調整する。台風とかでない限り、多少の悪天候下でもこの日課は揺るがない。ベンチには座らず、傘をさして突っ立ったまま、一服する。それほど徹底していた。

理由をひとことで言えば、軽度の——いや、もはや重度かもしれない——帰宅恐怖症だ。妻と顔を合わせたくない。

盛田と妻、操子は職場恋愛だった。一年ほどの交際を経て、結婚。操子は仕事を辞め、専業主婦になった。子宝にはまだ恵まれていない。この様子だと一生、恵まれないことになるかもしれないが。

結婚後、最初の二年ほどは市の郊外寄りの賃貸マンションで暮らした。新築の分譲マンション〈メイト・ホラグチ〉の広告を見つけてきたのは操子だ。なによりの魅力は、盛田の職場へ徒歩で通える立地だった。

人生の運気が上向いてきたように感じたのも束《つか》の間《ま》、マンション購入を境いに、操子にある変化が顕《あらわ》れた。なぜだか急に、夫の喫煙に対して不寛容になったのである。

たしかに結婚する際、できればタバコはやめて欲しいと頼まれたことがある。夫の健康や間接喫煙による自分への影響が心配という以前に、単に煙や臭《にお》いが苦手らしい。が、盛田には完全に禁煙できる自信がなかったので、正直に彼女にそう伝え、なるべく本数を減らす努力をする、という妥協案に落ち着いていた。

事実、最初の二年間、盛田がなるべくベランダへ出て喫《す》うとか気を遣う分には、操子もあまりうるさいことは言わなかった。それが新しいマンションへ引っ越した途端、これからは自宅ではベランダも含めて、いっさい喫煙しないでくれ、と一方的に告げてきたのである。

当初はあまり真剣に受け留めていなかった盛田だったが、妻が本気らしいと悟り、なんとも嫌な気分になった。ベランダならいいだろう、と譲歩を求めたが、けんもほろろ。

「せっかくの真新しい部屋なのに。ヤニ臭くなるのは絶対にイヤ」との一点張り。「どこで喫うかは関係ない。住人のうち、ひとりでも喫煙者がいたら、部屋を売るとき壁紙を全部、貼り替えなきゃいけなくなるのよ。そんなの常識でしょ？」

住み始めたばかりの新居なのにもう転売を考えているというだけでも興醒《きょうざ》めだが、なにより妻の態度があまりにも居丈高で、おとなげないものだから、さすがに頭にきて一度、大喧嘩《おおげんか》になった。その際、盛田はつい操子の頰桁《ほおげた》を張ってしまったのである。交際期間も含め、彼女に手を上げたのはそれが初めてだった。

操子は黙り込んだ。もちろん黙らせるためだったのだが、彼女の眼を見て、盛田は激しく後悔した。

取り返しのつかない失敗をしてしまった、と悟ったのである。

はたしてその日以来、夫がなにを言おうと、しようと、操子はいっさい口をきかなくなった。それが今年、一月のことだ。

無駄と知りつつ一応、謝ってみたが、彼女は無反応を貫く。しかも、決裂したからといって夫婦の寝室を別にしたり、家事をおろそかにしたりは絶対せず、あくまでも平常に振る舞いながら夫を完全無視できるのが操子の怖いところだった。夫がなだめようが、怒鳴ろうが、泣き落としにかかろうが、はたまた土下座しようが、決して氷のような無表情を崩さない。盛田家ではもう半年以上も、こんな冷戦が続いているのだ。

これはもう離婚するしかないんじゃないか……盛田はそんな絶望感に頻繁にかられるようになった。しかし、ことはそう簡単ではない。なによりもマンション購入の頭金を、操子の両親に立て替えてもらっているのがネックだ。

どうすればいいのか。ただひたすら時間をかけて雪解けを待つしかない、のか。悩みに悩んで、落ち着く結論はいつも同じ。

そのためには妻と顔を合わせる時間を、一分でも一秒でも、短くするしかない。でないと精神的に、とても保《も》たない。

こうして毎晩、わざわざ寄らなくてもいい場所で一服してから帰宅するという、涙なくしては語れない習慣ができてしまった。それはまぎれもなく操子のせいだ、盛田としてはどうしても、そう呪《のろ》わずにはいられないのである。

二重に忌まいましいことに、なんとこの夜、操子は留守だった。が、盛田がそれを知るのは、ずっと後になってからである。

学生時代の知人の結婚式に出席するため、夫が出勤した後、彼女は飛行機で上京し、この日の夜は披露宴の執り行われたホテルに泊まっていたという。友人たちとのんびり東京散策をして、帰ってきたのは翌日の最終便でだ。

そんな予定があるなんて操子は事前に、ひとことも教えてくれなかった。決して口をきかないという冷戦状態がずっと続いている状況下ではある意味、当然とも言えるが、翌朝、自宅の冷蔵庫にマグネットで貼ってあったメモで盛田がそうと知ったときには、すでに手遅れ。

ぎりぎりまで会社で時間をつぶし、そして児童公園に寄って一服する——この夜、盛田はそんなルーティンをこなす必要なんてまるでなかった。さっさと帰宅し、のびのび独り晩酌でもしていればよかったのである。

そんなこととは露知らず、八月十七日、午後十一時四十五分、盛田はいつものように洞口児童公園の敷地に入ろうとした。

ふと〈メイト・ホラグチ〉の建物を見やる。三〇三号室の窓は真っ暗だ。当然、操子はもう寝ているだろうが、いつもなら小さな常夜灯が点いているのに、めずらしいな。妻が留守かもしれないという発想など微塵《みじん》もなく、盛田がポケットのなかのライターを探ろうとした、そのとき。

なにかが聞こえた。

盛田は最初、それが人間の声とは思わなかった。ニワトリかなにかが首を絞められている、そんな感じの奇声だったのだ。

やがてそれが「やめて」とか「いや」とか、女性が発しているとおぼしき哀願だと察し、盛田の頭のなかは真っ白になった。

「やめてったら、やめっ……」

掠《かす》れた悲鳴が夜の闇を切り裂く。

ま、マジかよ、おい……いつも一服するベンチの傍らの植え込み。そのシルエットが、がざがざ、がざがざ不気味に揺れている。ときおり、ずんっ、ずしっ、と重い衝撃が地面を伝わってくる。

見なかったふりして、さっさと逃げろ……自己防衛本能がそう警告する。が、盛田はふらふら、植え込みに近寄った。この時点で妻の不在を知らない彼にとって針の筵《むしろ》のような自宅よりも、こちらのほうがまだまし、みたいなピント外れの無意識が働いていたのかもしれない。

そっと植え込みの背後を覗《のぞ》き込んでみる。予想通りの修羅場がそこで展開されていた。

必死で暴れ、抵抗する女性に、黒い影が馬乗りになっている。街灯の明かりだけではよく見分けられないが、どうやら若い男のようだ。

男はぜえぜえ荒い息を吐きながら、女性の四肢を地面に縫い付けている。彼女の口を塞《ふさ》ごうとしているのか、はたまた首を絞めようとしているのか、しきりに両腕で押さえ込もうとするが、その都度、振り払われて、うまくいかない。

「くそっ」と焦《じ》れたように罵《ののし》るや、男は右腕を振り上げた。街灯の明かりが稲妻のように反射して初めて、男が刃物を持っていることに盛田は気づいた。けっこう刃渡りのある、文化包丁のような凶器を振り回している。そうと知って、盛田は腰が抜けそうになった。ど。どうする、いや、どうするもなにも。た、たすけなきゃ、彼女を、たすけなきゃ、なんとかして、でないと殺されてしまうかもしれない、なんとかしなきゃ、なんとか。そう焦るものの、なかなか身体が動いてくれない。なんで。

なんでおれが、こんなややこしいトラブルに巻き込まれなきゃいけないんだ、こんな目に遭うのも、そうだ、操子だ、操子のせいだ、操子が全部悪いんだ、さっさと自宅に帰ってりゃこんな、こんなことにはならなかった。旦那がすんなり自宅に帰れるような雰囲気にしてくれてりゃこんな。こんなこんなこんな。

どのくらいのあいだ不条理感や屈辱、恐怖に立《た》ち竦《すく》んでいただろう。実際には数秒しか経過していなかったが、盛田の主観では数時間、いやそのまま永遠に続くかとも思われた。そのとき。

組み敷かれていた女性が、ふいに暴れるのをやめた。やっと抵抗を諦《あきら》めたか、と男のほうは油断したのだろう。その隙を衝くようにして、彼女は膝を蹴り上げた。

脇腹を直撃する。びくんと一瞬、空中に浮き上がらんばかりの勢いで跳ね上がった男の身体を、彼女は渾身《こんしん》の力を込め、押し返した。

どすんっ。男は盛大に、ひっくり返る。

意味不明の罵声を上げる男を尻目に、半ば這うようにして飛び起きた彼女は、そのまま腕を振り回しながら猛ダッシュ。あっという間に児童公園から走り去った。

よ、よかった。女性が自力で逃げられたことに盛田は心底安堵した。神に感謝したいような心地だった。よかった、ほんとによかった。それに、あれだけ走れるということは、さほど怪我もしていないだろうし……ん？

　やや落ち着いたせいで頭が回り出したのか、漆黒の闇に消えたばかりの彼女の後ろ姿の残像に見覚えがある、と盛田は思い当たった。

　後頭部で髪をまとめた彼女が着ていたのは、グレイっぽいトレーナーに、黒っぽいジャージズボン。植え込みの傍らの地面を見ると、これまた黒っぽい野球帽が落ちている。それを被《かぶ》ったところをイメージしてみると、記憶の断片がすっきりまとまる——あ、そうか、あの娘か、と。

　とはいうものの盛田は、彼女と面識があるわけではない。名前も知らないし「あの娘」と便宜的に呼んだものの、顔をじっくり眺めたこともないので、実際の年齢がどれくらいなのかも判《わか》らない。ただ、このひと月ほどだろうか、この周辺でジョギングしている姿を最近、たまに見かける。漠然とした容姿しか思い浮かべられないが、多分、同じ女性にまちがいないだろう。

　遭遇するのは盛田がベンチで一服する時間帯だから、当然夜中だ。改めて考えてみれば、女性が独りでジョギングするにはいささか不用心である。が、なにしろ閑静な住宅街のこと、物騒な事件なんか無縁と高を括《くく》っていたのだろう。実際、盛田自身この半年余り、この界隈《かいわい》で犯罪に遭遇するかもしれないなどとは夢にも思わなかったし、ジョギングしている彼女を見かけても特に、危ないな、とか心配したりもしなかった。

　こりゃおれも帰宅直前、こんな場所で一服してゆくなんて日課はそろそろやめておいたほうがいいかもしれんぞ。強盗、とまではいかずとも、酔漢や不審人物にからまれる、なんて事態は充分に起こり得る。そんなことをぼんやり盛田が考えていると……ずしんっ。

ふいに重量のあるものが落下する衝撃が、地面を伝わってきた。続けて「ぐっ」とかなんとか、くぐもった呻《うめ》き声。

なにごとかと振り返ると、女性に馬乗りになっていたあの男だ。さっきは仰向けにひっくり返っていたはずが、立ち上がろうとして転びでもしたのか、再び腹這いになっている。

苦しそうに四肢を痙攣させるや、やっとのことで首を持ち上げた。その鼻から、ずるり、とメガネが滑り落ちる。丸っこいフレームの銀縁が、きらっと光った。

意外に幼い顔だちが、街灯の明かりのなかに浮かび上がる。苦悶《くもん》に歪《ゆが》んでいた。

ど……どうしたんだ？

男が、しきりに自分の腹部と地面のあいだに手を差し入れようとしていることに盛田は気づいた。しかし、ひくひく痙攣するばかりで、なかなかうまくいかないようだ。その部分から。

水のようなものが、じわじわ溢れ出ている。あとからあとから赤黒く地面を覆ってゆく。

血？　まさか……男が出血していることに、やっと盛田は思い至った。転倒した拍子に、持っていた刃物を、自分の腹の下に敷き込んでしまったにちがいない。

まるで特大のバケツをひっくり返したかの如く大量に、次から次へと溢れ出るそのさまに、盛田は眩暈《めまい》がした。とても現実の出来事とは思えない。悪夢のようだった。

全身が金縛りに遭う。そ。

そうだ……救急車。

け、警察。

公園の隅っこで公衆電話ボックスが、白茶けた明かりを放っている。やっと呪縛《じゅばく》が解けた盛田はそれをめがけて、一目散に走ろうとした。足がもつれ一瞬、自分も転びそうになる。

やっとのことでボックスに飛び込んだ。ここの電話を使うのは初めてだ。

一一九番をプッシュしながら、ふと路地を挟んでボックスの向かいにある家屋のシルエットが盛田の眼に入る。表札に「名理」とあった。

あまり馴染《なじ》みのない苗字だが、なんと読むのだろう……こんな緊急事態下で妙にのんびり考えている己れが可笑《おか》しく、そして腹立たしい。

RENDEZVOUS 1

「いろいろあったけど、もう吹っ切れました、というか。はい」

と、その男子学生は照れ笑いのような表情で何度も頷《うなず》いてみせた。銀縁メガネを掛けた、まるで女の子のようにつぶらなふたえ目蓋《まぶた》の瞳が、ただでさえ童顔なのを、さらに幼い印象にしている。

「ま、そんな感じ、ですかね」

キャンパスでは「ソネヒロ」「ソネヒロ」と呼ばれていたため、耳慣れない苗字だなとは思いつつ祐輔《ゆうすけ》も「ソネヒロくん」と認識していたのだが、それは小学生の頃からの渾名《あだな》で、本名は曾根崎《そねざき》洋《ひろし》だという。

昨年、国立安槻《あつき》大学に入学したばかりの頃はソネヒロも他の新入生たちといっしょに、祐輔主催の飲み会によく参加していた。それが夏休みを過ぎた頃からさっぱり顔を見せなくなったと思ったら、年が明けると飲み会どころか、まったく大学へ出てこなくなったという。

なにが原因かは不明なものの、どうやら学生用アパートで引き籠《こ》もり状態になっていたらしい。すつかり鬱《うつ》っぽくなったのを心配した友人が、彼の家族に連絡し、様子を見にきてもらったりもしたというから深刻だ。担当教官やカウンセラー、そして両親と相談した結果、この四月、正式に休学届けを提出したという。

ひと月ほど実家に滞在していたが、やはり両親といっしょだとなにかと気づまりなのか、五月になるや再び大学近くのアパートへ舞い戻ってきていたらしい。ソネヒロくんに関して祐輔が把握しているのは、ざっとそんなところだ。

八月十七日。夏期休暇も半ば過ぎ。

帰省したり旅行に出たりしていた学生たちもぼちぼちキャンパスへ戻ってきている。そういえばもう長いこと飲み会、ひらいてないなあと祐輔が感慨に耽《ふけ》るのを見透かしたみたいに、後輩男子学生が声をかけてきた。辺見《へんみ》さん、今夜あたり、みんなで賑やかにやりませんか？

そうだなあ、それもいいなあと思い、ひさしぶりに祐輔は大学構内を回って暇そうな顔ぶれに声をかけ、いつもの〈さんぺい〉で一席もうけた。そこへソネヒロもやってきたのである。

「よ、おひさ。その後どう、調子は？」

そう訊いたところ、返ってきたのが冒頭の科白《せりふ》だったというわけ。彼はさらにこう続けた。

「うじうじうじうじいつまでも、いじけていたって仕方がない。この際、自分にやれることはなんでもやって、すかっとしようかなあ、と」

祐輔の見るところ、ソネヒロの表情は至って明るく、単なるカラ元気ではなさそうだった。そもそも未だに本調子でないのなら、こんな集まりに参加しようという気にもなれまい、この分だと復学も近いだろう、と。このときはそう楽観的に確信していたのだが。

「そりゃあよかったよかった。ま、飲みたまえ。飲んでくれたまえ。ぐっと、ぐーっと」

ソネヒロのコップにビールを注ぐ祐輔の背後で、「先輩」と男の声がした。

「ん？」振り返ると、シシマルだ。これも渾名で、本名は石丸尚之《いしまるなおゆき》。

みんなで賑やかにやりませんか、と祐輔に提案してきた、今夜の言い出しっぺである。

「おー、シシマル。やっとるかね」

「やめてくださいよお」

年齢不相応なくらい禁欲的な風貌《ふうぼう》、屈強そうな体軀《たいく》は質実剛健を画《え》に描いたかのようで、獅子《しし》がいまにも吼《ほ》えそうな強面《こわもて》にまさにぴったりのネーミングだが、本人は意外に気弱な性格らしく、この渾名をかなり本気で嫌がっている。

「その呼び方だけは、んとに」

「なんだなんだ、コップも持たずに。それともビールじゃなくて、酒のほうが」

「いいえ、あの……ですね」シシマルは一転、思い詰めたような表情になり、祐輔にそっと耳打ち。

「今日は、えと、その、い、あの、お、お出でにならないのでしょうか？」

「お出でにならない？　って、誰が」

「え、と。た、た」なぜか言いにくそうに、しきりに口籠もる。「たた、高瀬《たかせ》さん……」

「ひょっとして、タカチのこと？」

「おっと。そういやそうだ。ね、先輩。どうしたんスか、高瀬さんは」かなり酔っぱらっているとおぼしき銅鑼声《どらごえ》が割り込んできた。「ね。ね。どうしたんスか、高瀬さん。今夜だけじゃなくて、このところさっぱりお姿を拝見しませんが」

コイケさんだ。といってもこれも渾名で、かの名作コミック『オバケのQ太郎』に登場する、いついかなるときにも丼かかえてラーメンを啜《すす》っている謎のおじさん「コイケさん」が3D化したかのような彼の風貌に由来する。鳥の巣のような天然パーマ、小柄な体型、どこを見ているのかも、なにを考えているかも判らない蒲鉾《かまぼこ》の断面図のような眼。メガネのフレームまで、そっくり。どこからどう見てもコイケさんそのもので、もはや誰も彼の本名など頓着しない。

コイケさんの持ち出した疑問は、他の者たちにとってもかなり気になる話題であったらしい。それまであちらこちらで好き勝手に盛り上がっていたお喋りの輪が、ほぼ同時に静かになった。誰も彼もが聞き耳をたてている気配にまったく気づかず、コイケさん、まくしたてる。

「帰省してるってことでもなさそうなうえ、ウサコもいないし。なんつっても驚きは、あのタックまでいないってことですよ。そうだ。タックのことがいちばん、びっくりかも。どしたんスか、いったい。あの、なにはさておいても酒だけは欠かしたことのないやつが」

「療養ちゅうなんだよ」すり寄ってくるコイケさんの赤ら顔をうるさそうに押し退《の》けながら祐輔は、タバコに火を点けた。けだるげに鼻から、もわんと煙を吐き出す。「療養ちゅう」

「はあ？　療養？　って、誰が」

「タックだよ。タック」

「ていうと、病気で？」

「じゃなくて。あいつだって人間なんだから、たまーには肝臓を休ませないと、だな」

「タックにとってはそっちのほうが身体に悪そうだけどなあ。んじゃ、高瀬さんとウサコは？」

「だから療養ちゅうだよ、療養ちゅう」

もちろん問題の七月二十八日、白井《しらい》教授宅で三人になにがあったかを、この場で詳しく説明する気はない。というか、祐輔自身、完全に事情を把握できていない面もあるわけで。

ま、療養ちゅうという表現は、あながち嘘ではない。精神的な意味で。

「はあ？　三人揃って？　療養ちゅう？　なんなんスか、なにごとですか」

「そりゃおまえ、タカチだってウサコだって人間ですよ。年がら年じゅう飲んだくれてるわけにゃ、いかんでしょ。たまーには肝臓を休ませてやって、だな」

「どうもよく判んないなあ。ひょっとして、なんかあったんじゃないスか」

「なんかって、なんだ」

「だからほら、えーと、うまく言えないけど、例えば、そうそう、テレビドラマとかでよくある青春群像劇っぽく、互いにゆきちがいがあった、とか」

「ああ？　なにを言うとるんだねいったい」

「なんかあったんじゃないかなあ。気まずくて飲み会に出てこられないようなことが」

「三人のあいだで？　んなわけ、あるか。だいたいおまえ、呂律《ろれつ》が回っとらんぞ」

「んもう。ほんとになにもないんですかあ」

「ない。ないない、なにもない。つか、おれはなにも知らん。もうすぐみんなも飲み会に出てくるようになるだろうから、そんなに気になるなら、本人たちに直接訊け」

「そうだ、なんかあったといえば、先輩も心境の変化でもあったんじゃないですか？」

「え。どうして」

「ほら、あれ」とコイケさん、両手で天然パーマの鬢《びん》を撫《な》でつけてみせた。「バンダナですよ、赤い。すっかりトレードマークになってたのに。最近、あれ、つけてませんね。やめたんですか」

「いや、どこかで失くしちまったんだよ」

「ほんとに？　それこそ、なんかあったものだから気晴らしにイメージチェンジを図ってんじゃ。あ。そうか、判った」

「んだよ」

「先輩、フラれたんでしょ、高瀬さんに？　今度こそ、決定的に」

「なにを言うかと思えば」ふううっと煙をコイケさんの顔に吹きかけ、へっと肩を竦める。「自慢じゃないけどね、これまでおれがいったい何百回、タカチに肘鉄《ひじてつ》、喰らわれされたと思ってんの。いまさらフッたのフラれたの、なんざ」

「でも残念」と口を挟んだのは、通称ひなちゃんという女子学生だ。本名は平仮名で、ひなた。「ほんと、残念」

「ん。なにが？　そんなに」

「辺見先輩の飲み会に来れば、あの高瀬さんに会えるかもー、って期待してたのに、ね？」

「うん。うんうんうん」通称ナコちゃんこと、日南子《ひなこ》も瞳を輝かせ、相槌《あいづち》を打った。「ねー、残念だよねー、ほんと。高瀬さんとお話し、してみたかったのに」

　ちなみに日南子も大学生になるまで、愛称はずっと「ひなちゃん」だったらしい。それが別の高校出身のひなたと知り合って親しくなり、ほとんどいつもつるんでいるのだから、周囲にとってはまぎらわしいことこのうえない。どちらかひとりに「ひなちゃん」を返上させるべく日南子を「ナコちゃん」と呼んだりしてみるのだが、いまひとつ定着しない。ふたりいっしょに「ダブルひなちゃん」で通ってしまうこと多し。

「あのねえ、きみたち」嘆かわしげに灰皿で吸殻を押しつぶすと祐輔は、ほら、ぼくの胸に飛び込んでおいで、とでも言わんばかりの大仰な仕種《しぐさ》で両腕を拡げた。「なにが哀しくて、そんなややこしい。これここに、水もしたたるいい男がいるじゃありませんか。な？」

「えー、だって」

「やだよ、ねえ。先輩はちょっと」

「ねー。のーさんきゅう、って感じ」

　ダブルひなちゃん、互いに手を取り合い、きゃはきゃは笑いころげた。

「なんでだよ。この完璧なおれのどこが、ちょっとのーさんきゅう、なのか、ひとつじっくり教えていただきたいものですね」

「だってー。ねえ」

「だいたい先輩、むさ苦しいですよ。その髪とか、不精髭とか。ねー」

「よし。ならば床屋へゆき、きれいさっぱりしてから改めて、きみたちを誘惑してやる。眩暈がするほどセクシーに変貌したおれを見て、後悔しても知りませんよ」

「しないしない。絶対。ねー」

「うん。高瀬さんに誘惑されるんだったら、まじ、考えちゃうけど」

「あ。あ。あたしも。あたしもあたしも即、宗旨がえして……うふ」

「あたしもあたしも」見た目よりも相当できあがっているのか、ひなちゃん、きゃあきゃあはしゃぎながら、ナコちゃんに抱きついた。「高瀬さんにこうして、きゅーっと……あぁん」

「もうお、どうにでもしてッ」

まるで双子みたいに同時にダブルひなちゃん、ピンク色に染まった眼もとをうっとり、虚空に遊ばせた。半分以上は酒席の戯言《ざれごと》にせよ、まるっきり冗談というわけでもなさそうだ。

「はー、まったく。世も末じゃ」男子学生たちのコップにビールを注ぎながら、祐輔は溜息。「おまえら、もっとしっかりせんか。気合入れて、この娘らをくどいてみたまえ」

「いやあ」あ、ども、とコップを掲げた、通称ハヤタ隊員、頭を掻いてみせた。「自信ないっスねえ、おれは。高瀬さんと張り合おうなんて、十年、早いっスよ、十年。とてもとても」

ハヤタ隊員という渾名をつけたのは祐輔だ。初めて会ったとき、いきなり「ん、よく見るときみは、ウルトラマンに登場するあのお方にそっくりではないか」と言い張ったのである。ハヤタ隊員に似ていると言われて喜ぶべきか否か本人は複雑そうだが、飲み会をひらくたびに他の学生たちもそう呼ぶようになり、すっかり定着しつつある。

「でも意外だなあ、なーんか」通称ニーチェという男子学生、唐揚げを頬張りかけていた手を止め、首を傾げた。「高瀬さんがそういう趣味って話、完全にネタだと思ってたんだけど。そうでもないんですかね？」

ちなみに本名は贄川《にえかわ》という。その語感にひっかけて、そういえばきみは哲学者の相をしている、と、むりやりニーチェと名づけたのも、もちろん祐輔であった。

「さあなあ。本人が否定せんもんだから。すっかり枕詞《まくらことば》みたいになっとるが」

「では、ほんとはレズビアンではない、と」

「さあなあ」

「先輩、知らないんですか。あれだけいつも、いっしょにいるのに」

「そんなに気になるなら、今度会ったとき、本人に直接訊けよ」

「そ、そんな」どこか卑屈な失笑をニーチェは洩らした。「そんな恐ろしいこと、自分にはできないであります。なあ、ハヤタ隊員」

「そうですよ。だから先輩に訊いてるんじゃないですか。って。こら、おまえ、どさくさにまぎれて。おれ、科学特捜隊じゃねーし」

「ったく、どいつもこいつも」

「あ、そうか。判りましたよ、ぼく」と妙に空気の読めていない感じで呑気《のんき》な声を上げたのは、ソネヒロだった。「三角関係だ、きっと」

「んあ？　なんだって？」

「ウサコさんて、羽迫《はさこ》さんのことですよね、三回生の。羽迫由起子《ゆきこ》さん」

「そうだよ」

「タックさんというのは、匠《たくみ》さんで。こちらも三回生でしたっけ。千暁《ちあき》というお名前だけど、男の方で。多分、おふたりともお会いしたことあると思うけど」

「うん。ふたりとも飲み会にはだいたい出てくるから、きみも去年、顔を合わせてるだろ」

「そうか、やっぱりそうだ。羽迫さんと匠さん、付き合ってるんですね？」

「はあッ？」

新しく火を点けようとしていたタバコが、ぽろりと祐輔の唇から落ちた。同じく虚を衝かれたらしいコイケさんと、ぽかーん、顔を見合わせる。

そんなふたりを尻目にダブルひなちゃん、ハヤタ隊員とニーチェは興味津々といった態《てい》。ひとりシシマルだけが、なぜか居心地悪げにソネヒロを横眼で窺《うかが》っていた。

「ところが高瀬さんも、羽迫さんのことが本命なんですね？　彼女を巡って高瀬さんと匠さんはいま、三角関係の修羅場に――」

口を半開きにしたまま、祐輔とコイケさんは再び顔を見合わせた。

「は……初めて聞いたな、そういう相関図は」

「なんつーか、し、新機軸ですね」

「考えつきもしなかった」

「お三方が今日、来られていないのはそれが原因なんでしょ。険悪な雰囲気になってしまって、互いに顔を合わせるのが気まずくて」

「ち、ちがう。ちがうちがう」ようやく祐輔はタバコを拾い、火を点けた。「ソネヒロくん、心配せずとも、それだけはない。絶対にない」

「えらく断言するけど、判んないですよ、こういうことは。報われない禁断の愛だけに、高瀬さんのほうが分が悪い。彼女が思い余って匠さんに手をかけて、刃傷沙汰《にんじょうざた》に発展することだって——」

「タカチが……タックに手を」その場面を想像してみた祐輔は、仮想加害者と仮想被害者の身長差を含むあまりに戯画的なアンバランスぶりに、思わず吹き出した。「そ、そんな、わは、ははは、わはははははは」

「判らないですって。高瀬さん、普段はすごくクールでしょ。そんなひとほど思い詰めると極端に走るというのは、すごくありがちなわけで」

「いざというとき極端に走ることにおいて彼女の右に出る者がいないことはまちがいないが、ソネヒロくん、それはない。それだけは絶対にありません。よりによってウサコを巡るタカチとタックの三角関係、だなんて。そ、そんな」一旦は、きりりとシリアスな表情をきめていた祐輔だったが、ぷはっと煙の輪っかを吐き出した拍子に再び、腹をかかえて大笑い。「そんな、そ、そんなマンガみたいな。タカチがウサコに、って。はは。わははははは」

「あー、先輩ったら、それはおふたりに対して、ちょっと失礼なんじゃないですかあ？」ひなちゃん、冗談めかして頬を膨らますが、眼はあんまり笑っていない。「だって可愛いよねえ、羽迫さん。ねー、ほんとに。抱きしめたいくらい」

「うん。うんうんうん。言われてみれば、ねー、お似合いだよ、高瀬さんとだったら」

「うん。すごくいいよね。もしそうなら、あたしはふたりを応援するぞ」

「あたしもあたしも。支援者第二号」

「こらこら。なんと言おうとそんな反則は認めません。だいたい三角関係っていうんならさ、このおれを巡ってタカチとウサコのふたりが対決するとか、そういう筋書きこそが本来あるべき姿であって、だな」

「うわー、なんたる厚顔無恥。どうですかこれ。どう思いますかみなさん」

「ひなちゃん、殴っちゃっていいよ、先輩のこと。あたしがゆるす」

「よーし。えい、このやろ」

「あ痛。いやいやいや。これも、もてる男の試練じゃのう。きみたちもがんばれ」

「自分たちは遠慮するであります。なあ、ハヤタ隊員」

「そうであります。って、こら。おれ、変身しねーし」

などと馬鹿騒ぎしているうちに、午後十一時近くになった。

「おっし。んじゃ、二次会、行くか。おれの家だけど、タダで飲めるのが特典だよん。どうかふるってご参加ください」

宴会好きの祐輔は、なるべく多く参加者のキャパシティを確保するため、学生だてらに二階建ての一戸建てを借りている。ただし古ぼけて倒壊寸前の、家賃も只同然の物件だが。

「あ。ぼくはこれで」ソネヒロは立ち上がると、頭を垂れた。「ちょっと約。いや、夏風邪気味なもので。これで失礼します」

「おう、またな」

「それじゃみなさん」ニーチェが従業員から伝票を受け取った。「本日のお会計、お願いしまーす」

ソロバンが得意という彼は、ひとり当たり一円単位まで即座に算出。自然に集金係を任じられ自分の分をテーブルに置くニーチェの前に、他の者たちもお札や硬貨を差し出す。

ソネヒロも財布を取り出した。なにげなしに祐輔がその手もとを覗いてみると、千円札とありったけの小銭を掻き集めている。割り勘分を支払うと、もう財布はほぼ空っぽのようだった。

「きついなら、また今度でいいよ。おれ、たてかえとくから」

「いえ、とんでもない」ソネヒロは屈託なげに笑った。「こういうことはその日のうちにきちんとしとかないと、気持ち悪い質《たち》なんで」

「そうかそうか」

「人間、いつ死ぬか、判りませんから。身の周りはきれいにしておかないと。あ、先輩」舌を出して照れ笑い。「言ってるそばからなんですが、よかったらタバコ、一本か二本、もらえます？　切らしちゃってて」

「ほいよ」
五、六本、残っていた箱ごと、祐輔は気前よく手渡した。
どうもと、おどけて伏し拝む真似するソネヒロを先頭に、一同ぞろぞろ連れ立って、〈さんぺい〉の外へ出る。

「じゃあ」と、みんなに背中を向け、夜空を仰いで何度か頷くような仕種をしたソネヒロは、もらったばかりのタバコのパッケージだけ持って、ひとり、さっさと立ち去った。

その姿を見送りながら、祐輔は首を傾げる……あれれ？

あいつ、学生用アパートに住んでいるんじゃなかったっけ？　あっちだと逆方向なんだが、迷う様子もなく大通りのほうへ、すたすた遠ざかってゆく。これからなにか用事でもあるのかな。しかしこんな時間帯に？　足どりはしっかりしているから、泥酔してわけが判らなくなっているってわけでもなさそうだが。はて。

それに、なんだろ。さっきキツツキみたいに首を小さく振ってたのは？　リズムをとっているようにも見えたが、イヤホンなどは装着していなかったから音楽を聴いていたわけではない。

やはり酔っていて、ふらついていたのだろうか。ひとりで帰して、だいじょうぶだったかな。

無事に帰宅するといいんだが、と気を揉む祐輔に「あれ、ソネヒロは？」と訊いたのは、いちばん最後に店から出てきたシシマルだ。

「もう帰ったよ。二次会はパスだと」

「そうですか。あ、先輩、レシートは、どうしましょ？」

「別に、捨てちゃってても――」

「それじゃぼくも」祐輔にレシートを手渡すとシシマルは律儀に、実に硬派っぽく、ひとりひとりに頭を下げ「これで失礼します」と、そそくさと学生用アパートの方角へ立ち去った。

掌のなかに残ったレシートを見て祐輔は小首を傾げたが、自分がなににひっかかったのかもよく判らない。それ以上は深く考えず、紙片をポケットに突っ込む。

一旦は帰りたそうな様子を見せたハヤタ隊員とニーチェだったが、ダブルひなちゃんが居残るらしいと知り、のこのこ祐輔の家へついてくる。

「なんだなんだ、きみたち」そんなふたりを祐輔が冷やかした。「タカチと張り合うのは十年早いんじゃなかったのかね。ん」

「いえいえいえ。不肖、贄川も精進したいであります。な、ハヤタ隊員」

「そうであります。これを機会になんとか、ひなちゃんとナコちゃんとお近づきに。って。こら。だからおれ、科特隊じゃねえっつーの」

結局、二次会に来なかったのは、ソネヒロとシシマルだけだった。

祐輔の家で乾杯しなおし、再び盛り上がる。六人でトランプに興じたりしているうちに、あっという間に時間が経《た》つ。

「なんだか小腹が空いたな」祐輔は、からから氷を鳴らしてロックを啜る。「おーい、タック。なんかつくっ……そうか」頼みかけた途中で、がっくり頭を垂れた。「いないんだっけ、あいつは」

「なーんだか、先輩、あれですね」コイケさん、おもしろがっている。「まるで古女房に逃げられたダメ亭主、みたいっスね」

「だよなあ。って、うおい。こら。誰が逃げた古女房だよ。誰がダメ亭主だよ。気持ち悪いこと、言うんじゃありません」

「その伝でいくと、実はタックを巡る三角関係なんスかねこれは。あれ、じゃあその場合、先輩と張り合ってる恋仇《こいがたき》って、いったいどなたなんでしょう。なんちゃって。わははは。どっちみちいないか、そんなの」

「あたし、なんかつくりましょうか」と、コイケさんをどついている祐輔に笑いかけたのは、ひなちゃんだ。立って、冷蔵庫を開ける。「どれどれ。あらま、なんですかこれ。ビールばっか」

手伝うという口実で彼女とお近づきになるチャンスとばかりハヤタ隊員とニーチェは同時に腰を浮かしかけたが、一瞬遅く、ナコちゃんにさきを越されてしまった。

「ほんとだー」ずっこけている男子二名を尻目にナコちゃんも冷蔵庫のなかをひっかき回す。「あ、ほら、冷凍うどんがあるよ、たくさん」

「お野菜は？　ネギにキャベツに。ふむふむ。これでお肉があればなあ、てのは贅沢ですかね。ん。ミンチか。ま、いいよねこの際、これでも。よっし。焼きうどん、食べたいひとー」

コイケさんにヘッドロックをかけている祐輔も含め、男子四人全員が、おーっ、と手を上げた。

「そういえば、先輩」ニーチェが声を低めた。水割りを持て余し気味なのか、ここへ来てからまだ一杯目のグラスの中味が全然減っていない。「さっきソネヒロくんが話してたことですけど」

「どれのことだ」

「羽迫さんを巡って三角関係だのなんだの」

「だからそんなばかな話、あるわけないって。タカチを巡って男どもが殺し合う、っていうのなら判るがな。その場合、三角じゃすまなくて、十三角関係くらいの壮絶な、スケールのでかい泥沼に」

「いや、そうじゃなくて。あんな他愛ない話題のわりに、ソネヒロくん、ずいぶん熱っぽかったと思いませんか、口調が」

「さて。そうだったかな」

「考えたんだけど、あれって高瀬さんの話題に便乗して、あてこすりしてたんじゃないか、と」

「あてこすり？　なんだそりゃ」

「さっき帰ったシシマルくんに、ですよ」

ソネヒロとシシマルは同じ葉世森《はせもり》町出身。地元県立高校で同級生だったという。加えて、母親同士が昔から親しく、家族ぐるみの付き合いらしい。

「去年からこっち、ソネヒロくん、ずっと落ち込んでて、大学にも出てこなかったでしょ。あれって失恋が原因じゃないかっていう噂、ちらっと耳にしたんです」

「ほう。失恋、ね。若者にとっては挫折の王道じゃないか」

「しかもただの失恋じゃなくて、彼が付き合っていた彼女がどうやら、シシマルくんに鞍替《くらが》えしたからだ……とかなんとか」

冷凍うどんを茹でる鍋と、切り分けた野菜と挽き肉がじゅうじゅう躍っているフライパンの向こう側でダブルひなちゃんも、えーっ、と大合唱。

「なるほど。だから三角関係、か。しかも家族ぐるみの付き合いの友人同士となると、なかなかシビアというか――」

一応頷いてはみたものの正直、祐輔はぴんとこなかった。先刻〈さんぺい〉でのソネヒロとシシマルの様子を思い返してみる。たしかに少しよそよそしいような雰囲気はあったが、それは単に互いの席が離れていたからではないのか。少なくともニーチェが指摘するような、恋のライバル的な緊張感の類いは感じられなかった。

「しかし、それにしちゃあ、なあ。だって今夜の、いや、もう昨夜のか、飲み会にだって、いっしょにやってきたぜ、あのふたり」

「ですよねえ」ウスターソースの甘い香りとともに大量の焼きうどんを盛った大皿を、ナコちゃん、次々に運んでくる。「ソネヒロくん、明るい感じだったよねえ」

「そうそう」使い切りパック入りのカツオ節、人数分の取り皿、お箸などを持ってきながら、ひなちゃんも同感。「むしろシシマルくんのほうが、なんだか調子悪かったみたい」

「だからそれは、心ならずも友だちの彼女を奪ってしまった罪悪感ゆえではないか、と」

「そもそも誰、その彼女って。うちの学生？」

「じゃないのかな、きっと」

「それはちがうと思うぞ、サルトルくん」口を挟んだのはハヤタ隊員だ。「おれが聞いた話では、歳上で、社会人だとか」

「その話だって正しいかどうか判らんじゃないか。それから、おれは弁証法的理性批判じゃなくて、ツァラトゥストラのほうなんだが」

「って、おま、自覚あったのかよ」

「歳上で社会人……ねえ」祐輔は腕組みして考え込む。「そんなおとなの女性が、まだ二十歳《はたち》そこそこの学生と交際することだって、もちろんあり得るだろう。でも、鞍替えした相手がやっぱり歳下の学生だっていうのは、どうなの？」

同じ女性としての見解は、というニュアンスで訊かれたダブルひなちゃん、熱々の焼きうどんをたぐり込んで、互いに顔を見合わせた。

「あり得るか、って意味ですか？　そりゃあるんじゃないかな。ねー、こと恋愛に関しては、なんだってありっしょ」

「でもソネヒロくん、鬱っぽくなっちゃってたのもむりないよね。よりによってそんな親しい友だちに彼女、奪《と》られちゃ。そりゃヘビーだ」

「でも」ナコちゃん、声をひそめると、意味ありげに一同を見回した。「それって本人の性格が問題だったんだと思うな」

「性格。って、ソネヒロくんの？」

うん、と頷くとナコちゃん、唇についたソースを舐めとった。

「去年、あたし、第二外国語のクラスで彼といっしょだったんですよ。五月か六月、だったかな。ある日、缶入りソフトドリンクを教室に持ち込んだソネヒロくんを、担当教官が見咎《みとが》めて」

「叱られたのかい」

「ああいうのって気にしないひとは全然しないけれど、たまたま厳しい教官で」

「誰」

「名前？　忘れちゃった。あまり聞き慣れない苗字だった。男で、かなり年配。メガネかけてて、小柄で。どこかコアラっぽい」

「ああ」留年と休学を何度もくり返し、すっかり大学の牢名主と化している祐輔、それだけヒントがあれば充分。「社下《こそげ》先生、か」

「そうそう。そんな名前でした。その先生、ソネヒロくんに、そんなもの片手にけしからん、捨ててきなさい、みたいな。小学生じゃないんだから、そこまで厳しくしなくても、って感じで」

「昔気質《かたぎ》のひとだからな」

「ほんとに捨てたかどうかは知らないけど、ソヒネロくん、缶を持って教室を出て、その日はそれっきり。戻ってこなかった」

「それもまた、なんというか、おとなげない」

「で、しばらく経って。そんな一件をみんなが忘れた頃、ソネヒロくん、また同じ教官のクラスに缶入りソフトドリンクを持ち込んだんです」

「ありゃりゃ」

「といっても、それってほんとはソフトドリンクじゃなくて、そう見えるだけのものだったんですけどね。案の定、厳しく注意する教官に向かってこれみよがしにソネヒロくん、缶もどきを手に取り、ぱかっと半分に割った」

「へ。半分に？」

「それって実は、ペンケースだったんですよ。ソフトドリンクの缶に模した、アルミ製の。そういう面白グッズだったんです」

「というと、ソネヒロくん、わざわざそんなものを持ってきて……？」

「ええ。叱られたことに対する意趣返しのつもりだったんでしょう。その教官も、まんまとひっかかっちゃって」

「お茶目、といっていいんスかね、そういうのも」有名コミックのキャラクターとのあまりの相似形ぶりゆえ、ひと前でラーメンを食べるのは嫌がるコイケさん、焼きうどんなら問題ないのか、ずるずる勢いよく啜り込む。「しかしこの、ミートソースのような食感がまたなんとも。うむうむ」

「どうでしょう。あたしはなんだか嫌だったな。バツの悪そうな教官を見て、いたたまれなかったし。ソネヒロくんも一見、平静というか、知らん顔してたけど、してやったり、みたいに得意げな気持ちありありだったし」

「あたしも、やだ。絶対、そういうの」食欲が湧いてきたのか、ひなちゃん、どんどん取り皿におかわりを盛る。「ガキですかって。わざわざそんなグッズを使ってまで、なんて。イタすぎる」

「だよねー。だからそういう粘着質な性格、うざがられたんですよ、きっと、彼女に」

「それじゃ」我が意を得たりとばかりにニーチェはナコちゃんに笑いかける。「三角関係云々《うんぬん》の話の尻馬に乗って、シシマルくんにあてこすってたっていうのも、ありそうなことだよね」

しかしナコちゃん「さあ、それは知らないけど」と、つれない反応。

たしかに精神的に未成熟な側面を窺わせるイメージが、ソネヒロにはある。あくまでもイメージに過ぎないが、くだんの逸話を聞く限りでは、けっこう己れのプライドや面目に拘泥《こうでい》するタイプなのかもしれない。タバコの新しいパッケージの封を切り、祐輔は思った。

そういう性格だと女性関係に限らず、ものごとが思い通りにならなくなると、気持ちの切り替えがむずかしい。自分で自分を追い詰めてしまい、場合によっては鬱っぽくなったりもするだろう。

が、まあ今夜の——もう昨夜だが——ソネヒロの様子を見る限り、自力で立ち直ったのだろう。月並みな言い方だが、ひと皮剝けておとなになった、というか。

このとき祐輔は、そう信じていたのだが。

「——おやおや、いつの間にか、外が明るくなってきましたよ」

コイケさん、眼をしょぼつかせて大あくび。

結局、全員、明け方まで、ウスターソースの香りの籠もった祐輔の家で、だらだらトランプやお喋りに興じてしまった。

「七時になったら、モーニング、いくか。〈アイ・エル〉の」

えーっ、とハヤタ隊員、音《ね》を上げた。「おれ、もう、ね、眠いっす」

ニーチェも、しきりに眼をこすっている。

「別に来なくてもいいよ。いつでも好きなときにお帰りになってちょうだい。ちなみにそこ、タカチの行きつけの店だけどな」

わー行くいく、とダブルひなちゃんが喰いついたものだから、大あくびを連発している男子たちも脱落しにくい雰囲気になった。結局六人でぞろぞろ、大学近くの喫茶店〈アイ・エル〉へモーニングを食べにゆく。

ダブルひなちゃんと祐輔が元気いっぱいなのとは対照的に、三人の男たちの疲労はもはや限界。ただ黙々と機械的にトーストやコーヒー、茹で卵を胃におさめる。

「あの——」支払いのとき祐輔は、マスターの奥さんに、そっと訊いてみた。「ひょっとしてタックから、なにか連絡、ありました？」

「ううん、まだ」

今月いっぱいバイトを休ませて欲しいとは聞いているが、九月以降についてはまったく未定、ということらしい。そうですか、と礼を述べ、〈アイ・エル〉を後にする。

「ねえねえ、先輩」そんな祐輔の脇腹を、ひなちゃん、肘でつんつん。「よかったらもうちょっと、どこかでお喋りしていきません？」

「いいねー、あたしも行くー」

さあ今度こそ帰れるぞと身も心も弛緩しきっていたハヤタ隊員とニーチェ、それを聞いて、道路に崩れ落ちそうになった。

「おれはかまわんよ。おっし。国道沿いのファミレス、いくか」

「わーい」

「いこう行こう」

「とても付き合いきれません」そこまでダブルひなちゃんの魅力には呪縛されていないらしいコイケさん、あっさり手を振り、踵《きびす》を返した。「あたしゃもう失礼します。みなさん、おやすみ」

「ど、どうする、ハヤタ隊員」

遠ざかるコイケさんの背中を、じっとり羨望の眼差《まなざ》しで見送りながら、ニーチェは呻いた。眼の下に隈《くま》ができている。

「死なばもろとも。この際、自分も限界まで挑戦するであります、隊長」

「うむ。その心意気やよし。って、いつの間におれも科特隊ですか。つか、隊長なの？」

余力を振り絞ってファミレスまでついていったハヤタ隊員とニーチェだが、テーブルにつくなり祐輔が「生、五つ、中ジョッキでね」とオーダーしたものだから、ふたり揃って椅子からずり落ちそうになった。

「せ、せせせ、先輩」

「まだ、の、飲むんですか？　これから？」

「タカチと張り合うんだろ、きみたち」祐輔はのほほん、ダブルひなちゃんと、かんぱーい。「なら、こんな定番コースのひとつやふたつ、かるくこなさないとな」

「そ、それ以前に、いまごろ出勤なさっているであろう全国津々浦々、サラリーマンのみなさまに顔向けできないであります」

「ハヤタ隊員、いまこそ巨大化して」ニーチェは手に持ったスプーンを、びしっと空中に突き上げてみせた。「胃の許容量を拡げるのだ、がばっと」

「エネルギーが足りないであります、隊長」

「だからおれ、小林昭二じゃねーし」

なんとか三分の一ほどジョッキを空けたふたりだったが、どうやら限界に達したようだ。うつらうつら船を漕ぎだす。ときおり我に返って顔を上げるものの、互いに眠そうな相方の様子に刺戟《しげき》されると自分も猛烈な睡魔に襲われるという相乗効果も手伝って、そのうち揃ってテーブルに突っ伏し、本格的に眠り込んでしまった。

対照的にダブルひなちゃん、平然と生ビールをおかわり。「なんか食べたーい」「ピザ、頼もう。ピザ」「あたし、甘いものがいいなー」と、さすがの祐輔も、いささか押され気味の勢いだ。

「あー、でも楽しかったねー」

「うん。先輩、ありがとうございましたあ。よかったらまた声をかけてください」

「おお。こちらはいつでも大歓迎だよ」

「このひとたちも」ナコちゃん、ぐうぐういびきをかいている男子たちを、そっと指さす。「おもしろかったね。けっこういいノリだったし」

「まあね。へへ」

「なに。なにその笑い方」

「うーん、いやちょっと、あたし、タイプかなー、なあんて」

「え。ど、どっちが。どっちが?」

ダブルひなちゃん、互いにこそこそ耳打ちし合っては、きゃはきゃは、笑いころげる。

「おいおい、きみたち」祐輔は苦笑した。「そういうことは、本人たちが眠り込む前に言っておいてあげなきゃ」

「いや、それはだって」ダブルひなちゃん、一転、生真面目な表情を向けてきた。「だめですよ」

「ん。なんで?」

「だって、うっかり軽い気持ちで、こちらから好意を示して、調子に乗られるのもいやだし」

祐輔、眼をぱちくり。「ほう」

「なんていうのかな、男のひとってすぐ、境界線を越えたがるでしょ？　というか最初から、ないものとして振る舞いたがる」

「境界線、ていうと」

「どんなに親しい関係であっても、それこそ家族であっても、個人には守るべき境界線っていうものがあるわけじゃないですか、人間って」

「つまりプライバシーってこと？」

「それも含めて、ですけど。どんなに深く愛し合ってる恋人同士でも、どれだけ長く連れ添った夫婦であっても、互いに踏み込んではいけない一線というものがあるはずでしょ」

「それはもちろん。うん」

「だけど男って、特に女のほうから好意を示されたりすると、もう境界線なんて完全に存在しないかのように振る舞う。それがいやなんですよ」

「つけあがる、というと言い過ぎかもしれない。でも、まさしくそうなんですよ。あらゆる面で自分のやり方をこちらに押しつけてくる。男の論理と価値観しか認めない」

「しかも、さもそれが当然の如く、ね。あたしたちだって男性とお付き合いしてみたいという気持ちがないわけじゃないけど。そのさきのことをあれこれ考えると。ねえ」

「うん。めんどくさいんだよね、いちいち」

どうやらこうした持論をともに開陳するのはこれが初めてではないようで、ダブルひなちゃんの呼吸はぴったり合っている。なんだかふたり揃ってタカチばりの論客かも、と祐輔はただ感心。ステレオで拝聴する。

「だから男のひとって、まともに女と喧嘩ひとつできない」

「ん。どゆこと？」

「意見が衝突したとき、きちんと議論をしようとせず、投げ出すのはいつも男のほうでしょ。曰く、女は感情的で論理的な思考ができないから、話し合いにならん、なんてほざいてさ」

「そうそう。しかもそんな世迷《よま》い言《ごと》にさも生物学的な根拠がある、みたいに錯覚してる。んなわけ、ないじゃん」

「そもそも、女はなんでも男に賛同すべしという前提で接してくるんだから、話にならん。そりゃこちらは感情的にもなりますよ」

「議論を最初っから放棄しているのは男のほうなのに、話し合いができないのは女がバカだから、みたいなとんでもないロジックが成立してしまう。それはなぜか。そもそも出発点からしてすでに、対人関係において絶対に認め合わなければならない境界線というものを、男たちが無視するからですよ。そんなものはないんだ、とばかりに」

「不思議なのはさ、人間関係ってややこしくてたいへん、という普遍的な道理を男のひとだって知らないはずはないのに。なぜか男女関係となると話が別になるんだよね」

「よく言われることだけど、母親を求めるんだよ。基本的に男にとって、女っていうのは優しいお母さんじゃなきゃだめなんだ。葛藤《かっとう》なんかしちゃいけない存在。でもそれって、つまり人格を否定されているってことだよね、最初から」

「男は、女とのあいだにあるものを人間関係とは看做《みな》していない、か」

「そうです、先輩。まさしくそういうことですよ。母性で自分を癒してくれる場所っていう決めつけがあるから、葛藤なんか起こるとすればそれは女のほうに問題があるという結論しか出てこない。まともに喧嘩のひとつも、できるはずがない」

「それほど経験豊富なわけじゃないけど、たしかにね、ありますよ。彼氏と衝突して、そんな些細なことでこれほど怒り爆発させなくてもいいじゃん、と我ながら思うこと。つまらんことですぐに感情的になって、これだから女ってやつは、なんて冷ややかに見られていることも判る。でもね、それは対等な人格として扱われていないことへの不満が日々、積もりに積もっているから、なんです」

「男社会の歴史が生み出す構造的問題ですよ。つまらないことで感情的になればそれは自分にだって判るから、なんとか埋め合わせしようとむりして論理が破綻する。結果、悪循環。でもそれは、そういうふうに追い込まれているからなんですよ」

それは男と女、逆の立場でも起こり得るんじゃないかと祐輔は思った。いや、単に男女間のみならず世代間、人種間、あらゆる場面において特定のスタンダードがマイノリティに押しつけられがちなのは人間関係におけるパワーバランスの普遍的問題だ。が、そんな道理は充分わきまえたうえでダブルひなちゃんも日頃の不満を主張しているのであろうと理解し、揚げ足とりに堕しかねない野暮な指摘は控えることにする。

「そんな状況が反復されると、女は感情的で論理的な思考ができない、なんてとんでもない言説があたかも既成事実であるかのように巷間《こうかん》、通用してしまうってわけか。なるほど」

「だから、話を戻しますけど、女のほうから男に好意を表明する、なんて愚の骨頂ですよ。男をつけあがらせるだけ。いいことなんて、ひとつもありません。絶対に」

「いやはや。末席を汚《けが》す者として、耳が痛い」

「あらやだ。先輩は」悲憤慷慨《こうがい》、熱弁をふるっていたダブルひなちゃん、ころっと破顔した。「だいじょうぶですよ。だいじょうぶですって」

「だいじょうぶ、って。なにが」

「先輩って、女のひとから告白されても絶対、勘違いしたりしないタイプだと思う」

「まさか」祐輔は思わず吹き出した。「んなわけ、ない。おれはフツーのオトコですよ。ごくごくフツー。いや、むしろいちばん困ったちゃんかも。勘違いして暴走するタイプだぜ」

「そうは思わないなあ」

「だよねえ」

「なんで」あまりにもダブルひなちゃんが真面目くさっているので、祐輔は妙な気分になった。「ずいぶんおれのこと持ち上げちゃってくれるけど、それはなにか根拠があって言ってんの？」

「だって、なにしろあの高瀬さんと、お友だちなんだもの」

「タカチと……え、えと、ちょいまち。根拠って、それだけ？」

「もちろんあたしたちはまだ高瀬さんと直接お話ししたことはないけれど、いろいろ聞こえてくる武勇伝からすると、ね？」

「うん。きちんと互いの距離が保てないような人間とわざわざ友だちづきあいするほど、暇なひとじゃないと思う」

「武勇伝、ねえ」

どんな武勇伝なのか訊いてみたいような気もしたが、やめておく。タカチのことだ、本人の与《あずか》り知らぬところで、いまも数々の途轍《とてつ》もなく人間離れした伝説が発生ちゅうであろう。それは事実と異なる、などといちいち訂正しても始まらない。

いやそもそも祐輔とて、タカチのことをすべて知っているわけではない。そりゃどう考えてもつくりすぎだろうよと思うようなエピソードだって、案外ほんとうなのかもしれないわけで。彼女に関する噂や伝説の真偽を判断できる、とするのは、それこそ僭越《せんえつ》というものだ。

すべてを知っているわけではない……か。

祐輔が、タカチこと高瀬千帆《ちほ》という女性について知っていること、は。

いま彼女が安槻にいないこと。そしてタックがいっしょだということ。それは知っている。が、それだけだ。ふたりがどこにいるのか、いつ安槻へ戻ってくるのか、まったく判らない。

祐輔が訊かなかったからでもあるのだが。ま、そういう点ではダブルひなちゃんが言うように、タカチと「距離が保て」ているのだろう。だから。

「……だからだめなのか、おれ、ひょっとして」

「はい？」

「ん。あ、いやいやいや、なんでもない」

午前十時、男子ふたりがようやく目を覚ましたのを潮に、五人はファミレスを後にした。だらだら連れ立って歩き、大学方面へ向かう。

「そっか、そうだったのかあ。おやっさんだったのか、きみは」

「おやっさん？」馴れなれしげに肩を叩いてくる祐輔に、ニーチェは戸惑い顔。「なんすかそれ。なんでおれが」

「だってきみ、小林昭二なんだろ。小林昭二といえば、おやっさん」

「んもー、そんなとこだけ、しっかり憶えてんだから。それにそもそもおれが哲学者の相だって言ったの、先輩でしょ。ひとのこと勝手にゲシュタルト・チェンジしないでくださいよー」

「ゲシュタルト・チェンジ、ねえ」ダブルひなちゃん、くすくす。「言葉の選択がそこはかとなく哲学者っぽい、のかな？　なーんて」

けっこう仲良くじゃれ合っている四人と大学正門前で別れ、祐輔は独り、自宅へ戻った。

室内にはまだ、ほんのりウスターソースの香りが漂っている。散乱している空き缶や汚れた皿などを横目に、冷蔵庫から缶ビールを取り出した。

勢いよく呷《あお》る祐輔の唇から白い泡がこぼれる。手の甲で拭い、室内を見回した。

いつもならここで、徹夜で騒いだ挙げ句、酔いつぶれているタックやタカチ、そしてウサコたちの寝息が聞こえたりするのだが、いまは……しん、としている。ただ、森閑と。

「ふーんだ」ビールの残りを飲み干し、祐輔はぶつぶつ、ひとりごつ。「別にさみしくないもーん。なんちゃって。おいおい、なに言うとるんだ、わたしゃ、アホですか」

並べた座布団のうえに、ごろりと横になる。「アホですかーわたしゃ」と未練がましげに呟《つぶや》いているうちに、ぐっすり眠り込んでしまった。

電話の音で目が覚める。一瞬、目覚まし時計が鳴っていると勘違いし、あたふた、ベルを止めるべく手探りしながら身を起こした。

ほんの少しのあいだ眠り込んでいただけと思いきや、時計を見てみると、もう夕刻。あと十分ほどで午後四時である。

はいはい、と受話器をとった。『先輩』と聞き覚えのある声。コイケさんだ。

「お。どうした」

『ゆ、夕刊、見ました？』

「いや」地元新聞の夕刊が配達されるのは、いつもだいたい四時前後だ。「なにかあったのか」

『昨夜のソネヒロくん』

「あいつが？　どうかしたのか」

『ど、どうやら彼、えらいこと、やっちゃったようで、あの……あ、あの後』

「あの後って、おれらと別れた後？　えらいことって、そりゃいったい」

『そ』

コイケさんの声を遮るようにして、玄関の戸を、とんとん、叩く音がした。

「まて。誰か来た」

『あ、け、刑事かもしれない』

「え？」

『さっき、おれんとこにも来てました』

「後でかけなおす」

とりあえず電話を切って、「はい」と引き戸を開けた。

三十代とおぼしき女性が佇んでいた。ショートカットに紺色のパンツスーツ。一見スレンダーだが、肉づきが固く引き締まったアスリートタイプの身体だ。

ひとえ目蓋で、おっとり和風の顔だち。そして適度に愛想好さげな微笑。風貌的にも物腰的にも、例えば高瀬千帆などとは正反対の範疇《はんちゅう》に分類される。にもかかわらず祐輔は、なぜか他ならぬそのタカチを連想してしまった。涼しげな眼差しから滲《にじ》み出るある種、冷徹で峻拒《しゅんきょ》めいたムードが似通っているのかもしれない。

「突然、失礼」彼女は真意を容易に覗かせぬ微笑を浮かべたまま、手帳を掲げてみせた。「警察の者ですが——」

コイケさんの予測が当たったと、ぼんやり感心した祐輔は、はて、と首を傾げた。まてよ、このひと、どこかで見たことがあるぞ……あ、そうか。

「七瀬《ななせ》さん、でしたよね」

「え？」怪訝《けげん》そうに眼を細めた彼女、すぐに祐輔のことを憶い出したようだ。「きみは——そうか」と再び表情を和らげ、頷いた。「去年のクリスマスのときの」

昨年、安槻大の男性講師がビルから転落する事件があった。自殺を図ったと断ずるには謎が多く、殺人未遂の疑いもあるということで、知人の祐輔たちも事情聴取を受けた。その際、直接言葉は交わさなかったが、この七瀬も同席していたのである。

「これは奇遇だ。というか、よく憶えてたわね、あたしのこと」

「こと女性に関しては、ね。そりゃあもう抜群の記憶力を」自慢げにふんぞり返りかけた祐輔、慌てて真顔に戻った。「それはともかく。えと。実はいま友人から電話、もらったんだけど。ひょっとしてソネヒロくんのことで、ですか」

「ソネヒロ？　ああ、曾根崎洋のことね。そうよ。話が早くて、たすかる」

「いえ、早くないです。おれまだ全然、事情を知らないんで。電話で、夕刊を見たかと訊かれたんだけど、なにしろたったいま起きたばかりで」

「二日酔いでお昼寝ですか」残った酒が臭うのか、七瀬は露骨に鼻をひくつかせてみせた。「いいご身分だこと」

「まあ、と、ともかく、どうぞ。おあがりになってください」

「いえ、ここでけっこう。すぐに終わるから。名前は辺見祐輔くん、だよね？　昨夜、曾根崎洋といっしょだったと聞いたんだけど。詳しいこと、教えてくれるかな」

「大学近くの〈さんぺい〉っていう居酒屋で、いっしょに飲んでました。学生ばかり、ひい、ふう。えと、全部で八人で。八時頃から集まって」

「曾根崎洋も最初から、ずっといっしょに？」

「はい。彼の友だちのシシマ、あ、いえ、石丸くんといっしょにやってきて」

「そのまま最後まで？」

「一次会は、はい」

「その後は？」

「十一時頃から、ここで二次会をやったんだけど。それはパスするということで、居酒屋の前で別れました」

「彼が二次会をパスしたのには、なにか特に理由でも？」

「さあ。本人は夏風邪気味だ、とかなんとか言ってましたけど」

「二次会に来なかったのは彼だけ？」

「石丸くんも、一次会だけで帰りました」

「そのとき曾根崎洋といっしょだった？」

「いいえ、別々に」

「別れたのが十一時頃だったことは、まちがいないかしら」

「多分。他の連中にも訊いていただければ」

と答えたものの、どうやらすでに警察は昨夜の参加メンバーたちにはひととおり聴取済みで、祐輔が最後の番だったようだ。先刻の、二日酔いで昼寝かとの七瀬の見透かしたかのような発言も、すでに昨夜の一部始終を聞き及んでいるゆえだろう。

そこへちょうど夕刊が届けられた。玄関さきで突っ立ったまま紙面をめくる祐輔の手もとの記事を、七瀬が指で示してくれる。

『——女性を襲った若い男、誤って自分を刺し、意識不明の重体』

そんな見出しが眼に飛び込んできた。

『昨夜、午前零時前、洞口町の児童公園で、通行人が悲鳴を聞き、駈けつけたところ、女性が若い男に襲われていた。通行人が止めに入る直前、男は女性に反撃され、その弾みで自分の腹部を刺してしまったという。

男は市内に住む大学生（二十歳）と見られ、病院に搬送されたが、意識不明の重体。被害者の女性はそのまま立ち去ってしまったという。警察は、過剰防衛の有無も含め、詳しい事情を調べるため、女性の行方を探している』

「……この若い男、というのが？」

「そう。所持していた学生証と運転免許証から、曾根崎洋であると判明した」

「洞口町……」

祐輔は頭のなかで市内の簡略な地図を描く。大学界隈からは、かなり離れた場所である。なんだってまた、あんな時間帯に、そんなところへ？

「それで、あの……曾根崎くんは？」

「残念ながら」七瀬は首を横に振った。「出血多量でさきほど、死亡が確認されました」

「死んだ……んですか」

祐輔は茫然とした。

死んだ……？　昨夜、ほんの、ほんとにほんのついさっきまで、いっしょに飲んでいた彼が？　死んだ……死んでしまった、だって？

いや、まて、それにしても……これ。

「どういうことなんですか、この記事？　彼が女性を襲った、って？　いったい」

「どうやら被害者を刃物で脅して、乱暴しようとしていたらしい」

乱暴……昨夜のソネヒロの明るい様子とはまったく不釣り合いな、陰湿かつ非現実的な響きに、祐輔はただ絶句する。

「経緯をざっと説明すると、現場近くのマンションに住んでいる男性が、帰宅途中に偶然、通りかかって、救助に駈けつけた。そのとき曾根崎洋は女性に馬乗りになっていて、いまにも彼女を刺してしまいそうな勢いだったらしい。おそらく当初は乱暴目的だったのが、思いのほか強い抵抗に遭ったため、逆上したのではないか、と」

「彼が……そんな」

ひょっとしておれ、まだ眠っているんじゃないのか。祐輔は真剣にそう祈った。これがすべて悪い夢であって欲しい、と。

「ただし、性的暴行が目的だったのではないかというのは、あくまでもその目撃者の印象に過ぎない。もしかしたら彼女を刃物で脅し、金品を奪おうとしていたのかもしれない」

そちらのほうがまだましかも……そう思っている自分に気づき、祐輔は絶望にも似た自己嫌悪を覚えた。ばかやろ、どちらがましもくそもあるか。彼は生命をおとしてしまったんだぞ。

「昨夜、彼の様子はどうだった？　なにか言動に不自然な点とか、普段とちがっているようなことはなかったかしら」

「いや……おれ、彼とそれほど親しかったわけじゃないんで」別に嘘を並べているわけでもないのに、死者に対して冷たい態度をとっているかのような後ろめたさにかられ、祐輔は言いなおした。「少なくとも普段の様子と比較できるほどの付き合いはなかったんで、なんとも。直接会うのはだいたい飲み会のときなんだけど、昨夜がまだ四度目か五度目、そんなもんかな」

「なるほど」

「ただ、昨年からなにか悩んでいて、この四月、ついに休学届けを出したらしいですが」

「その話は聞いたわ」

「でも、昨夜は明るい感じだったんですよ。これはおれだけじゃなくて、いっしょに飲んでいたみんなも同じ印象を受けたはずです」

他の参加者たちの証言と合致する、という仄《ほの》めかしだろうか、七瀬は無言で頷いてみせた。

「なにに悩んでいたかは知らないけど、曾根崎くん本人も、だいぶ吹っ切れたって言ってたんだし。もちろん他者の内面は窺い知れないとはいえ、特に疑う理由はなかった。明るく振る舞う様子に不自然さはなかったし。少なくともあの直後、こんな」再び記事に視線を戻した拍子に、力が入り過ぎたのか、紙面が、びりっと数センチほど破れた。「暴行目的か強盗目的かはともかく、こんな……こんなばかなことを――」

「しでかすようには見えなかった？」

「ええ。全然」

そのまま新聞紙を引き裂いてしまいたい衝動を祐輔はかろうじて抑え、ゆっくり畳み込んだ。それでも半分、握りつぶしたみたいなかたちになってしまったが。

「そうだ。被害者の女性はどう言ってるんです、襲われた状況について」

「それがまだ、身元が不明なの。目撃者によると、いつも同じ時間帯にジョギングしている姿をよく見かけるという話だったから、周辺を聞き込めば簡単に判るんじゃないかと思ってたんだけど。これがいまのところ、さっぱり」

「ジョギング、か。じゃあ、洞口町界隈の住人とは限らないわけですね」

「まあね。かなり遠方から走ってきていたのかもしれないし」

「あの……」ふと祐輔は思いついた。「刑事さん、ひょっとしたら」

「なに」

「この被害者の女性、もしかしたら曾根崎くんの知り合いかもしれません」

視界のピントを合わせようとしているみたいに、七瀬は眼を細めた。「どうしてそう思う？」

そんな彼女の表情に、祐輔はなぜか胸騒ぎを覚えたが、このときはその理由にとんと思い当たらず、

「実は――」と昨夜、別れ際にソネヒロが洩らしかけた言葉について説明した。

「夏風邪だと言ってましたが、その直前に――」

「やく、と口走った。それは、約束がある、と言いかけたのではないか、と？」

「ええ。それに彼は居酒屋を出て、すぐに大通りのほうへ歩いていった。住んでいた学生用アパートとは逆方向です」

「つまり、それは昨夜、被害者の女性と洞口町の公園で落ち合う約束が事前にできていたからじゃな

いか、と言うのね？」

「かもしれない。そこでなにか感情的ないきちがいとかがあって——」

「でもね、現に刃物を振り回していた、ということは、あらかじめ用意していたわけよね」

「それは……まあ」

まさか偶然、道に落ちていたのを拾ったわけでもないでしょうしね——そう付け加えかけて、祐輔はやめた。果てしなく刺々《とげとげ》しい、皮肉っぽい口調になりそうだったからだ。

「つまり、最初から被害者に対して害意があったと考えるべきでしょ。ほんとうに傷つけるつもりだったか、それとも単なる脅しのためだったのかは別として、ね。ただし、だからといってふたりが知り合いだったという可能性を否定はできない。もしもきみの指摘通り、被害者と容疑者のあいだで事前になんらかの約束が交わされていたのだとしたら、単なる強盗や強姦未遂事件ではないのかもしれない。彼の周辺を地道に調べれば、女性の身元も判明するかもね。どうもありがとう、辺見くん。参考になったわ」

辞去しようとした七瀬を「あ、刑事さん」と祐輔は呼び留めた。

「ん」

「よかったら、連絡先、教えてください」

「どうして？」

「またお会いしたいな、と思って」

「これはまた奇特なひとだこと。警察の事情聴取をそんなに何度も受けたいなんて」

「いやいやいや、できれば個人的に」

「あらま」にやっと笑って、流眄《りゅうべん》をくれる。「ナンパ？」

「そう思っていただいてけっこうです」

「署のほうに電話して。気が向いたら出てあげる。じゃね」

あっさり、いなされた。

七瀬は、少し離れたところに停めてあったセダンに乗り込んだ。覆面パトカーだろうか。

そのまま待機していると、白いワイシャツ姿の男が汗を拭きふきやってきた。まだ若く、祐輔とさして変わらない感じ。運転席に乗り込むと、なにか七瀬に話しかける。

てっきり彼女単独で聞き込みに回っているのかと思いきや、ちゃんと相棒――というより、指導ちゅうの新人っぽい――と行動していたようだ。この近所に昨夜の飲み会のメンバーの住処《すみか》はないが、安槻大の学生用下宿はいくつかある。男性刑事のほうはソネヒロのキャンパスでの評判などを調べていたのかもしれない。

走り去るセダンを見送った祐輔は、しばし考え込む。屋内に戻り、電話をかけた。ソネヒロとシシマルの住んでいる学生用アパートに。

管理人に取り次いでもらうよう頼んでみたが、シシマルは留守だということだった。しかも、当分戻れないかもしれない、との伝言を残していったという。

やはりシシマルも、そして管理人も揃って、ソネヒロの事件に関して事情聴取を受けたらしい。家族ぐるみで付き合いのあったシシマルだ、遺体の身元確認から、遺族への連絡、葬儀に至るまで、これからなにかと身辺が慌ただしくなるであろうことは想像に難くない。

礼を述べ、一旦電話を切った祐輔は、別の番号をプッシュした。

「――コイケか」

『あ、先輩。どうでした？』

「夕刊、見た。刑事さんからも話を聞いた」

『ねえ、びっくりですよね。いったい彼、なにがどうして』

「ちょっと付き合わないか」

『は？』

「昨夜と同じ店というのもなんだか芸がなくて申し訳ないが、〈さんぺい〉で」

『なーんだ、飲む話ですか。ええ、おれは別にいいっスけど』

「じゃあ、八時、な」

『了解。ん。あれ、それも昨日と同じ？』

「そ」

電話を切った祐輔は、風呂を沸かすあいだに散乱しているゴミをかたづけ、汚れた食器を洗う。汗を流し、さっぱりして、テレビを点けた。夕方のローカルニュースをチェックする。

ソネヒロの事件は、容疑者の大学生が搬送先の病院で死亡したという内容の、簡単な後追い報道のみだった。曾根崎洋の実名も公表されなかった。

八時前に家を出た祐輔は、〈さんぺい〉でコイケさんと落ち合う。

昨夜、たった二十四時間前に、まさに同じ場所でいっしょに飲んでいた男がもうこの世にいない、と改めて思うと、眩暈にも似た困惑に襲われる。

「……ソネヒロって、どういう人間だったんだ」

無力感とも焦燥感ともつかぬ苛立《いらだ》ちにかられ、生ビールの大ジョッキを一気に干して溜息をついた祐輔は、つい愚痴のような口吻《こうふん》になった。

漠然とした、質問というより独り言だったが、コイケさんは律儀に「いやあおれも、飲み会で何度か会ったことがあるだけだし」と頭を掻く。

「葉世森町の出身、とか言ってたな」

「らしいっスね」

「ここから、車だと」

「二時間、ちょい、ですかね」

「そこから遺族も、もう駈けつけてきてるのかな、安槻へ」

「そりゃそうでしょう。遺体の身元確認もしないといけないし。いろいろと、ね」

「……たまらん、よなあ」

「なにがですか」

「ソネヒロの親御さんの気持ちを考えると。息子が急死したというだけでもショックなのに」

「こういう言い方はあれだけど、なんとも不名誉な死に方ですもんね」

「シシマルに話を聞いてみたかったんだが、どうもしばらくは、つかまえられそうにない」

「母親同士が友だちで、家族ぐるみの付き合いだって言ってましたもんね。それほど親しかったら、文字通り他人事《ひとごと》じゃあない。いまごろ彼、たいへんでしょう。でも、なんで。先輩、シシマルからなにを聞こうってんです？」

「昨夜、話に出た、ほら、ふたりのあいだでのトラブルってやつ」

「三角関係云々ですか。歳上で社会人の女性を巡ってとかなんとか。でも、どうもおれは眉唾だなあ。そんな女性、ほんとにいたんスかね？」特大の骨つき唐揚げにかぶりついたコイケさん、脂まみれになった口の周りをビールで洗い流した。「妄想の産物とまでは言いませんが、ひとの噂って尾鰭《おひれ》がつきまくるからなあ」

「歳上で社会人なのかどうかはともかく、女性関係は若い男にとって普遍的な問題だからな。ただ、おれが気になるのは、ソネヒロの悩みってその彼女がらみだけだったのか、ってことだ。それとも他にもなにか」

「どうでしょう。休学届けを出すくらいだから、いろいろ深刻だったんだろうけど」

「どう思う、やつの昨夜の明るい態度。あれが単なるポーズというか、カラ元気の類いだったとは、おれにはとても思えないんだが」

「同感です。でも、必ずしも前向きな気持ちになれてたから、とも限らない」

「ん。というと？」

「このまま引き籠もり状態が続いたら、単位取得も覚束《おぼつか》なくなる。それが判っていながら、なかなか外へ出てゆこうとする踏ん切りがつかない。本人にとっては相当プレッシャーだったでしょう。それが正式に休学届けを出したことで、とりあえず学業のほうを心配する必要はなくなり、気が楽になった。単にそれだけの話なのかも」

「しかし、それがつまり、前向きになるってことじゃないのか？」

「うーん、微妙ですけど、おれはちがうと思いますね。前向きになるっていう以上は、自分がかかえている悩みごとを、こんなのさほど特別な問題じゃない、どこの誰にだって普通に起こり得るんだから、と相対化できなきゃ」

「まさしくそういう意味のことを、ソネヒロ、口にしてたけどな。いつまでもいじけていたって仕方がない、って」

「口ではね。とりあえずみんなの前で、吹っ切れましたと言い繕える程度には元気になってたってことでしょ。休学届けを出して、ホッとすることによって、ね。でも、それイコール前向きになれてたとは限らない。内心ではまだまだ、うじうじ悩みを引きずってたのかもしれない」

「コイケ、おまえ」祐輔は眼をしばたたき、冷酒をぐびり。「なんだかずいぶん辛辣《しんらつ》だな」

「やだなあ、先輩、いまさら。おれがオトコに対して辛辣なのは、昔からっスよ」がははと笑って、たっぷりソースをまぶした鯨カツをもしゃもしゃ、食べまくる。「まあでも、昨夜のダブルひなちゃんのソネヒロくん評が生々しく頭に残ってて、ちょっと影響されてるのかもしれませんけどね」

「誰……なんだろうな」

「え。なんスか」

「三角関係云々。ソネヒロがシシマルと張り合ってたっていう、歳上で社会人の女性というのが妄想の産物でないのだとしたら、それはいったい、どこの誰なのか、と」

「さあねえ。ひょっとして、先輩」

「ん」

「昨夜、ソネヒロが殺そうとした女こそが、まさにその彼女だと思ってるんじゃ——」

ずばり言い当てられ、不覚にも祐輔は噎《む》せてしまった。そして、七瀬の聴取を受けた際、シシマルとの三角関係という噂話を、無意識にせよ、なんとか糊塗しようと図っていた自分にやっと気づき、ひやりとする。

もちろん祐輔が隠そうとしたって無駄だ。警察はすでにダブルひなちゃんやハヤタ隊員、ニーチェたちからも事情聴取している。そしてコイケさんからだって。問題の歳上で社会人の女性の一件が、その誰の口からも出なかったというのは、ちょっと考えにくい。

いや、それどころか警察は、三角関係に関する噂話をかなり重要視しているのではあるまいか。被害者の女性がソネヒロと知り合いだったかもしれないと進言したのは、他ならぬ祐輔自身である。あのとき眼を細めた七瀬の表情を見て胸騒ぎを覚えた理由にいまさらながら思い当たり、祐輔は臍《ほぞ》を噛んだ。なんてこった。

隠そうとするどころかおれは、ソネヒロが痴情のもつれで殺人未遂に及んだという仮説に、ひとつの有力な根拠を付与したに過ぎない。あのときはソネヒロが単なる暴漢に堕したと考えるのが嫌さに、被害者が知人だったというケースのほうがまだ救いがあるのではないかとつい錯覚してしまったが、実際はまるで逆だったのだ。

(もしもきみの指摘通り、被害者と容疑者のあいだで事前になんらかの約束が交わされていたのだとしたら、単なる強盗や強姦未遂事件ではないのかもしれない)

七瀬の言葉がずっしり重くのしかかってくる。強盗未遂でもなければ強姦未遂でもない、これは殺人未遂事件だったのだ、と。

(うじうじうじうじいつまでも、いじけていたって仕方がない。この際、自分にやれることはなんでもやって、すかっとしようかなあ、と)

昨夜のソネヒロのそんな科白が脳裡に甦《よみがえ》り、祐輔は暗澹《あんたん》となった。やれることはなんでもやって、すかっとする……って。おい。まさか。

まさか、やっぱり?

やっぱり……やっぱり、そうなのか? ソネヒロは三角関係の泥沼を清算しようと、その女性を殺害しようとしたのか……いや。

いや、しかし。なんで昨夜、なんだ? なんで、よりによって飲み会の直後に? それに、そうだ、それにどうして洞口町なんだ? 問題の彼女、その近辺に住んでいるのだろうか。

「コイケ、ここから洞口町まで行くとしたら、おまえ、どうやって行く?」

「どうって、そりゃ普通はやっぱ、路面電車かバスでしょ」

「それが夜の十一時だとして、だ」

ああ、と納得したように呟いて、コイケさん、口に放り込んだイカ団子をもぐもぐ咀嚼《そしゃく》する。「電車もバスも運行していない。となると、車しかないっスね。タクシーかな」

「いや、それはない」

「どうしてです？」

「昨夜、飲み代の割り勘分を払った後、ソネヒロの財布はほぼ空っぽだった。現金の持ち合わせがなかったら、タクシーはむりだろう」

「一旦アパートへ戻ったのかもしれませんよ。金をとりに」

「そんな暇はなかったんじゃないかな。だってあいつ、すぐに反対方向の大通りへ向かったし」

「あるいは途中で、誰かの車に乗せてもらった、とか？」

「誰かの車……か」

「どこかで待ち合わせて、拾ってもらう手筈《てはず》になってたのかも」

誰に、と祐輔は訊けなかった。訊けばコイケさんは必ず、被害者の女性に、と答えるであろうことは容易に予想できる。

「ひょっとして」手羽先の塩焼きを口もとへ持っていきかけた手を、コイケさん、ふと止めた。「歩いたんスかね」

「歩いた？　洞口町までか」

「もしも彼が現金も車も調達できなかったのだとしたら、それしかないでしょ。すごく遠いようなイメージがあるけど、実際はそれほどむりめの距離でもないっスよ」

「よし、試してみよう」

「って、な、なにを」

「歩いてみるんだよ、これから。おれたちも」

「へ？　これから？　洞口町まで？　てか、先輩だけじゃなくて、なんでおれまで」

「運動不足だろうがおまえ。ちょうどいい。少しでもその腹を引っ込めるために付き合え」

「そ、そんなあ」

「十一時きっかりに出発するぞ」冷酒の残りを、ぐいっと空けた。「あと十分くらいしかない。早くその手羽先、かたづけろ」

「そんな殺生な。おれ、まだ頼みたいものがあるんですよう。ご飯ものでしっかり締めようと思ってたのにい。鯖寿司にしよっか、お茶漬けにしよっか、楽しく迷ってたのにいい」

「うるさい。さっさと喰え」

「あああ。なにが哀しゅうてこんな夜中にウォーキングを」

いじましくビールの残りを啜り込んでいるコイケさんを尻目に、祐輔はレジへ向かった。

支払いをすませ、レシートを受け取った拍子に、ふと首を傾げる。「……ん？」

追いついてきたコイケさんといっしょに、十一時二分ほど前に、〈さんぺい〉を後にした。

思わず祐輔は呟く。「……おかしいな」

「どうしたんスか」

「昨夜、支払いをしたのって、たしかニーチェだったよな」

「でしょ。みんなから金、集めてたし」

「でも、レシートをおれに渡してくれたの、シシマルだったぞ」

「そうですか。で？」

なにを祐輔が戸惑っているのか判らないらしく、コイケさん、肩を竦めた。祐輔自身、なにが引っかかるのか、うまく言葉にできない。

「ま、まあいいや。とにかく行こうぜ」

ふたりは大通りへ出た。

車のヘッドライトが往き交う電車通りをてくてく歩き、やがて県庁前を通過。さらに入り組んだ路地を抜け、洞口町へ。

現場である児童公園にふたりが到着したのは、十一時四十分だった。

「意外に早く着いたな。一時間以上はかかるかと思ってたが」

「つまり、ソネヒロが昨夜、徒歩だったとしても、おかしくないってわけですね」

「そうだな。ここで……」

公園に、ひと影は見当たらない。

街灯の明かりに、ジャングルジムやシーソーなどの遊具、そして公衆電話ボックスなどがぼんやり浮かび上がる。大通りから外れているせいで、水底に沈んだかのように静かだ。

敷地の周囲に立入禁止のテープなどは張り巡らされておらず、そうと知らなければ、事件現場とはとても思えない。

「やっぱり……」いい加減に現実を直視しろ、と祐輔は自身に言い聞かせた。「やっぱり待ち合わせをしてたんだな」

「ソネヒロが、ですか。その襲われた女性と」

「ふたりは事前に約束していたんだ。そうだとしか考えられない」

「たしかに。仮にソネヒロになんの当てもなかったとしたら、こんな時間帯にわざわざ歩いて、ここまで来たりするはずがないですもんね」

「そう。そうなんだが、不思議だ。なぜこんな時間に、こんな場所で会わなければいけなかったんだ。いったいふたりは、どういうつもりだったんだ」

「さあねえ」

「すっきりしない」夕方、風呂に入った際、洗ったばかりの髪を、祐輔はがりがり掻いた。「どうもすっきりしない。仮に被害者の女性が、ソネヒロと男女関係のトラブルをかかえていた相手なのだとしよう。だとしたら、待ち合わせしようと持ちかけたのは、どっちだと思う」

「そりゃあ当然、ソネヒロでしょう。噂がほんとうだとして、ですけど。彼はその彼女にふられた後も未練たらたらで、会ってくれ、と」

「そこだ、不可解なのは。ソネヒロが彼女に、会ってくれと頼むのは判る。けれど彼女のほうは、そうすんなり応じるだろうか」

「大いに疑問ですね。これまた噂が事実だとしてですけど、その彼女はソネヒロを袖にしたうえ、彼の親友に鞍替えしたわけですから。とてもじゃないけど、喜んで会いたい相手ではあり得ない。昼間にだって充分いやかもしれないのに、ましてやこんな夜中に、なんて」

「まさにそのとおり。じゃあ彼女は、いったいどういうつもりで……」

「それはもう本人に訊くしか——」

　コイケさん、ふと口をつぐんだ。

　そこに謎の答えが隠されているとでも言わんばかりに公園の地面を凝視し腕組みしている祐輔を、少し不安げに窺う。

「あのう、先輩……」

「ん」

「なに、入れ込んでるんスか、そんなに」

「いや……」我に返ったみたいに夜空を仰ぐと、両手をズボンのポケットに突っ込む。「いや、そんなわけじゃ——」

「入れ込んでますよ、充分」

「うーむ。ていうか、妙になあ、口惜しい、みたいな」

「口惜しい？　なにがです」

「昨夜のソネヒロ。おれ、あいつがほんとうに立ち直っているところだと信じて疑わなかった」

「むりもありません。明るそうでしたもん。やっとトンネルの出口が見えました、みたいな感じで。あれじゃあ誰だって、先輩と同じような印象を受けたはずです」

「しかし、こんな事件を起こした……てことは」

　長い長い嘆息を、祐輔は洩らした。

「あの直後、こんな事件を起こした、ってことは、おれの眼は節穴だったのか、と」

なにか言いかけたコイケさん、口をつぐんだ。同時に視線が、祐輔の背後のほうへ逸れる。

つられて祐輔は、振り返ってみた。

ちょうど公園の敷地内に、ひと影が入ってきたところだった。ぱっと見、三十代とおぼしき男。

常夜灯の明かりを受け、メガネのレンズが一瞬、光る。

RENDEZVOUS 2

「みょ……明瀬《みようせ》です」

夏の制服姿の鶴橋《つるはし》巡査部長は、やっとのことでそう声を搾り出した。

「明瀬に、ま、まちがいありません」

室内はエアコンが点けっぱなしで、寒いくらい冷房が利いていたが、鶴橋の額にはじっとり、火を近づけたら燃えそうなほどの脂汗が滲んでいる。

「なんで……」

呻いたきり、鶴橋は言葉が続かない。脂汗で滑ったのか、レンズの分厚いメガネがずり落ちそうになっているが、なおそうとする気配もない。

中腰の姿勢で、両手をだらりと下げ、虚《うつ》ろに濁りきった眼でただ見下ろしている。フローリングの床に横たわる、若い男の遺体を。

鶴橋と同じ夏の制服姿だが、制帽が脱げている。首になにかが巻きつき、皮膚に喰い込んでいた。

梱包用ビニール紐のようだ。

明瀬巡査の遺体は、さきほどまでうつ伏せに倒れていた。その状況を鑑識課員がひと通り撮影した後で、数人の捜査官たちによって身体の向きを変えられたところだ。

「どうして……」鶴橋は再び呻いた。「なんでこんな、こ、こんな……なんてこった……なんて」

二十一歳で、まだあどけないと呼んでもさして的外れでない明瀬の死に顔は苦悶に満ちていた。

絞殺された際、激しく抵抗したのだろう。なんとかビニール紐を剝がそうとしたとみられる自身の指の爪痕が、痛々しくも、はっきり喉まわりに刻み込まれている。

「――鶴橋さん」

安槻署の佐伯《さえき》は、茫然自失している年長の巡査部長に、そっと囁《ささや》くように声をかけ、歩み寄った。

我ながら陰気で、ざらついた声だ、こんなとき佐伯は改めて思う。相手を恫喝《どうかつ》するにはもってこいだが、まちがっても慰撫《いぶ》する柄ではない。

ご面相にしても、公共交通機関内で頼んでもいないのに強面連中から席を譲られること数知れずという実績に鑑《かんが》みれば充分だろう。あなたはなにをどう足掻《あが》いても誤解されるタイプなのだから、言動には注意を払い過ぎるくらいでちょうどいい――とは佐伯に対する妻の忠言だ。

常日頃からそのアドバイスには素直に従うよう心がけている。たとえ天変地異の類いがあろうとも、声を荒らげたり、形相を変えたりしない。ただ感情を覗かせない無表情と、平常心のみ。特に殺人事件の現場では。

白い手袋を嵌《は》めた掌を死者に向かって合わせ、佐伯は咳払いした。

「何度も申し訳ありませんが、明瀬巡査が鎌苑《かまくさ》交番を出たのが今日の午後二時頃だったというのは、まちがいありませんか」

「え、ええ。たしかに」ふらつきながら鶴橋はやっと立ち上がったが、まばたきもしない眼は同僚の遺体に据えられたまま。「まちがいないです」

「それは彼、ひとりで？」

「はい」

「彼だけで警邏《けいら》を？」

「ではなくて、この界隈の住宅を一軒いっけん、挨拶に回っていたのです」

「ほう？」

「彼は鎌苑に配属されたばかりだったので。住民の方々に自分の顔を憶えていただこうと、その、ずいぶんとはりきって……」

鶴橋によれば本来は、町内で近年増えつつある賃貸マンション住人の出入りを把握するための、調査なのだという。

顔見せを兼ねて一世帯ずつ訪問し、相手の同意が得られれば、本人及び同居者の名前と連絡先をカードに記入してもらう。各賃貸共同住宅を定期的に回ることで地道に住人の出入りを把握し、地域密着型の防犯対策に役立てるのが目的だ。

鎌苑交番勤務の警官が交替で、時間的余裕のあるときに当たっているが、明瀬巡査はその延長線上で一般住宅にも積極的に訪問し、新任の自分の顔を憶えてもらうことで地元住民との密接な信頼関係を築こうと、日々努力していたのだという。

「すると今日、彼がこの家へやってきていたのも、そのためだった、と？」

「そのはずです。ほんとうに、いまどき、めずらしいくらい熱意のある若者だった。それがなぜ、こんなことに」

「頭を殴られていますね」

検視作業中の遺体を、佐伯はそっと見やった。制帽の脱げた明瀬の後頭部に、裂傷が認められる。

拳銃は奪われていない。現場に到着して真っ先に——おそらく佐伯だけではあるまいが——着目したのがその点だ。

警棒や手錠などもそのまま。奪おうとした形跡も特に認められない。

「住人への挨拶のため、その家に上がり込んだりすることもあったのでしょうか？」

「いや……」相変わらず虚ろな眼つきのまま、ようやく鶴橋はメガネを外し、ぐるりと顔面の脂汗を拭った。「いや、それはないでしょう。わざわざそんなことをせずとも、玄関先で応対していただければ充分なはずだ」

「例えば家の住人に、ぜひにと勧められてとか」

「まずあり得ません」

ということは——眼球を真紅に染めている鶴橋巡査部長から、佐伯はそっと離れた。

二十畳ほどの広さの、リビングと続きになったダイニングルーム、そして対面式キッチン。家の玄関の沓脱《くつぬ》ぎを上がって、左が和室へ、右がリビングルームへの出入口になっている。

沓脱ぎには、家族のスニーカーやサンダルに混じって、明瀬巡査の靴があった。つまり——佐伯は考える。なにかがあったわけだ。巡回中の警官が靴を脱ぎ、敢《あ》えて民家へ上がり込まなければならないような事態が。

発見時、明瀬の遺体はリビングのほぼ中央辺り、テレビとソファのあいだを横切るかたちで倒れていたという。

遺体の頭部が向いた先に、長方形のダイニングテーブルが置かれている。その脚部の傍らに、もうひとり、別の亡骸《なきがら》が横たわっていた。

小柄で髪の長い、若い女性。というより、少女と呼ぶべきだろう。鮮やかなコバルトブルーのパジャマを着ている。

やはり前のめりに倒れ込むかのような、うつ伏せの姿勢で、首にはビニール紐とおぼしきものが巻きつき、皮膚に喰い込んでいる。

「——もうひとりの被害者ですが、この家の長女だそうです」同僚の山崎が佐伯に近寄ってきて、耳打ちする。「名前は鯉登《こいと》あかり。私立藍香《あいきょう》学園の高等部二年生。明瀬巡査と同様、頭をなにかで殴打されたうえ、絞殺されたものと見られる。発見者は、この家の世帯主の妻で、被害者の母親——」

山崎は、玄関の廊下を挟んで真向かいにある、和室への出入口に眼配せした。

無言で頷き、佐伯は鶴橋巡査部長のもとへ一旦戻った。

「恐れ入りますが、もう一度、確認します。明瀬巡査は今日、午後二時、町内の挨拶回りのため、鎌苑交番を出た」

「はい。いつも時間を見つけては、そうしていた。留守だったお宅には、また日を改めて伺うという具合に」

「賃貸物件の出入り調査については、交番勤務全員でやっているというお話でしたよね。では、こうした一般家庭への挨拶は、いつも彼ひとりで、だったのですか？」

「いえ、たいていはわたしか、わたしが手の空いていないときは他の者が、警邏も兼ねまして、なるべく同行するようにしていたのですが……今日は、たまたま」

鶴橋は口惜しげに唇を噛みしめた。

「二時頃、交番を出て、何時頃までに戻ってくるつもりだったとか、そういう予定は？」

「それはその日によりますが、いつもは、せいぜい一時間もあれば戻ってくるのに、今日は四時を過ぎてもいっこうに……気にはなっていたのですが、別件の対応に追われているうちに……しかし、しかし、なんで……なんでこんなことに」

もうひとりの被害者、鯉登あかりがパジャマ姿だった、ということは——佐伯は考える。

今日、八月二十二日。

まだ学校は夏休みだろう。鯉登あかりは多分、家族が出勤したり外出したりした後も、寝坊していたか、もしくは起床しても着替えずにそのままの恰好で過ごしていた。

そこへ侵入者があった。窃盗目的だったのか、それとも乱暴目的だったのかは判然としない。ざっと見たところ室内が物色された痕跡はないが、例えば当初は窃盗目的だったのが、鯉登あかりに見咎められてつい殺してしまったため泡を喰って、なにも盗らずに逃走したというケースもあり得る。

ともかく犯人は鯉登あかりに手をかけた。そこへたまたまやってきたのが、町内の挨拶回りの途中の明瀬巡査だったのだ。

よりによって警官に犯行を目撃されてしまった犯人は、逮捕されまいと逆上し、明瀬まで殺してしまった——だいたいこういう経緯だろう。

「エアコンは？　ずっと点いてたのか」

山崎が傍らにいるものとばかり思って佐伯はそう訊いたが、彼はすでに別室の現場検証に行ったようで、答えたのは入れ替わるかたちで歩み寄ってきていた七瀬だった。

「発見者の母親によると、彼女が外出したとき、一階の空調はすべてスイッチを切っておいたはずだということですが」

七瀬は佐伯とは対照的に、一見とても愛敬のありそうな女だ——あくまでも、一見、という点がみそだが。

「帰宅して現場を発見した際には、ああして冷房が点いていたように思う、とのことです。詳しいことはご本人に」

七瀬は佐伯に、被害者の母親の事情聴取をさせたそうなニュアンスだ。彼女に限らず、殺人事件の捜査で佐伯に、被害者の遺族から話を聞く役割をあてがおうとする同僚は——さきほどの山崎も含め——多い。なぜだか自然に、そういう流れになる。

佐伯なりに解釈するところでは、それはある種のショック療法だ。たいせつな家族を失い、哀しみに暮れているとき、なまじ優しく接してもらうと、より絶望感が増したりするのも人間ありがちである。むしろ佐伯の剃刀《かみそり》のような刺々しい雰囲気に晒《さら》されることで、理不尽な現実に対する怒りを奮いたててもらったほうが、本人にとっても、捜査陣にとってもなにかと効果的――というわけだ。

単なる屁理屈かもしれないが。

「世帯主は？」

「勤め先に連絡はいってますが、出先から戻ってくるのに時間がかかっているようです」

佐伯は頷き、作業中の鑑識課員たちのあいだを縫って和室へ向かった。七瀬もついてくる。

和室では五十代とおぼしき、いかにも主婦然とした女性がテーブルによりかかるようにして、うなだれていた。鯉登あかりの母親、直子《なおこ》だという。

「失礼。安槻署の佐伯と申します」

そう声をかけても、いっこうに反応がない。石と化したかのように、微動だにしない。

「このたびは、なんと申し上げたものやら。ご心痛の折、まことに恐縮ですが、少しお話を伺ってもよろしいですか」

あらぬ方向へ視線を据えたまま、直子はかすかに身じろぎした。まるで感電でもして細かく首を振りたくったかのようにも見える。

拒絶の意思とも受けとれたが、佐伯はかまわず続けた。

「恐れ入りますが、お嬢さんを発見した際の経緯をお聞かせください」

「経緯もなにも……」やっとそう呟いた。「帰宅してみたら、あんなことに」

「それは何時頃？」

「よ……四時」

呟きが、途中で絶叫に変じ、直子は泣き伏した。頭をかかえ、号泣する。

泣き叫んで、錯乱状態になった彼女を七瀬に一任し、佐伯は和室から出た。

これもまた、ある種のショック療法だ。息苦しい圧迫感を伴う佐伯より、七瀬のような物腰の柔らかい捜査官が質問してくれたほうが喋りやすい自分を再発見してもらえれば、直子本人も正気を取り戻せるし、こちらの事情聴取もよりスムーズになるだろう。少なくとも佐伯本人は、これでひとつ自分の役割を果たしたと割り切れる。

玄関の廊下を挟んで、向かい側のリビングルームの出入口。ドアは開放されたままだ。

おそらく――佐伯は考える。靴を脱ぎ、上がり込んだ明瀬はこの出入口越しに、ダイニングテーブルの傍らに倒れている鯉登あかりを視認し、その遺体に駈け寄ろうとした。そこを。

犯人は後ろから襲う。遺体の姿勢やビニール紐の巻きつき方からして、犯人が明瀬を背後から殴り、絞殺したのはまちがいない。が、はたして。

犯行直後に、警官に現場へ乗り込んでこられた犯人が、はたして、とっさに彼の背後をとることができたのか？

できた。佐伯はリビングルームの出入口の横を見やる。二階へ上がる階段を挟んで通路があり、玄関の廊下とL字形に繋《つな》がっている。この通路は直接、キッチンへと抜けられる。

つまり、こうだ。鯉登あかりを殺害した犯人は、誰かが玄関から上がり込んでくることに気づく。とっさに遺体から離れ、対面式キッチンへ飛び込む。そのまま通路を抜けると、玄関の廊下へと回り込んだのだ。

こうすれば、遺体を発見し、驚いている警官の背後をとることは造作もない。あとは鯉登あかりと同じ方法で明瀬を殴り、抵抗力を奪ったうえで絞殺する——脳裡《のうり》で着々と事件の再構成を進める佐伯は、犯人像について考えを巡らせようとした。

そのとき、ダイニングテーブルの傍らに佇む野本《のもと》と眼が合った。手に体温計を持った鑑識課員と、なにやら話し込んでいる。

野本は佐伯に向かって、手招きした。その表情を見る限り、どうやら楽しい用事ではなさそうだ。はたして野本は「……どうも、おもしろくないことになりそうだ」と顔をしかめた。

この場合の「おもしろくない」とは、やっかいとか、めんどうだというより「不可解」という意味だと佐伯は了解している。

「なにか?」

「まず、鯉登あかりの死亡推定時刻なんだが。体温の低下具合、死斑、死後硬直の度合いなどから判断して、発見時の段階で、死後、ざっと四時間、ないし六時間」

「つまり、今日の午前十時から正午までのあいだ、であると」

「もちろん詳しくは解剖の所見待ちだが、それほど大きくは外れていないと思う。問題は」と明瀬巡査の遺体を顎でしゃくった。「彼だ」

「明瀬巡査の死亡推定時刻は」

「発見時の段階で、おそらく死後一時間」

「というと、午後三時……」

佐伯の声が一瞬、しぼんだ。

「えっ？」

なんだって？　その事実の重大さをとっさには把握しかねて、混乱する。

「いったいどういうことなんだか」野本は不機嫌そうに眼を細めた。「彼女と明瀬が殺害された時刻はそれぞれ、最小でも三時間、最大で五時間ものずれがあることになる」

ほんのついさっき佐伯の脳裡で完璧に再構成されていたはずの事件の全貌は、あえなく瓦解《がかい》してしまった。

明瀬が殺害されたのは、鯉登あかりの死から三時間、ないし五時間後？　ということは。

事件の再構成作業を、佐伯は一からやり直す。想定し得るパターンがひとつ、またひとつ、浮かんでは消え、消えては浮かんだ。が。

だめだ……一瞬、戦慄《せんりつ》めいた悪寒《おかん》が佐伯の背筋をかけぬけた。だめだ。どのパターンも成立しない。どう断片をいじり直してみても、事件の過程を構築できない……これは、もしかして。

袋小路に追い詰められたかのような恐怖にかられる己れに気づき、佐伯は舌打ちする思いだった。ばかな、なにを弱気になっている。まだなにも断定できる段階じゃない。データがすべて揃っているわけでもないのに、いまから難物扱いし、先入観を抱いてどうする。これからだ、これから。

しかし……そう自分を叱咤したものの、この事件はひと筋縄ではいかないかもしれない、という嫌な予感に佐伯は襲われた。

＊

「被害者のひとりは、鯉登あかり。十七歳。私立藍香学園の高等部二年生。銀行員の父、一喜《かずよし》、そして専業主婦の母、直子と三人暮らしでした。大学生の兄、三喜男《みきお》がおりますが、彼は現在、他県で暮らしています」

県警との合同捜査本部が設置され、捜査会議がひらかれていた。

一課長、鑑識課長、捜査主任、安槻署署長、いずれも普段より心なしか緊張の色が濃く滲む。むりもない。他殺体がふたつ同時に発見されるという凶悪なケース自体が稀なうえ、現職警官が公務中に殺害されたのだ。

ホワイトボードの前に立った脇谷《わきや》係長が、鯉登あかりの案件から説明している。

「まず鯉登直子の証言をまとめます。八月二十二日の朝、七時半に、朝食を終えた夫、一喜が出勤。その後、掃除や洗濯などをすませて、直子本人も十時頃に出かけた」

車で二十分ほどの距離の隣り町に、一喜の歳老いた両親がふたりで暮らしている。その世話に通うのが、最近の直子の日課であるという。

「出かける際、直子は娘のあかりの姿を確認していないそうです。多分、二階の自分の部屋でまだ朝寝していると思っていたとのことで、わざわざ起こしにいったりもしていない」

学校が夏休みになってから、あかりは毎日、朝食も摂《と》らず、昼頃まで寝坊していたという。ずいぶん放任主義だな、と誰かが呟いた。

「従って、あかりの部屋のことは判らないが、それ以外の、家の戸締りはしっかりしておいたはずだ、と言っています」

脇谷はホワイトボードに、鯉登家の間取り図をマグネットで留めた。

一階は、玄関から向かって左手が和室二間、右手が現場となったリビング、ダイニング。キッチンの横には浴室と洗面室、トイレが並んでいる。

二階は洋室が二間と、ウォークインクローゼットにトイレ、ざっとそんな間取りだ。

「被害者の部屋は階段を上がって、奥の洋室です。この、ウォークインクローゼットと続きになってるほうの部屋ですね。ちなみに発見時には窓が閉まっていて、内側から鍵が掛かっていました」

鯉登家の内装を撮影した写真を何枚か、ホワイトボードに貼る。

「直子が出かけた後、被害者が何時に起床して一階へ降りてきたか、正確な時刻は不明ですが、少なくとも食事をする暇はなかったと思われる。彼女の胃のなかは、からっぽだったそうです。そして犯人が家へやってきたとき、彼女はまだ着替えてもいなかった。このことから、あるいは犯人は被害者の顔見知りだったかもしれない可能性が導かれる。というのも——」

被害者の傷跡を撮影した写真を示した。

「あかりの後頭部には、なにかで殴打されたとおぼしき裂傷があった。抵抗力を奪った後、背後から梱包用ビニール紐で絞めて殺害。殴るのに使用された凶器は現場からは発見されていません。ビニール紐も、鯉登家に常備されているものとは種類がちがっている。いずれも犯人が用意してきたのでしょう。そして彼女を殺害したのは、おそらくここ」

鯉登家の玄関の沓脱ぎを撮影した写真を、脇谷は手に掲げ持った。

「玄関口だったと考えて、ほぼまちがいないでしょう。沓脱ぎの部分に血痕があったが、それがあかりと同じO型のものだった。つまり犯人は、玄関から入ったと考えられる。戸締りはきちんとしていたという直子の証言がたしかなのであれば、玄関のドアの鍵を開けたのは被害者本人だったはずです。むりやりこじ開けたりした痕跡はまったくありませんでした。このことからも、犯人は被害者の顔見知り、しかもパジャマ姿で出迎えてもおかしくないくらい親しかった可能性が出てくる」

「かなり腕力が必要な扼殺《やくさつ》とちがって」と県警の宇田川《うだがわ》が補足した。「抵抗力を奪っての絞殺なら、女子供にもできるし、な」

犯人は被害者の同級生か友だち、という可能性もあるわけだ。そう佐伯が考えていると、脇谷は「犯人が被害者と親しかったといえば、鯉登あかりは」と、ひとつ咳払いした。

「鯉登あかりは、妊娠していました」

そのひとことで、事件の動機はほぼ確定的とする空気が、ほんの一瞬だったにせよ、流れた。

速断は絶対禁物とはいえ、その事実がまったく無関係ということはおそらくあるまい、と佐伯も思った。あくまでも一般論に過ぎないが、高校生にとっての世間はさほど広くない。まだ十七歳だった娘が妊娠していて、そして殺人事件の被害者になった。ふたつの事実の因果関係を疑ってみるのは至極当然のセオリーだ。

「三ヵ月だったそうです。家族の誰も気がついていなかったようだが。ともかく被害者に生前、性的交渉を持った男がいた、という事実は今後の捜査において、極めて重要なポイントになりましょう」

仕切りなおすかのような趣きで、脇谷は再び間取り図を示した。

「鯉登あかりの遺体は発見時、ダイニングテーブルの傍らにあった。これは犯人が絞殺後、彼女の足を持って、玄関から引きずってきたものと思われる。その痕跡も確認されています」

その刹那、猛烈な違和感が佐伯を襲った。

遺体をわざわざ玄関から、ダイニングまで運んだ……なぜ？　床を引きずってゆくのは、手でかかえ上げるよりは力を要しないだろうとはいえ、遺体は重い。

犯人はなぜわざわざ、そんな手間のかかることを？　佐伯はあれこれ考えてみるが、なにも思いつかない。

「なお司法解剖の結果、鯉登あかりの死亡推定時刻は八月二十二日、午前十一時頃。前後の幅は三十分程度もとれば充分であろう、とのことです」

十時半から十一時半のあいだ、か。母親の直子が出かけた直後に殺害されたわけだ。

「いつもなら直子は義理の両親の世話を終えたら、午後一時頃には帰宅していたそうです。夫の両親は高齢ですが、寝たきりとかではないので、世話といっても掃除とか、洗濯物やつくり置きできる食事を届けるといった程度だったようだから。が、二十二日は立ち寄ったスーパーで古い知人にたまたま出くわし、喫茶店で話し込んでしまった。そのせいで帰宅したのが四時頃になったのだそうです。ちなみにその古い知人と喫茶店の従業員にも話を聞いて、この件については裏づけがとれています。帰宅した直子は娘と明瀬巡査の遺体を発見し、慌てふためいて通報した。だいたいこんなところです。

次に」脇谷は咳払いした。「その明瀬巡査ですが」

マグネットで留めてある写真を、何枚か別のものととりかえる。

「鎌苑交番勤務の鶴橋巡査部長の証言によれば、明瀬巡査が町内の挨拶回りに出かけたのは、二十二日の午後二時。近所の住民に聞き込みをしたところ、たしかに六軒ほどの家に、それぞれ挨拶に回っていたことが確認されました。最後に訪れたと思われる家の住人の話では、彼が辞去したのは三時に数分ほど前だったと思う、とのことです。そこから現場である鯉登家へは徒歩一分程度の距離です。実際、解剖所見によれば明瀬巡査の死亡推定時刻は二十二日の午後三時頃とのことなので、最後の訪問先からすぐに鯉登家へ向かったのでしょう。そこで……」

少し逡巡するような間があった。

「そこで明瀬巡査は屋内の異状に気づき、現場をあらためようとしたところを犯人に殺害された――このように当初は考えられていたわけですが。これはどうもありそうにない。いま説明したとおり、鯉登あかりが殺害されたのが、十時半から十一時半のあいだ。仮に十一時と特定するとして、明瀬巡査が鯉登家を訪れたとき、すでに犯行から四時間が経過していたわけです。その段階で、明瀬巡査が事件に気づけるような異状などというものがはたして、あったかどうか……」

「そもそも四時間も経っているのに、まだ犯人は現場に居残っていたのでしょうか？」そう口を挟んだのは、平塚《ひらつか》という若手刑事だ。「それとも、明瀬巡査を殺害したのは、鯉登あかりの犯人とは別人だという可能性も？」

「可能性としてゼロではない。が、あくまでもゼロではないというだけの話で、非常に考えにくいこともたしかだ。現場が同じ家のうえ、殺害方法の細かい手順が似通っている。なのに犯人が別々にいるというのは、ちょっと、な。個人的な意見を言わせてもらえば、およそありそうにない」

「では、鯉登あかりを殺害した後、犯人は一旦現場から立ち去った。で、なんらかの理由で再び現場に舞い戻った、とか？」

「断定はできないが、そのケースは充分に想定し得る。例えば現場に、犯人の身元を特定し得るような忘れ物をしてきたことに気づいた、とか。そうであれば多少のリスクは冒してでも回収しておこうとするだろう。で、舞い戻ってきたところをたまたま、鯉登家を訪れた明瀬巡査と鉢合わせした、と。が、仮にそうだとしても、疑問は残る。まず」と脇谷は鯉登家の間取り図の、玄関の部分を指さした。

「明瀬巡査のほうが先に現場を訪れた、ということはまずあり得ない。その場合、屋内には鯉登あかりの遺体があるだけで、インタホンに応答する者が誰もいないからです。明瀬巡査は留守かと思い、立ち去るだけ。舞い戻ってきた犯人は、警官の姿に気づいても慌てる必要はない、知らん顔をして、やり過ごせばそれですんでいただろう」

「つまり、どう考えても犯人のほうが、さきに家にいた、と。現場へ舞い戻ってきた理由はひとまず措《お》くとして、なぜインタホンに応じてしまったのでしょう？　家のなかには、自分が殺してしまった女子高生の遺体があるというのに」

「明瀬巡査がインタホンを押した、とは限らない。ちょうど犯人が玄関のドアを開けているところへ、こんにちは、と挨拶したとする。そうなれば犯人は鯉登家の家族もしくは関係者のふりをして、応対せざるを得ない。ここまではいい。ここまではいいんです……が」

どこか忌まいましげに脇谷は間取り図を、指でとんとんと叩いた。

「改めて位置関係を確認するまでもなく、例えば家族を装った犯人が玄関口で応対する限り、明瀬巡査には鯉登あかりの遺体は見えません。リビングの出入口付近ならばまだしも、奥まったダイニングにあったのだから。つまり、なにか異状が起きている、なにがなんでも屋内に上がり込み、調べなければならないと、彼が判断するような材料があったとは思えないのです」

「しかし実際に上がり込んだ。ということは、犯人がよほど挙動不審だった、とか？」

「それにしたって、いきなり上がり込むかな。ちょっと話を聞かせて欲しいと交番へ連れてゆく、とかならまだ判るが」

「ひとつ確認ですが、その時点で鯉登あかりの遺体が玄関に放置されていた、という可能性は？ 他殺体を目《ま》の当たりにしたとしたら、通報が先決だとはいえ、まず自分で家のなかを調べようとするかもしれない」

「死後硬直や死斑の具合からして、鯉登あかりがダイニングへ引きずられたのは絞殺後、すぐだったはずです。それに、血痕や首を絞められた際の排泄物その他の、彼女が引きずられた痕跡に覆い被さるかたちで明瀬巡査は倒れていたわけだから。彼が鯉登家を訪れたとき、すでにあかりの遺体はダイニングのほうに移されていたと考えて、まちがいない」

「それともうひとつ確認ですが、例えば近所の住民からなにか異状の通報などがあったという記録もありません。単純に挨拶回りのために鯉登家を訪問したはずの明瀬巡査が、靴を脱いで家に上がり込んだ以上、なにかよほどのことを察知しての行動でなければならない。が、いったいなにを察知したのか、それがさっぱり」

「鯉登あかりが、たすけを求めたはずもない。彼女はすでに死亡している。なにしろ犯行後、四時間も経過していたのだから」

「なんとも不可解です。さきほども言及したが、明瀬巡査の殺害方法は、鯉登あかりのそれとまったく同じです。彼の後頭部には殴打されたとおぼしき裂傷があった。この凶器も見つかっていないが、犯人は明瀬巡査の抵抗力を奪い、背後から梱包用ビニール紐で絞殺した。彼の遺体に動かされた痕跡は認められなかったので、発見された場所、すなわちリビングの中央あたりで殺害されたのでしょう。ということはやはり、明瀬巡査はなんらかの異状を感じとり、制止しようとする犯人を押し退け、強引に家のなかへ上がり込んだのではないか。そして鯉登あかりの遺体を目の当たりにし、驚いた隙を衝かれて、背後から犯人に襲われた。そういう経緯だったとしか考えられないのですが、しかし……しかし、何度も言うようですが、鯉登あかり殺害から四時間も経過していて、普通に訪問する分にはその遺体も見えっこない。にもかかわらず、明瀬巡査を民家に上がり込ませたほどの異状とは、いったいなんだったのでしょう？」

「腐臭、とか」と言ったそばから否定する。「は考えられないな。夏場とはいえ、四時間程度で本格的な腐敗は始まらんだろ。エアコンもかなり利いていたようだし。少なくとも玄関先まで臭うほど激しくなるというのは、ちょっと」

「それに、たとえ腐臭がしたとしても、人間の遺体があるかもしれない、などと思うものかどうか。普通は生ゴミでしょ」

「まあ当面、それは宿題にしておこう」宇田川がまとめにかかった。「ともかく、脇谷の説明にもあったように、犯人はあらかじめ凶器を用意してきており、そして持ち去っている。計画的な犯行であることは疑い得ない。鯉登直子の最近の日課を知悉《ちしつ》したうえで、娘が独りになる時間帯を狙った可能性も大いにある。被害者がパジャマ姿だったこと、そしてなによりも、彼女が妊娠していたという事実を重要視し、鯉登あかりの交友関係を徹底的に洗う。ということで——」

「あの——」平塚が挙手した。「すみません、ちょっとよろしいですか」

「なんだ」

「明瀬巡査が鯉登家に上がり込んだのは、なにか異状を察知したからではない、という見方もできるのでは」

「ん。というと？」

「ひょっとして、逆だったんじゃないでしょうか。彼は異状なんか感じていなかったのに、上がり込んだ。それは」

「ちょっと待ちたまえ」署長が少し気色《けしき》ばむ。「するとなにか？　平塚くん、きみが言おうとしているのは、明瀬巡査が、たまたま訪れた民家にひとの気配がしなかったのをさいわい、よからぬ意図をもって忍び込んだ、とでも？　そこを、現場に舞い戻ってきた犯人に襲われた、とでも」

「いえ。そうではありません」平塚はあくまでも大真面目だった。「もしかしたら明瀬巡査は、犯人によって屋内へ誘い込まれたのではないか、と思ったのです」

なに？　と数人が怪訝そうな声を上げた。いずれも、ぴんとこないといった態で首を傾げるいっぽうで、佐伯は内心、平手で頬を張り飛ばされたかのような衝撃を味わっていた……そう。そうだ。それ、だ。先刻、おれが覚えた違和感の正体は。

「こういうことなんです。明瀬巡査が鯉登家を訪れると、そこに犯人がいた。犯人は家族もしくは関係者を装い、応対する。そして明瀬巡査に頼んだのではないでしょうか。例えば、どうも家のなかの様子がおかしい、誰かが忍び込んだのではないかと思えるふしがあって怖いから、おまわりさん、家のなかを調べてみてくれませんか、と。そう頼まれたら、たいていの警官は躊躇《ちゅうちょ》なく靴を脱ぎ、その家に上がり込む。そうでしょう？」

座は固唾《かたず》を呑む雰囲気に包まれた。といっても、平塚の仮説に感心しているわけでもなんでもなく、むしろ呆気にとられているようだが。

「そして明瀬巡査は、鯉登あかりの遺体を発見し、慌てる。その隙を衝いて犯人は、背後から」

「おいおい、平塚。なにをたわけたことを」野本がたしなめた。「そんなことあるわけないだろうが。警官を家に上げたりしたら、鯉登あかりの遺体を見られてしまうじゃないか。そうなったらどうなる。困るのは犯人だ。判りきった話だろ。現に、遺体を見られたからこそ、つい明瀬巡査を殺してしまったと思われる状況なわけだ。そんな、自ら対処に困ることになるような真似を、わざわざやらかす道理はなかろう」

ばかげとるよ、なあ、という声があちこちで上がり、平塚も自信なげに頭をかいてみせたため、その話はあっさり終わった。

「あ、すいません。もうひとつ、いいですか」性懲りもなく、平塚はまた挙手をした。「鯉登家の長男の名前ですが、なんで三喜男なんでしょうね？」

あ？ と露骨に、ぽかんとした反応しか返ってこない。

「いや、ほら、父親が一喜だから、同じ漢字を使ったというのは判るんですが、なんで、二を飛び越えて三なのかなあ、と思って」

「そんなに気になるなら、今度、鯉登家へ行ったとき、自分で訊いてこい」

「はあ」

頭をかいている平塚の先刻の言葉を佐伯は、じっと反芻《はんすう》する……ほんとうに。

ほんとうに明瀬巡査は、犯人によって屋内へ誘い込まれたのか？ もしもそうだとしたら、鯉登あかりの遺体が玄関からダイニングへと運び込まれていた理由が判る。それはつまり……自分がなにを考えているかに気づき、佐伯は驚いた。ばかげてる、とも思った。

が、その、ばかげた発想を絶対にあり得ない、と一蹴することがなかなかできない。もやもや、悩み続けた。

*

七瀬は平塚といっしょに藍香学園へ向かった。最近、彼女はこの若手と組まされることが多い。

私立藍香学園は男女共学、中高一貫教育校で、昨年に創立三十周年を迎えたばかり。地元では比較的新しい進学校である。

受付で事務職員に来意を告げた七瀬と平塚は、校長室へ案内された。校長と、形式通りの確認事項をいくつかすませたふたりは、あかりの生前の担任教諭を紹介してもらう。

鯉登あかりは、地元の市立中学校二年生のときに編入試験を受け、藍香中等部に編入学したという。死亡時は高等部二年生だった。

高等部は生徒の進学希望別に、国公立大コースのA、B、私大コースA、B、C、そして理系A、Bにクラスが分かれているという。

あかりは私大コースBの生徒だった。担任は小暮《こぐれ》という、まだ三十前と思われる若い教諭だ。応接室へおずおず入ってくるその姿は、良く言えば初々しいが、悪く言えば頼りない感じ。

「彼女の成績は良いほうでした。ただし、その、うちのクラスのなかでは、という意味ですが」

ガリ勉タイプの少年がそのままおとなになったみたいな風貌の小暮は、警察の事情聴取に緊張しているのか、心なしか卑屈な物腰である。

「学校全体では?」

「中くらい、ですか。もっとも来年、三年生に進級する際、今年度の成績と実力テストの結果を総合的に判断して再度コース分けがあるはずだったので、その結果次第では、もしかしたら、はい」

Aコースに上がれていたかもしれない、ということらしい。

「基本的には、とても頭のいい子でしたから。いささか、よすぎるきらいもあったが」

妙に含みを持たせる言い方に七瀬は、小暮の教え子に対するある種の苦手意識を感じとった。

「率直に言って、先生は彼女にどういう印象を抱いておられましたか。生徒として、だけではなく、ひとりの人間として。あるいは女性として？」

「どういうって、まあその。さあ、どういうんですかね。印象って、ひとことで言っても、なんとも漠然としていて」

「扱いやすい生徒でしたか」婉曲《えんきょく》なものいいはやめておく。「それとも扱いにくかった？」

「率直に言って」ストレートに訊かれて小暮は、むしろホッとしたようだった。「後者でした。しかもその典型的なタイプ、というか」

「なにがそれほど扱いにくかったんです」

「矛盾して聞こえるかもしれませんが、鯉登さんは優等生だったんです。例えば教師に反抗的な態度をとるとか、生徒同士で揉めごとを起こすとか、はたまた校則違反とか、そういうことはいっさいやらなかった。喫煙や飲酒、怠学は言うに及ばず、生活指導で手を焼かせることも決してない。素行に関しては、なにひとつ問題ない、極めて模範的な生徒でした」

「ふむ。たしかに矛盾ですね」平塚は興味を抱いたようだ。「悪さを全然しないのなら、扱いやすいと思うんですが」

「ええ、わたしも最初はそう思いました。実際、教師に対しても至って素直でしたから、彼女のあの独特のムードさえ気にしなければ、万事まるくおさまっていたのでしょうが」

「ムード、とは」

「なんというんですかね、これは彼女本人に接してみてもらわない限り絶対に判らないというか、口では説明しきれないのですが」

「実は性格が悪い、とか？」

「そういう側面もなくはないでしょうが、その形容ですませちゃうと、微妙に誤解が発生しそうなんですよ。つまり、いま言ったように鯉登さんは教師に対してはもちろん、生徒同士でもトラブルを起こしたりは絶対にしなかった。とてもおとなというか、こういう言い方が適切かどうか判りませんが、処世に長《た》けていた」

「なるほど」なんとなく七瀬は理解できたような気がした。「そんな彼女の年齢不相応な、そつのなさに先生は、ちょっと扱いにくいものをお感じになっていた、と？」

「そうですね。これはわたしだけではなくて。あ、いや。決して、その、いたずらに死者に鞭打《むちう》とうというつもりはないので、どうかご理解ください」

「もちろんです」

「ときおり他の生徒たちから、鯉登さんの話を聞かされることがありましたが、彼らは決まってこう口にするんです――あかりちゃんといると、なんだかやりにくい、と。自分がばかになったような気がする、とまで言った子もいた」

「それはまた、どうして？」

「ですからそれが、いまも言った、彼女独特のムードってやつですよ。鯉登さんはなにも悪いことをしたり、ひどい言葉を口にしたりするわけではないのに、なぜかそこにいるだけで、相手のコンプレックスを微妙に刺戟するんですね」

「コンプレックス、ですか」

「彼女は表面上ひと当たりがいいけれど、ほんとは他人のことをばかにしてるんじゃないか、なんて。なぜだか、そんなふうに感じてしまうらしいんですよ。念のために強調しておきますが、鯉登さんがほんとは内心で他の生徒たちを軽蔑《けいべつ》したりしていた、という意味ではないですよ。相手が勝手にそんな自己卑下をしてしまう、なにか独特のムードが彼女にはあったんです」

「オーラというか、無言の圧力、みたいなものでしょうか」

「まあ、そういう見方もありかな。そのせいでしょう、表だった問題はなかったものの、鯉登さんはやはり学校やクラスのなかでは、ちょっと浮いた存在だった」

「ひそかにいじめに遭っていた、とか？」

「いやいや。そこらへんはうまく対処していたはずです。うまい、なんて表現が適切かどうか判りませんが万事、抜かりなしって印象でしたね」

「なるほど。さっきもおっしゃってたように、処世に長けていた、と」

「そういうことです」

「先生自身は、いかがでした。他の生徒さんのように、鯉登さんといっしょにいると、なにか劣等意識を刺戟されたりしましたか？」

「うーん……まあ、ね」ずいぶん迷ったものの、小暮は結局、否定しなかった。「彼女は目上の者に対しても礼儀正しかったけど、実は内心、とても冷めてたんだろうな、なんて」

「単刀直入にお訊きします。鯉登さんのその独特のムードとは、他人から殺意を引き出すほどの力があったと、先生はお考えですか」

これが殺人事件の捜査であると改めて痛感したらしい、小暮の表情が、かすかに強張《こわば》った。教え子が殺害された以上、担任だった自分だって否応なく暫定的な容疑者リストに挙げられている、そう思い当たったのだろう。

「これは形式的な質問ですから、どうかお気を悪くなさらないでください。八月二十二日の午前十一時から午後三時まで、先生がどこでなにをされていたか、また、それを証明してくれる方の有無をお聞かせください」

「二十二日は、朝から夏期補習で、学校へ来ていました。高三の私大コースCです。参加者は五名ほどでしたが、午前中のわたしのアリバイは彼らが証明してくれるはずです」

「なるほど。午後は？」

「学校の近くにある中華料理屋へ食事にいった後、帰宅しました。途中、立ち寄ったレンタルビデオ店で借りた映画を、ずっと夕方まで観ていた。が、残念ながら独り暮らしなので、それを証明してくれる者はおりません」

「判りました。ご協力、感謝いたします。さきほどの話に戻りますが、先生はどうお考えですか、鯉登さんの独特のムードが、今回の事件の引き金になったとお考えですか」

「正直、そんなことがあるのだろうかと疑問に思います。たしかに、ひとの感じ方はそれぞれだから一概には断定できないが、鯉登さんは決して無神経ではなかった。自分の存在が周囲に鬱陶しがられていると察したら、さっさと身を引く、そういう繊細なクレバーさが彼女にはあった」

「そのお話しぶりですと、鯉登さんには腹を割って話ができるような親しい友人というのは、いなかったんでしょうか」

「そうですね、同年輩ではなかなか趣味とか話が合わなかったんじゃないかな。やはりおとな相手のほうがなにかと。そうそう、だからかどうかは知りませんけど、芳谷《はがや》さんとはすごくうまが合って、親しくしていたようですね」

芳谷朔美《さくみ》。三十代の女性で、藍香学園の学校図書館司書だという。

「鯉登さんはよく図書館に入り浸っていたようですが、聞いた話では、しょっちゅう芳谷さんと文学論議みたいなやりとりをしていたとか」

「文学論議」

「なんでも鯉登さん、小説を書くことに興味を抱いていた、とかで」

「その司書の方にもお話を伺いたいのですが。図書館は今日、開いていますか」

「開いているはずですが、芳谷さんにはいま会えませんよ。海外旅行へいかれていますから」

「海外、ですか。どちらのほうへ？」

「ヨーロッパを回ってこられる予定だそうです。今月の二十日に出発して、帰国は二十八日だとか」

「ずいぶんお詳しいですね」

「いえ……」

小暮は頬を赤らめ、眼を泳がせた。どうやら、くだんの図書館司書に、ひそかに好意を寄せているらしい、と知れる。

「その芳谷さん以外に、校内で親しくしていたひとというのは、いなかったのでしょうか。特に同年輩の生徒とかでは？」

「わたしには、いないように見えましたが、まあ、教師の眼には限界がありますし」

「親しいとまではいかずとも、それなりに交流があったと思われる生徒さんは、いませんか。そういえば鯉登さん、クラブ活動などは？　していなかったんですか」

「たしか以前、演劇部に所属していたことがあったようです」

「ほう。演劇、ですか」

「その頃は本人が役者志望、みたいなことを口にしたことがあったとかなかったとか。いや、これはわたしは未確認なんですが。結局、演劇部は途中で辞めたそうです」

「なにか、特に原因が？」

「さあ。そこまでは、ね。ただ、これはあくまでも無責任な想像ですが、例えば周囲の生徒たちが勝手に彼女に対して苦手意識を抱いたとしたら、なにしろ綜合芸術だ、活動がやりにくくなった。それを察した鯉登さんが気を利かせて退部した、というのはあり得るかもしれません」

「気を利かせて退部、とはまた」

「いや、そういうことをやりかねない――少なくとも、やりかねないと納得させられるタイプだったんですよ。生前の鯉登さんに接していれば、きっとお判りになったと思いますが」

「ではそれ以来、部活動はまったく？」

「その後、文芸部に入ったそうですが、そちらも早々と辞めたようです」

「文芸部。それは、役者志望から小説家志望に変更したからでしょうか」

「かもしれないですね」

「それぞれのクラブの顧問の先生にお話を聞いてみたいのですが。今日、学校へ来られてますか」

「演劇部は多分、活動してるだろうけど、文芸部はどうかな。これといった公式行事があるわけじゃないし、顧問にしても名義ばかり、なんてくちかも。活動内容を把握しているかどうか、保証の限りではないですよ」

「例えば、鯉登さんと中等部からずっと同じクラスだった生徒さん、とかは?」

「それはもちろん何人かいるはずですが」ふと小暮は首を傾げた。「ん? ああそうだ、文芸部だ、文芸部。この学校で同じクラスになったことがあるかどうかは知りませんが、小学校で鯉登さんと同級だったという生徒が、たしか文芸部に所属していたはずです。演劇部からそちらへ移ったのも、その娘の勧めがあったからとかなんとか、そういう話じゃなかったっけ」

「その生徒さんのお名前と連絡先、教えていただけますか」

「名前は、えと、辻《つじ》さん、だったな。連絡先はわたしには判らないので、すみませんが、事務に訊いていただけますか」

「あ、そうそう」いかにも、もののついで、みたいな、さりげない口調を七瀬は装った。「例えば鯉登さんが特定の男子生徒と親しかったとか、そういうことは?」

「わたしが知る限りでは、ないですねえ。といっても、担任教師にまで知られるようじゃ、よっぽど無防備な交際をしていたということになるんでしょうけれど」

「ごもっとも。では一般的な話として、ですが。先生の眼からご覧になって、鯉登さんはそういった男女交際に関して、どういうスタンスだったように見えましたか」

「どういうスタンス？　といいますと」

「つまり好意を抱ける相手とは積極的に交際してみたいタイプなのか、それとも、そんなことにはあまり興味がないのか」

「どちらかといえば後者でしょうね。鯉登さんはそういった思春期の性愛的な問題に関しては、すでに達観というか、超越してるような印象を……いや」途中で小暮は苦笑した。「いやいやいや、これは教師としての願望が入ってますね。女子生徒はなるべく、そんなことには無関心であって欲しいという。ま、いずれにしろ生徒の私生活まで見ているわけではないので、わたしにはなんとも。はい」

七瀬と平塚は演劇部、文芸部それぞれの顧問の教諭、中等部から鯉登あかりと同じクラスだった生徒数名、そして彼女を文芸部にスカウトしたという娘の名前と連絡先を控えた。

学校を後にした七瀬と平塚は、それぞれ手分けして聞き込みに回った。ふたりいっしょに関係者の話を聞くことで得られる発見もあろうが、なにせ他にも複数の事件をかかえていて、ひと手が足りない。ある程度、効率を優先せざるを得ないのだ。

七瀬は、いちはやく連絡のとれた日高《ひだか》という女性教諭の家へ向かった。五十代の主婦で、文芸部の顧問だという。

が、小暮が憂慮していたとおり、いわゆる名ばかり顧問だったようで、クラブ活動の内容をまるで把握してもいなければ、鯉登あかりと話したことも数えるほどだという。

「本人から直接聞いたわけではなくて、又聞きのその又聞きなんですけど」と日高は前置きした。

「彼女が演劇部を辞めることになったのは、先輩たちに気を遣ったからだとか」

どうやらこの点に関しても、小暮の想像が的中していたようだ。

「鯉登さんは当時、舞台女優を志望していて、中等部編入学と同時に演劇部に入部したんです。もちろん、最初は役なんかもらえない。裏方で鍛えられているうちに、どうやら演出のほうに興味が移ったようなんです」

「演出、ですか」

「あたしも詳しくは知りませんが、先輩たちの脚色に駄目出しをするようになったんだとか。といっても、さりげなく、ちょっと自分も意見を言ってみていいですか、みたいな感じで。さほど、でしゃばった真似をしたわけではなかったようですが、悪いことに、鯉登さんの指摘がいちいち的を射てたっていうのね」

「それはちょっと、先輩たちもおもしろくないですね」

「ええ。ムードがすっかり悪くなっちゃったらしくて。彼女もそうと察したんでしょう、結局、自ら退部届けを出した」

日高は肝心の文芸部より、顧問でもない演劇部の内情のほうに詳しそうだ。

「その後、小学校のときの同級生に、文芸部へ勧誘されたと聞きましたが」

「ああ、はい。辻さんね。ええ。ひとが好いというか、放っておけない性格というか、辻さんはなにかと鯉登さんのことを心配して、いろいろ世話を焼きたがってた」

「それってけっこう、学校でもめずらしい存在なのでは？　鯉登さんに対しては妙な苦手意識を抱いてしまう生徒さんが多かった、というふうに伺いましたが」

「そうですね。辻さんの場合は、そうねえ、よく判らないけど、もしかしたら鯉登さんにある種の憧れみたいなものを抱いていたのかもしれないですね。あんなふうに、どんなジャンルでもこなせる万能選手になりたい、と」

「万能、ですか」

「実際、鯉登さんて校内のみんなに好かれたり、憧れられたりするアイドル的な存在になっていても少しもおかしくなかったと思うんですよ。見た目もきれいだったし、頭もよかった。演劇や文学の才能にも恵まれていたでしょう。異性、同性を問わず、誰もが魅了される、そんな娘であってもちっとも不思議じゃなかったのに。現実にはそれが紙一重というか、他のひとたちを微妙に落ち着かなくさせる立ち位置におさまってた。辻さんは例外的だったけど、歯車が本来のかたちにきちんと嚙み合ってさえいれば、みんなも彼女と同じように、鯉登さんのファンになっていたんじゃないかしら。あたしはそんな気がして、しょうがないんです」

「その辻さんに誘われた文芸部も結局、辞めてしまったとか」

「いえ、正式には辞めていなかったんですよ」

「そうなんですか？」

「鯉登さんは退部届けを出そうとしたらしいんだけど、辻さんに泣いて止められた、とかで結局、引っ込めたと聞いています」

具体的な状況はよく判らないとはいえ、たかがクラブの入退部問題くらいで、泣いて止めた、とは。

その辻という生徒、よほど鯉登あかりに感情的に入れ込んでいたのだろうか。

「でも、完全に幽霊部員になったんだから、実質的に辞めたのと同じですけど」

「それは、なにか原因が？ やはり他の部員たちが鯉登さんに苦手意識を抱いたのでしょうか」

「どうでしょうねえ。それほど目立った活動をする暇もなかったはずなんだけど。まあ、そもそもが入部したのも辻さんの顔をたてただけで、最初からあんまり興味がなかったんじゃないかしら。なにしろ鯉登さんは図書館司書の芳谷さんに、べったりでしたし」

「なんでも、文学論議のようなやりとりを、していたとか」

「らしいですね。むずかしいことは、あたしは判りませんが。芳谷さんも、ねえ、たいへんだこと。せっかくしあわせな気分で帰国したら、仲良しだった生徒さんが殺人事件の犠牲者になってた、なんて、ねえ。まさに天国から地獄って感じで」

「ヨーロッパ旅行だそうですね」

「ええ。入籍はまだとはいえ、実質的には新婚旅行のようなものよね」

「新婚……？」

「あら」日高は慌てて口を押さえた。「ひょっとして刑事さん、ご存じなかったの？」

「いま海外へ行かれてるとは伺いましたが、新婚旅行だとは存じませんでした」

日高によると、芳谷朔美はこの秋、地元大手食品メーカーの御曹司、瀬尾朔太郎《せおさくたろう》と挙式、披露宴を執り行う予定なのだという。系列グループ会長である瀬尾の祖父は藍香学園の後援会会長で、その縁でふたりは見合い。婚約に至ったらしい。

「ちょっとした玉の輿《こし》でしょ？　結婚式はまださきなんだけど、旦那さんのお仕事の都合で、秋以降は旅行の日程が組めないらしいのね。だから夏休みのあいだに婚前旅行をしておこう、と。でも、いま言ったように、もうすぐ入籍もするんだから実質的にはハネムーンだわよね。あ、でもね、刑事さん、職員や生徒たちへの正式なお披露目は夏休み明けにしたいっていう本人の意向なので。この話、まだ内緒よ。ないしょ。ま、すでに知ってるひとは知ってるだろうけど、やっぱり、ね」

やれやれ。さっき会ってきたばかりの小暮の童顔を思い浮かべ、七瀬は少し気の毒になった。すでに自分が失恋していると知らなかったのか、それとも知っているからこそ、口にすることで改めて傷つくのを回避したのか。

「おふたりとも、下の名前に漢字の『朔』が入っているんですね」

「そうなのよ。そういうところにも、縁ていうか、巡り合わせを感じたんでしょうね」

「どうも長いことお邪魔し。あ。そうそう」と七瀬は再び、もののついでみたいに訊く。「鯉登さんて男女交際に関しては、どういう考え方を持っていたんでしょう。そういった思春期の惚れた腫れたの類いには、あまり興味のないタイプだったんじゃないか、という話を伺ったもので」

「ええ、同じ印象を、あたしも受けましたね」

「では男子生徒と交際したりとかは、全然」

「そりゃあもう、あれだけ芳谷さんにべったりだったら、ねえ」

「は……？」

「いえいえ、変な意味じゃなくて、ね。ま、多少はあったのかもしれないけど」失言だったかしら、と言いたげな微苦笑が薄く覗いたが、日高は中断しなかった。「ほら、特に十代の頃の女の子って、理想のおねえさんというか、自分もああなりたいという感じで、異性よりも同性に憧れるじゃない。鯉登さんにとっては、芳谷さんがアイドルだった。そして辻さんにとっては、鯉登さんがそういう存在だったのね、きっと」

「たしかに、さきほどおっしゃってた、退部届けを出そうとした鯉登さんを、泣いて止めたという話などを伺うと、辻さんも――」

「察するに、あまりにも鯉登さんが芳谷さんにお熱なものだから、辻さんがちょっと、やきもち焼いた面もあったと思うわ。もちろんこれも、そんな変な意味じゃなくて、ね」

日高家を辞した後、七瀬は何軒か、同級生の家を回ってみた。が、留守だったり、まるで無関心な反応だったりで、これといった収穫はない。

そんななかで、秋葉《あきば》知里《ちさと》という女子生徒は例外的にいろいろなことを知っているうえ、よく喋ってもくれた。中等部二年生のとき、鯉登あかりといっしょに編入学して以来、ずっと同じクラスだったせいもあるかもしれない。

「あかりって、変わってたからなあ」

「具体的にはどんなふうに？」

「なんだろ、全能感、っていうの？」

「ゼンノーカン？」

「この世のなかのことを、自分の思いどおりに操ってみたい、みたいな」

「ああ、全知全能の、全能、ね。ふうん、そんなことを言ってたの？」

「いや、はっきり口に出したことがあるかどうか、憶えてない。多分、それほどストレートには言わなかったと思う。けど、かなりそれに近いようなことを耳にした覚えはある」

「自分の思いどおり操る……ねえ。ひょっとして彼女が演劇とか文学に興味を抱いてたのは、そのことと関係あるのかしら」

「さあ。でも、いまでも忘れられないのは、いつだったか、あたしたちが教室で〝天狗吊り〟の話題で盛り上がってたら、あかりが少し驚いたような顔して、こっちへ寄って来——」

「ちょっとまって。テングツリ？　なにそれ」

「え。刑事さん、知らないの」

「初めて聞いたわ」

「どこかの神社に〝天狗吊り〟っていう木があるんだって。で、これが効く、と」

「効く？　ってなにに」

「だからほら、頭にロウソク巻いて、ワラ人形に五寸釘を、かーん、こーん、かーん、て」

「ひょっとして、丑《うし》の刻参りのこと？」

「そうそう。それの霊験《れいげん》あらたかっていうか、効き目ばっちりの木が、どこかの神社にあるっていう噂が、えーと、あれは去年の秋か、冬？　とにかくその頃に、ぱーっと」

そういうのも「霊験あらたか」と言っていいものかどうか、七瀬は悩んだ。

「へええ。〝天狗吊り〟とは、また妙な名前ね。その木に昔、天狗が吊り下げられた、なんて言い伝えでもあるの」

「さあ、それは知らないけど」

「去年からって言ったけど、高校生のあいだで流行ってるんだ、そんな噂が」

「ちがうって。高校生だけじゃない。あたしの妹、小学生だけど、ちゃんと知ってたよ。学校で、みんな話してるってさ。うちのお母さんも、同じ町内の奥さんたちが噂しているの、聞いたらしい。子供とかおとなとか、関係ないんじゃない」

「ほんとの話なの、それ？　ほんとにそんな木があるの？」

「じゃないの。みんな言ってるもん。すごい効き目らしい、って」

「効き目、って。丑の刻参りの？」

「実際、マフラーを釘でその木に打ち込まれたひとが、死んだんだって」

「え。マフラー？　なんで」

「普通とやり方がちがうんだって。〝天狗吊り〟はワラ人形じゃなくて、呪いたい相手の持ち物なら、なんでもいいらしいんだ。しかも、その物によって死に方を指定できる、と。マフラーを打ちつけられたひとは、ほんとにマフラーが首に絡まって窒息死した、って」

「穏やかじゃないわね。それっていったい、どこの神社にある木？」

「それが判らないの。諸説あるんだけど、どうやらブナの木っていうのが有力らしい。で、あかりが会話に混ざってきたときも、あたしたち、ブナの木ならあの神社かな、それともこっちかも、なんて盛り上がってたんですよ」

「いつのこと」

「えーと。まだ冬休みになる前だったから。去年の十一月か、十二月」

「鯉登さんはあなたたちに、なんて?」

「もうあなたたちも〝天狗吊り〟の話を知ってるの? って、びっくりして。眼を丸くするんですよ。予想以上に速いわね、なんて」

「予想以上にって、なんの予想?」

「あたしたちもそう訊いたんです。そしたら、あかりが言うには、〝天狗吊り〟の話を仕掛けたのは自分なんだ、って」

「仕掛けた? どういうこと」

「要するに〝天狗吊り〟なんて木は、ほんとうは存在しない。マフラーを木に打たれたひとが死んだとか、そういう設定を全部でっちあげて噂をひろめたのは、実はあたしなの、って」

「鯉登さんがそう言ったの?」

「うん。でもすぐに、前言撤回した」

「前言撤回? どうして」

「さあ。でも、あたしたちが、なに言ってんのか意味不明、みたいな冷たい、っていうより鈍い反応をしたからかも。あかりは慌てて、あ、なーんちゃって、嘘だよん、ごめんごめん、つまんない冗談でした、忘れてちょうだい、って」

「ふうん」

「でもね、そんな切り替えの速さが、後になって考えれば考えるほど、却《かえ》って……ね。他の娘たちはどう感じたか知らないけど、あたしはなんだか、ほんとっぽく思えてきて」

「ほんとに鯉登さんがその噂を仕掛けたんじゃないかと、あなたは思ってるのね」

「うん。あかりって、すごく周囲の空気を読める娘だったからね。〝天狗吊り〟が自分の創作だってこと、別にあたしたちに納得させる必要も感じなかっただろうから、さっさととり消した」

「そもそもなんのためにそんな噂を仕掛けたのか、鯉登さんは理由を言ってた？」

「ううん。でもいま思うと、あれってあかりがいつぞや言ってた、全能感ってやつ？ それを満足させようとしたのかな、なんて」

「……全能感、か。興味深いな。ほんとは自分がでっち上げたつくり話なのに、町じゅうのひとたちがその噂に夢中になっている姿を観察するのは、ちょっとした神の気分、なのかもね」

担任の小暮や日高など教師たちの証言では、鯉登あかりという少女は孤立しがちで、ろくに話し相手もいなかったという印象が際だっていた。が、知里の話を聞いていると、生前の彼女は、その気になれば他の生徒たちともごく普通に接することができたようだ。

ただし鯉登あかりは、話し相手というものを厳選するタイプだったのではないか、七瀬にはそんなふうに思える。知里は理知的で、物事を相対化して見られる娘のようだ。生前のあかりにとって気軽に話しやすい相手だったのだろう。

「それと関係あるのかもしれないけど、あかりが言ってたな、自分で自分の名前をつけられないのは妙に理不尽だ、って」

「生まれたばかりのときは自分でそんなことができないから仕方ないとはいえ、ま、そうかもね。自分の名前がどうしても気に入らず、改名するひとだっているわけだし」

「作家がペンネームで仕事するのって絶対、そういう理不尽さに対する不満の顕れだよね、って。そんなふうにも言ってた。あたしには判らないけど、そんなものなのかな？」

「かもね。雅号とか、俳号とか。別の名前を使う表現形態って、よくあるし」

「そもそも自分が望んだわけでもないのに、この世に生まれてきたこと自体が理不尽だよね、なんて。こうして改めて説明してみると、なんだか辛気臭い話ばっかりしてたみたいに聞こえるかもしれないけど。あかりは冗談ぽい口ぶりだったし、そのときはあんまり気にならなかった。でも、いま思うと、けっこう本気で愚痴ってたのかもしれない。お父さんのこと、すごくけなしてたし」

「お父さんのことを？　どんなふうに」

「あかりのお兄さんて、名前が三喜男なんだよね。長男なのに」

「それは聞いたわ。なにか理由があるの」

「なんでもお父さんには弟がいたんだけど、小さいときに病気で死んじゃったらしいんだ。その名前がツグヨシだったんだって。次に喜ぶ、と書く」

「なるほど」思わぬところで平塚の疑問が解明される。「その思い入れで息子に、三喜男って名づけたわけか」

「でも、そんな親の思い入れなんて邪魔なだけだよね。これも、あかりが言ってたんだけど。へたしたらあたしも、四に喜ぶの子で、ヨシコなんて名前をつけられてたかもしれない、って。人生って、つくづく理不尽よね、せめてなにかひとつくらい、思いどおりに操れないものかなあ、って」

「人情ってものかも、それが」

「そういえば、どんな境遇に生まれてくるのか選べないなら、せめて死に方くらい自分で決めたい、なんて言ってたけど。むりだよね、そんなこと。今回の事件を見ても判るじゃん。人生、どこに災難が転がってるか、知れたもんじゃないんだから」

死に方くらい自分で決めたい……か。その言葉が棘《とげ》のように、七瀬の心に引っかかった。

「鯉登さんて、交際してる男のひと、いた？」

「オトコ？」うーん、と知里は考え込んだ。「それはまたいちばん、あかりらしくない言葉が出てきたなあ」

「男には興味なかったの？　じゃあ、ひょっとして女性のほうが趣味だったのかしら」

「どっちかといえば、後者っぽかったけど。あ。憶《おも》い出した。あかり、男の話をしてたっけ」

「誰の？」

「いや、特定の個人じゃなくて。これもやっぱり、さっきの全能感の話。あかりは、こんなふうに言ってたんだ。考えてみれば、男を操るのだけは簡単だよね、あたしたちにとっては。なにしろオンナという武器があるし、いまだったら女子高生というブランドつき――って」

「聞き捨てならないな。まさか、援助交際でもするつもりだったとか？」

「あたしもそれが気になっちゃって。なに、あかりったら、てっとりばやくおじさんからお小遣いもらう算段でもしてるの？　やめときなよ、自分を安売りするのはさ、って言ったんだ。そしたら

――」

「そしたら？」

「安く売ろうと高く売ろうと、しょせんはただのお金。そんなもの、なんの意味もない。あたしにとってだいじなのは、この世のなかの、なんでもいい、なにかひとつでもいい、自由自在に操れる能力があるか否かなんだ、って」

「自由自在に操れる能力……」

するとと彼女が妊娠していたのは、男を操る能力を試してみた結果、だったのだろうか？

「女に生まれた以上、男だけは確実に操れる。けれど、それによって得るもの、例えばお金とかは、大して価値がない……と言いたかったのかな、あかりは。やっぱり、ちょっと変わった娘だった」

「仮に、あくまでも仮に、だけど。鯉登さんがその能力を試してみるとしたら、相手の男ってどういうタイプだったと思う？」

「それは判らない。けど、例の〝天狗吊り〟と同じように、ほんとに全能感を味わうことが目的だったのだとしたら、男なんて誰でもよかったんじゃないかな。あかりの性格からして。そんな気がする」

知里と別れた後、七瀬は、文芸部の辻伊都子《いつこ》の家に電話をかけてみた。

伊都子は留守だったが、応答した母親によると、もうすぐ帰宅するはずだという。七瀬は、ひと足先に辻家へ赴き、待たせてもらうことにする。

「――書店へ行ってたんです」ほどなく帰宅した伊都子は紙袋を示した。「できれば柩《ひつぎ》に入れさせてもらいたくて……あかりちゃんに、ぜひ読んでもらいたかった本」

こんなに心を砕いてくれる同級生がいたのに、と切なくなるいっぽう、七瀬はなんとなく、もし自分が鯉登あかりの立場だったら鬱陶しかったかもしれない、とも思った。

もちろん自分のお気に入りを勧めるのは悪いことではないが、趣味はひとそれぞれという節度をわきまえていないと単なる強要に堕する。おそらく生前の鯉登あかりに対し、自分のことを好きになって欲しい気持ちを押しつけ過ぎていたであろう伊都子は、彼女の死後もこうして……いや。

そんな自分こそ、ちょっと先入観に走り過ぎだ、七瀬は反省した。文芸部を退部しようとしたあかりを伊都子が泣いて止めたという逸話が、どうも尾を曳《ひ》いて、いけない。

「刑事さん、犯人は……まだ？」

「きっと捕まえるわ。そのために、鯉登さんのことをいろいろ調べてるの。率直に訊くけど、彼女に恨みを抱いていたひととかに心当たり、ない？　誰かと、なにかでトラブルになってた、とか」

伊都子の眼が落ち着きなく泳いだ。明らかに、なにか言いたげだ。が、迷っている。

「なにか思い当たることがあるなら、教えてちょうだい。辻さんから聞いたということは、外部には絶対に洩らさないから」

「あの……あかりちゃんが」そのひとことで心が決まったらしい、伊都子はうって変わって熱弁をふるった。「あかりちゃんが、司書の芳谷さんとすごく気まずい雰囲気になってたこと、刑事さん、知ってます？」

「いいえ。とても仲良しだったとは聞いてるけど。気まずい雰囲気っていうと、ふたりは喧嘩でもしてたの？」

「あかりちゃん、小説を書いたんだって」

「小説」

「あまり長いものじゃなくて、原稿用紙に、五十枚か六十枚くらいの。で、当然のことながら、まっさきに芳谷さんに読ませたらしいんだけど、その内容が彼女の逆鱗《げきりん》に触れた、とかなんとか」

「逆鱗て、芳谷さんの？　どうして？」

「あたしは肝心の原稿を読んでいないから、なんとも言えないんだけど。どうやら、あの……すごく過激な描写があったらしいんですよ。つまりその、ポルノみたいな、というか、セクシュアルな」

「アダルトな内容だったんだ」

「しかも、その登場人物っていうのが明らかに、芳谷さんをモデルにしてた……って」

＊

佐伯は、明瀬巡査の告別式が執り行われている斎場にいた。

被害者の葬儀に犯人がこっそり顔を出すというのはよくあるが、なにしろ故人が警官だ。会場に出入りする喪服姿の集団のほとんどが警察関係者であってもおかしくない。そんなところへ凶悪犯がのこのこやってくるとは普通は考えにくいが、なにがあるか判らない。

暑い日だ。

黒いスーツを着込んだ佐伯は、会場の後方に並べられたパイプ椅子に座り、読経が響くなか、焼香する弔問客たちをさりげなく観察する。

喪主は明瀬巡査の母親、奈穂子《なほこ》だ。明瀬が幼少の頃から、母子家庭だったという。奈穂子の横で、セーラー服姿の少女が咽《むせ》び泣いていた。故人の妹、祐佳《ゆか》だ。兄の遺体が自宅に戻ってきたとき、棺にとりすがって離れようとせず、ひと晩じゅう泣き明かしたという。

娘とは対照的に、喪主の奈穂子は涙ひとつ見せずに気丈に振る舞っている。そんな母と娘の背後で、遺影が菊の花に囲まれている。明瀬巡査のあどけない笑顔と、残された者たちの悲痛な姿は、なんとも胸の痛むコントラストだった。

犯人に対する憎しみに溢れている自分に気づき、佐伯は危機感を抱いた。捜査官にとって私情ほど邪魔なものはない。眼を曇らすだけだ。

加えて、ただいたずらに憎しみや怒りを抱くことで、自分は真に重要なことから眼を逸らそうとしている。それが問題だ。

おれは、いや、おれたちはこの犯人を検挙できないのではないか……佐伯はそんな不安にかられ、気がつけばその己れの胸中から眼を逸らそうとしているのだった。

捜査会議で平塚が言っていたことが、頭から離れない。明瀬巡査は、犯人によって家に誘い込まれたのではないか……と。

その仮定を検討しなおそうとするたびに、佐伯は戦慄する。事件の経緯を再構成しようとすればするほど、犯人の心理状態がまったくトレース不可能になるのだ。こんな経験は初めてだった。

捜査陣はいま、狙われたのはあくまでも鯉登あかりであって、明瀬巡査は運悪く事件に巻き込まれただけという前提で動いている。だからこそ彼女の交友関係、特に鯉登あかりを妊娠させた男の素性などは必死で調べても、明瀬巡査のほうにはさほど力を入れていない。しかし。

しかし、もしも犯人の狙いが逆だったとしたら、どうなる。決してたまたまではなく、最初から明瀬巡査を殺害するつもりだったのだとしたら？

こんな仮定は、ばかげている。しかし、こう考えることで説明がつく謎もあるのだ。

なぜ犯人は明瀬巡査を鯉登家へ誘い込まなければならなかったか？　他にない。彼を殺害するため、である。

そして、事前に鯉登あかりの遺体をリビングへ運び込んでいた理由も明らかになる。すなわち、明瀬巡査を、ひと眼につかぬ室内へ誘い込むための餌にしたのだ、と。

ちゃんと説明はつく。が、ばかな……そんな、ばかな。

佐伯の思考は、いつもここで堂々巡りの無間《むけん》地獄に陥る。すると犯人の本命は明瀬巡査で、巻き添えを喰ったのは鯉登あかりのほうなのか？　ということは犯人は、ただ明瀬巡査を誘い込む餌にするためだけに鯉登あかりを殺した、という理屈にもなりかねない。

そんな途轍もない話があり得るだろうか？　よけいな殺人を犯さずとも、巡査をどこかひとけのない場所へ誘い込む方法などいくらでもあるだろう。だいいち、あの日、明瀬巡査が鯉登家へ赴くことを、犯人はいったいどうやって予……混乱しきっていた佐伯は、ふと我に返った。

斎場へ入ってきたばかりの、男女ふたり連れの姿に視線が吸い寄せられる。

ひとりは、二十歳前後の若い女性。見上げんばかりの長身は、日本人離れしたスタイルだ。ワンピースの喪服を着たスレンダーな体軀や黒いストッキングに包まれた脚は、ただ細いだけでなく、すばらしく表情豊かである。

思わず息を呑むほど美しいその彼女といっしょにいる青年は、やはり二十歳前後か。小柄な身体に着込んだ喪服がなんだか借り物衣装みたいに、さまになっていない。ごく平凡な黒のワンピースをまるで最新モードのように着こなしている連れの女性と、なんとも対照的である。

なにか深刻な屈託でもかかえているのか、どこか放心の態の青年の肩に、彼女はそっと手を置き、焼香台へと導いてやっている。その様子は、まるで病身の弟を気遣う姉のようだ。

はて、佐伯は首を傾げた。あのふたり、どこかで見たことがあるような気が……そうか。

憶い出した。去年のクリスマスの。

無意識に佐伯は席を立っていた。

焼香を終え、斎場から出ていこうとするふたりに追いつき、声をかけた。

「きみたち、ちょっと——」

RENDEZVOUS 3

約束していた午後八時を四十分ほど過ぎた。もしかしてもう来ないのではないかと祐輔が途方に暮れたそのとき、ようやく待ちびとが現れた。

「いや、すまない、こんなに遅れてしまって」盛田清作は、ひょいと掌を掲げ、祐輔の隣りのカウンター席に腰を下ろした。「思った以上に雑用が立て込んでてね」

「いいえ」

祐輔はホッと胸を撫で下ろした。これほど心の底から安堵したのは何年ぶりだろう。事前に「ちょっと遅れるかもしれないけど、〈コーテック〉の盛田と待ち合わせだと店のひとに断っとけば、だいじょうぶだから」と言われ、そうしてはいたものの、居心地が悪いといったらなかった。

「こちらこそ、すみません。お忙しいときにごむりをお願いして」

八月二十三日。

この五日前の十八日、コイケさんといっしょに洞口町へ赴いた祐輔は、真夜中近くにふらりと児童公園に入ってきた男を見て、ぴんと閃《ひらめ》いた。

なにしろ時間帯が時間帯、普段から通行人がそう多いはずもない。ワイシャツにネクタイを締めてカバンを提げた、いかにもサラリーマン然とした身なりの人物だとなおさらだ。ベンチへ向かおうとするその様子も馴れた感じで、日常的な習慣性を窺わせる。

だめもとで祐輔はその男に、すみません、と声をかけてみた。もしかして昨夜の事件の目撃者の方ではないですか？ と。すると、はたしてそのとおりだった。

安槻大の学生で、死亡した曾根崎洋の知人であると自己紹介した祐輔は、事件のことでちょっと話を聞かせてもらえないかと頼んでみる。盛田と名乗った男は存外あっさり承諾してくれた。ただし今日のところは疲れているし、一服した後すぐ眼の前のマンションに帰って就寝したいので、日を改めてもらいたい、と付け加える。「当分仕事が忙しいから、いつ時間がとれるか見当がつかない。都合がついたら、こちらから連絡するってことでいいかな」と盛田は祐輔の電話番号を控え、とりあえずその晩は別れた。

連絡を待つあいだ、祐輔は何度かシシマルとコンタクトを試みたが、ソネヒロの葬儀やら後始末の諸々《もろもろ》で取り込みちゅうらしく、なかなかつかまえられない。いっそこちらから葉世森町を訪ねてみようかとも思ったが、遺族をみだりに煩わせたくないし、万一留守のあいだに盛田から電話があって、いきちがいになっても困る。

キャンパスの他の学生たちに、ソネヒロが交際していた女性について訊いてみたりもしたが、いずれも噂を耳にしたことがあるだけで、はっきり彼女の素性を知る者はいなかった。

そうこうしているうちにたちまち五日も経って、さすがに不安になる祐輔のもとへ盛田から電話がかかってきたのは二十三日の朝だった。「今夜、身体が空きそうだから」というわけで、待ち合わせ場所に指定された〈つき柳〉という寿司屋に祐輔は、やってきたのである。

コイケさんはその日の昼から一週間ほど叔母夫婦の鞄持ちで温泉旅行のため同行できず、「え。あの名店の誉れ高い〈つき柳〉っスか。いいなー先輩、おれも行ってみたかったよおお、ちくしょー」とせっかくの機会を逃してしきりに口惜しがっていたが、来なくて正解だったかもしれない。回転寿司ならともかく、こんな立派な店構えの寿司屋に入るのは予想以上に勇気が要った。しかも待ちびとがなかなか現れず、瓶ビールだけちびちび舐めながら白木のカウンター席に陣どらざるを得ない、いたたまれなさといったら。いくら待ち合わせだと店側に断ってあっても、辛い。

他に客がいるあいだは、まだよかった。すぐ横で常連とおぼしき中年男性たちが塩辛声で「物騒な世のなかになったもんだなあおい」「お、昨日のあれか。なんだって、警官が殺されたって」「それだけじゃない、いっしょに女子高生もだと」「可哀相になあ」「ふたりもいっぺんにとは、とんでもないことをするやつもいるもんだ、早く捕まってくれ」「なあ、世も末だよなあ」と雑談に興じる陰に隠れていられた。が、その一行はひと通り食べた後、さっさと立ち去ってしまい、カウンター席には祐輔がひとりぽつねんと残される。

別に従業員たちから白い眼で見られたりするわけではない。きもの姿の仲居さんは笑みを絶やさず、さりげなくお茶やおしぼりを替えてくれるし、なにも注文できずにいる祐輔に気を遣ってか、職人さんが大根スライスにシソと梅肉を挟んだものを「どうぞ、サービスですので」と出してくれたりする。

本来は箸休めのものらしい。

そんなふうに雰囲気が好いだけに、却って身の置きどころがない。きわめつきが店内は全面禁煙らしく、灰皿が見当たらないことだ。寿司屋とはなべてそうなのか、それともこの店が特別なのか、こんな高級どころと縁のない祐輔には判断がつかないが、タバコの一服もできず、ただ待ちわびるしかないというのは、もはや手持ち無沙汰なんてレベルではない。ほとんど拷問に等しい。

身心ともにタフなことにかけては少々自信のある祐輔だが、精も根も尽き果てて疲労困憊《こんぱい》、くたくたになってしまった。やっと盛田が現れてくれたときには、安堵のあまり全身が弛緩《しかん》し、泣きたくなったほどである。加えて彼がノーネクタイのカジュアルな装いだったことも、Tシャツとジーンズという己れの場違いさに苦悶していた祐輔にとって、まさに干天の慈雨であった。

「なんだ、きみ」と、そんな祐輔の手もとを盛田は覗き込んだ。「ビールだけ？　え。まだなにも頼んでないの。ばかだなあ。ほら、どんどん握ってもらいなよ。なんでも好きなもの。それとも、なにかつまみでももらう？」

もらった名刺によると盛田の勤め先はＯＡ関連機器の販売及びリース会社で、地元では最大手だ。会社の近くだということもあり、よくこの店を接待などで利用するらしい。すると今夜も経費で落として奢ってくれるつもりだろうか。たとえそうでも、お気楽にほいほいとは注文しづらい。

「いまの時期は、やっぱりアジかな。イサキやカンパチもうまそうだ。シンコ、まだある？　アワビやウニもいいね」

アワビやウニと聞いただけで内心、青くなる祐輔であった。こんな店で喰ったらいったい、いくらするんだろ。

「——で」一旦メガネを外し、おしぼりで顔を拭った盛田は好奇心に満ちた眼を祐輔に向けた。「なにを話せばいいの」

「そ、そうですね、まず、なんといっても」

結局、祐輔はカレイならカレイ、アナゴならアナゴとその都度、盛田が注文するのと同じものを握ってもらうことにした。へたに遠慮して少しでも安そうなネタを血眼《ちまなこ》になって探すより、そのほうが無難な気がする。

「なんといっても、被害者の女性が誰なのか、ということなんですけど」

「それは、ぼくじゃお役に立てないな」

「知らないひと、でしたか」

「全然」

「顔、ご覧になったんですよね」

「暗かったけど、まあ街灯の明かりで、ね。そこそこは」

「どんな感じでした。若かったとか、老けていたとか」

「若い、といえば、まあ若いんだろうね」

「例えば学生みたいな感じ、とか？」

「なにぶん、あまりじろじろ見つめたりしていないから」盛田はぐびりと、ぬる燗《かん》を呷る。「断定はできないけど。でも、学生というのはちょっとむりがあるかな。多分、ぼくと同年輩かそこらじゃないかと。うーん。地味なトレーナーやジャージのズボンという恰好が、なんというか、野暮ったいせいで、ちょいととうがたって見えた、という面もあるのかもしれないけど」

「トレーナーにジャージのズボン、か」

「警察のひとにも言ったけど、ジョギングしてたんだろう。前にも見たことあるし」

「だそうですね。しかも、いつも同じ時間帯にという話だったけど、それって真夜中近くってことでしょ。そんな時間に、女性が独りでジョギングっていうのは……」

「危ないよね、やっぱり。まあ、いま思えば、だけどさ。こんな事件に遭遇するまでは、ぼくもさほど心配したりはしなかった。彼女だって深く考えず、いつものように走ってたら、いきなり襲われて、植え込みの陰に引きずり込まれたんだね。あんな閑静な住宅街でも油断ならないや」

「盛田さんは毎日、あの時間帯にご帰宅されるんですか」

「うん。だいたい、いつも同じ」

「で、公園のベンチで一服されてから、マンションのほうへ」

「そうそう」

「これまで被害者の女性以外に、あの公園の周辺でジョギングしているひとを見たことって、ありますか」

「いや。一度もない。少なくとも夜中には、ね。早朝には、よくいるみたいだよ。あのあたりは住民にとって恰好のジョギングやウォーキングコースだから」

「てことは、あの時間帯に公園の周辺を出歩くようなひとは普段、他にいない、と」

「多分。仮にいても、ぼくの帰宅時間とは被っていないか、だ。おっとっと」うっかりタバコをとりだした盛田は苦笑し、慌ててポケットに戻した。「いけないいけない」

「おれもそろそろ禁断症状が出そうですよ」

「あ。きみも喫うの」

「喫うどころの騒ぎじゃないです」

「ははは。ヘビースモーカーか」

「禁煙しようとしたこともあるんですけどね。死ぬほど惚れてる女に、やめろと忠告されてもやめられなかったんで、も、すっかり諦めてます」

「そうかそうか。あのさ、きみ、辺見くんだっけ。酒、いけるほう？」

「好きですよ、けっこう」

「じゃあこの後、もう一軒、いいかな」

「もちろん、おれはかまいませんけど」

「どうだろう、ここでは食事に専念してさ。もっと詳しい話は、喫えるところへ移動してからにしようじゃないか」

「判りました」

まさか二軒目に誘われるとは思わなかった。どうも盛田は気さくとか、ひと懐っこいとかいうより、多忙な日頃のストレス発散の好機とばかり、はしゃいでいるようである。事件の話を聞かせて欲しいという祐輔の頼みをいともあっさり承諾したのも、こんなふうに仕事抜きで気楽にいっしょに飲める相手に不自由しているからなのかもしれない。

盛田が注文するのに倣い、祐輔もウニやアワビを握ってもらった。ふたり揃って中トロで締める。

〈つき柳〉を出る際、祐輔は好奇心に負け、盛田が財布に仕舞おうとしている会社宛の領収書を、そっと覗き込んだ。子供が冗談でつけたとしか思えないような金額が記されていた。

繁華街の路地裏のバーへ連れてゆかれる。鄙《ひな》びた小さい店だ。

隅っこのテーブルにつくと、盛田はのびのびとした様子で早速タバコを咥《くわ》えた。

「お、ありがと」祐輔にライターで火を点けてもらい、さらにご機嫌。「いや、いいな。いいよなあ。くつろぐよねえ。うーん」

「そういえば、盛田さん、今日はまたずいぶんラフな恰好ですね。会社から直接、来られたのではないんですか」

「ん？　いや、ぼくはけっこう普段から、こういう服でも出勤するよ。特に夏場は。もちろん、ひとと会わなきゃいけないときは、ちゃんとネクタイも締めるけどね」

顔見知りらしい従業員に、盛田は「いつもの」と声をかけた。祐輔も先刻からの流れで「同じのを」とオーダーする。マンハッタンがふたり分、運ばれてきた。

「そっかそっか。きみもやめられないクチかあ」紫煙をくゆらせ、すっかりリラックス。「んで、喧嘩になったりするわけなの、その彼女と？　タバコをやめろ、いや、やめないと」

「ちがいますちがいます」自分のタバコにも火を点け、苦笑してみせたものの祐輔は、さきほど〈つき柳〉で叩いた軽口を、ちょっぴり苦い気持ちで後悔した。「そいつはおれの彼女でもなんでもなくて、ちゃんとね、その、相方がいるんで」

「なんだ。でも、死ぬほど惚れてる、とか言ってたじゃん」

「おれのほうが一方的に、ね」

「じゃあ片想いなんだ」

「そんなところです」

「そっか、そっかあ。でも、そのほうがさ、いいかもよ、長い目で見て。片想いのほうが結局、いい思い出になるんじゃないの。好きな相手とへたに両想いになって、大恋愛して、さらに結婚に至ったところでさ、しあわせになれるとは限らないもんねえ。ほんと、例えばうちの嫁ときたら、もう」

「盛田さんは大恋愛だったんですか」

「大、かどうかは知らないけど、ま、一応は職場恋愛。あの頃は、よかったなあ。同僚たちの眼を盗んでデートの約束をするだけで、楽しかった。それが無事、結婚に至ったら、寿退職したあちらは立派な鬼嫁、こちらは恐妻家という、世間によくある夫婦道まっしぐら」

ますます饒舌になり、盛田は怒濤《どとう》の愚痴モードに突入する。彼がいつも帰宅直前、くだんの児童公園で一服してゆく習慣ができたのは、妻が怖いからだという。

「うっかり自宅で喫おうものなら、女房がうるさくてうるさくて、もうたいへん。亭主の健康を気遣ってならともかく、部屋を売るとき壁紙を貼り替えなきゃいけなくなるから、なんて言うんだぜ。信じられる？」

「あのマンション、新築で、まだ購入されたばかりなんでしょ。去年、ですか？　だったらきっと、そのせいですよ。売却するときの心配を本気でしているわけじゃなくて」

「ん。どゆこと」

「住宅に限らず、なんでもそうだけど、ものがまだ新しいうちは、ちょっとした汚れや傷が、ひどく気になるじゃないですか。高級な腕時計とか買ったりしたら、寸暇を惜しんで、しょっちゅう磨いていないと気がすまない、みたいな。要するにそういう心理なんですよ、いまは」

「ああ、うんうん。なるほどねえ」

「あと二、三年も経てば奥さんだって、壁紙なんかがニコチンで少々汚れたくらいじゃ、びくともしなくなりますよ」

祐輔の楽観的な見方に説得力を感じたらしく、盛田は相好《そうごう》を崩し、「もともとよくできた妻ではあるんだよ、うん。家事はきちんと完璧にこなすし。そういう意味では言うことなしの」と一転、のろけモードに入った。「いま亭主の喫煙に過敏になっているのも、もしかしたら掃除や洗濯をきっちりこなさなきゃいけないという完璧主義的な使命感の延長線上で、ちょっと行き過ぎちゃってるだけなのかもしれないね。なにしろ、せっかくの新しいマンションだし」

「そうです。きっとそう。自分の思いどおりに、きちっと、きれいにしておきたいんですよ、家庭をあずかる主婦として」

「いやあ勉強になるなあ。にしても、あんな事件に遭遇したんだ、いつ自分も危ない目に遭うかもしれない、もう夜中に公園で一服するのはやめようと固く決心してたんだ。ほんとに、あの直後はね。なのに、習慣てな怖い。すぐ翌日には、ちょっと一杯ひっかけてたせいかもしれないとはいえ、気がついたら身体が勝手に動いて、普段と同じことをしてたんだからなあ」

そのお蔭で祐輔は、事件の目撃者とすんなり知り合えたわけだが、その巡り合わせを感謝しているのはむしろ盛田のほうらしい。

「よかったよ、こうしてきみと話せて。まさに眼からウロコっていうか」

「そりゃどうも。えと、話を戻して申し訳ないですけど、盛田さんのマンション、〈メイト・ホラグチ〉でしたっけ、そこで被害者の女性を見かけたことは？」

「ない」

「だからといって、彼女がマンションの住人じゃないとも断定できませんよね」

「そりゃそうだ。〈メイト・ホラグチ〉じゃなくても、近隣の住民かもしれない。が、どっちみち永久に判明しないよ、あの女性の身元は」

「そうでしょうか」

「だって、本人が名乗り出ない限り、探しようがないじゃないか」

「まあ、それはそう……かも」

「ただでさえ自ら申告しづらい事柄なうえ、そんなつもりはなかったのに容疑者が死亡しちゃったんだから。とてもじゃないが、名乗り出られるわけがない。だいたいさ、新聞も書き方が悪いよね、あの記事」

「と、いいますと」

「容疑者の死亡の原因を、あたかも彼女がつくったみたいなニュアンスだったじゃないか。過剰防衛の有無云々、なんて。そんなのってさ、ぼくはこの眼で見てたから判るけど、言いがかりもいいところなんだ」

盛田によると、逃げようとした被害者の女性が、自分に馬乗りになっているソネヒロを突き飛ばしたのは事実だが、その勢いで彼に刃物が刺さったわけではないという。

「突き飛ばされて転んだ彼が起き上がろうとして、また転び、そのときに誤って自分の腹の下に刃物を敷き込んでしまったのは、彼女が公園から走り去った後だったんだから。ね？ これじゃあなんの関係もない」

「たしかに」

盛田の記憶ちがいでなければ、だが。もちろん祐輔はそんなこと、口にしたりはしない。

「知人であるきみの前でこういう言い方は酷かもしれないが、彼はいわば自分で勝手に死んだようなものなんだ。それをやれ正当防衛か、いや過剰防衛だなんて議論にしてしまうから、被害者だっておちおち名乗り出られない。結局、藪《やぶ》のなかだよ。ぼく個人の意見としては、彼女は今後も、へたに良心を働かせて名乗り出たりしないほうがいいと思う。なにも悪いことはしていないんだから、これ以上、無駄に傷つく必要はない」

一理ある主張のようにも聞こえるが、どうしても祐輔は釈然としない。

「えと、変なことを訊くようですが」

「ん」

「仮に盛田さんが、知り合いの女性とあの児童公園で、午前零時近くに会うよう段どりをつける、とします。なんのために会うのかとかはこの際、考えなくていいので」

「ははあ。で？」

「しかし当然のことながら、時間帯が時間帯、場所が場所です、彼女がそうすんなり呼び出しに応じてくれるとは思えない」

「そりゃあそうだ」

「では、どういう口実を持ち出せば、彼女を説得できるでしょう。なにか妙案、ありますか」

「うーん、そうだね。こういうのはどうだ。例えばその彼女が、男に借金を申し込んでいるとする。男は、じゃあ貸してやるから午前零時頃、児童公園へ来い、と命じるんだ。いかにも胡散臭《うさんくさ》い提案だから彼女は難色を示すかもしれないが、やむを得ず了承する可能性だってある」

「借金、か」

「もちろん、単なる譬《たと》え話だよ。要は、なにか彼女を釣れる餌があったかどうか、だ」

「やっぱり、そういうカードがないとむずかしいですよね、夜中にひとけのない場所で女性に会ってもらうよう説得するというのは」

「カード、そうか。あるいは男が、彼女の弱みを握っていて脅迫する、とかね」

「脅迫？」

「なにか恥ずかしい写真の類い、とかさ。世間に公表されたくなければ金を寄越せとか、身体で払ってもらおうとか。そう強請《ゆす》られたら、いくら夜中にひとけのない場所であろうとも、行かざるを得ないだろ」

十七日の夜、〈さんぺい〉での飲み代を払ったソネヒロの財布がほぼ空っぽになっていたことを憶い出し、祐輔は妙なリアリティを感じた。たてかえておこうかと申し出たら、いえ、とんでもないと屈託なげに笑って断った。あれは、これから「集金」に向かう者の余裕の笑み？　だったのだとしたら……いや。いや、いや、まさかそんな。

「もちろん脅迫というのも、単なる譬え話だよ。なんでもいい、とにかく優位に立てる材料が男の側にあれば、呼び出しは充分に可能だ。裏返せば、いまきみも言ったように、そういうカードなしではむずかしいというか、ちょっとむりなんじゃないかな、普通は」

「そう……ですよね」

「しかし、そういう仮定を持ち出すってことは、もしかして被害者の女性と亡くなったきみの友人が知り合いだったという話でもあるの？」

「いや……」

曖昧《あいまい》に首を小さく横に振り、考え込む祐輔を、盛田は興味津々といった態で眺めた。

「きみはさ、そもそもいったいなにを、どうしたいわけ？」

「え。なに……って」

「被害者の身元を調べて、それでどうかしようというの。彼が死んでしまったことの責任は問えないにしろ、彼女にはせめて線香の一本でも上げて欲しいとか？」

「いや、そんなんじゃありません。ただ、どうにも不可解なんです」

「なにが」

「なにもかも、というか、どうしてあんなことになってしまったのかが」

「どうしてもこうしても。身も蓋もない言い方で申し訳ないが、男が女を襲う理由なんて、ひとつしかないじゃないか。刃物を持って脅してたんだから、金が目的だったのかもしれないけどさ」

「仮にそうだとしても、ですね。なぜわざわざあの晩、洞口町まで歩いたりしたんだろう、と」

当日ソネヒロが大学近くの居酒屋で祐輔たちといっしょに飲んでいたことを聞かされた盛田は、ますます興味を抱いたようだ。

「——ほう、なるほど。大学の近くで、ね。しかもタクシーに乗れるような現金も持ち合わせていなかった、と」

「四十分もかかる距離をわざわざ歩いた。ということは、なにか確固たる目的があったんでしょう、まちがいなく。でもそれが暴行とか強盗だった、なんて、おかしくありませんか」

「うーん、たしかに。洞口町まで行ったらそこに、無防備に独りでジョギングしている女性がいる、なんて保証はないいんだもんね」

「そうなんです。ということは、事前にふたりのあいだで約束が交わされていた、と。そう考えるのが妥当です」

「つまり、ふたりは知り合いだった、と」

「詳しくは知りませんが、曾根崎は生前、歳上で社会人の女性と付き合ってたけど、その関係がこじれて悩んでいた、という噂があるんです。もしかしたら公園で待ち合わせていたのはその彼女だったんじゃないか、とも思ったんだけど……」

「歳上の彼女、か」煙を吐くと、顎《あご》を撫でる。「被害者の女性がぼくと同年輩じゃないかという印象が当たっているとすれば、その可能性もあるね。じゃあ、痴情のもつれと言っていいかどうか判らないけど、ともかく男女関係のいざこざがついに刃傷沙汰に発展してしまった、と」

「あるいは……ね」

「すると、さっきの話じゃないけど、彼はなにか彼女の弱みでも握っていたのかな？　それを楯にして呼び出しを——ん。ちがうか。この場合、話はもっとシンプルだ」

「と、いいますと？」

「逆だろう、きみが説明してくれた状況からして。呼び出されたのは彼のほうだよ」

盛田の指摘に、祐輔は愕然《がくぜん》となった。その可能性をこれまでまったく考えもしなかった自分に呆《あき》れ返りもした。

「曾根崎が……呼び出された」

「きっとそうだよ。さっきの話の蒸し返しになるけど、時間帯が時間帯、場所が場所だ、男のほうから呼び出そうとしたって、女性が応じるはずはない。しかし、彼女のほうから打診したのだとすれば、話は全然ちがう。女から、会ってくれと頼まれたら、男は深く考えず、ほいほい馳《は》せ参じるさ。たとえ少々遠いところであっても、ものともせずに」

「呼び出された……彼女に」

「大学近くの居酒屋から洞口町まで、てくてく歩いているのが、なによりの証拠じゃないか」

言われてみれば、たしかにそうとしか考えられない。どうしてこんな単純なことに思い至らなかったのかと祐輔は歯嚙みした。

「じゃあ、彼女のほうから呼び出したにもかかわらず、なんであんなことになったんでしょう」

「当然、男は色っぽい展開を期待する。けれど、女のほうはそうじゃなかったんだね、きっと。具体的になにかはともかく、まったく別の思惑があったんだろ。その互いのずれが、なにか諍《いさか》いに発展し、刃傷沙汰に——」

「けれど、甘い密会を期待してのこのこ出かけていったはずの曾根崎が、いったいなんだってまた、刃物なんかを用……」

祐輔は思わず、あ、と声を上げた。

「どうした？　どうしたんだ、きみ」

「刃物は……」

「ん？」

「曾根崎が持っていた刃物ですけど、どんな種類でした？」

「手にとって見たりはしていないからなあ。でも、ごく普通の文化包丁のようだった」

「というと、折り畳み式や飛び出し式のナイフなどではない？」

「ちがう。もっと刃渡りがあった」

「それを振り回していた、と」

「そう。彼女に、こう、馬乗りになって」

「その包丁、どこで調達したんでしょう」

「んなこと訊かれても」

「居酒屋の前で別れたとき、彼は手ぶらだったんですよ、まったくの」

十七日の夜のソネヒロは、いまの祐輔と同じ、Tシャツにジーンズという夏の軽装だった。刃物を隠せるようなポーチやセカンドバッグなども、いっさい持っていなかった。

「ふうん？　じゃあ一旦、自宅へ戻って、とってきたんじゃないの」

「そんな時間的余裕はなかったはずです。彼の住んでたアパートは、大学を挟んで、洞口町とはまるで逆方向ですし」

「途中で買えるはずもないしね。現金をもっていなかったのなら。いや、だいいち開いてる店もそうそうないだろうし」盛田はやや不謹慎な笑い声をあげた。「まさか、拾ったんだったりして」

ひょっとして……ある疑惑が祐輔の胸に、どす黒くわだかまった。

*

ない。

ない。くそ、ない。

なんで、ないんだ。こんなときに限って。盛田と別れた後、祐輔は必死で公衆電話を探していた。一刻も早く、あの七瀬という女性刑事に連絡をとりたかった。すでに午前零時が近かったが、日を改めて、という発想は微塵もない。それほど焦っていた。

先刻のバーには電話を置いていなかったので、タクシーや代行運転車輌の蝟集《いしゅう》する繁華街の並木道へ出る。歩道には電話ボックスがたくさんある——はずだったのだが。

ひとつ目、ふたつ目、いずれも塞がっている。三つ目も使用ちゅうだったが、祐輔は待ってみることにした。しかしこれが埒《らち》が明かない。ボックスのなかでは若い深窓の令嬢ふうの娘がその外観とは極めて不釣り合いな、どすの利いた声で「だからここで待ってるって言ってるの。さっさと来りゃいいじゃん」と何度も何度も、際限なく同じ科白を、抑揚もなく反復している。壊れたテープレコーダーの如く機械的で、いささか不気味だ。彼氏と痴話喧嘩でもしてるのか？

諦めて、次のボックスへ向かう。が、なかなか見つからない。あっても使用ちゅうか、故障しているか、どちらか。

間が悪いときは、とことん間が悪いものだ。焦燥感にかられるまま突っ走っているうちに、ふと我に返ると、いつの間にか祐輔は大学近辺まで戻ってきていた。

もういっそ自分の家へ帰ってからかけるか、そう思い、なにげなしに視線を上げると、見覚えのあるワンルームマンションの前だった。

ここは……躊躇が全然なかったわけではないが、逸《はや》る気持ちを抑えきれず、祐輔は階段を上がった。ウサコこと羽迫由起子の部屋へ向かう。

もう寝てる？　あるいは留守？　かもしれない。が、ドアの横の小窓に明かりが灯《とも》っていたので、思い切ってチャイムを鳴らしてみた。ついでに、とんとん、と軽くノックする。

待っていると、チェーンを掛けたまま、ドアがそっと開いた。

顔を半分覗かせた由起子は、祐輔を認めて「先輩？」と驚きながらもお隣りをはばかってか、声を低めた。「どうしたんですか、こんな時間に」

「すまん」祐輔もひそひそ囁き声で合掌し、頭を垂れた。「ほんとうにすまんが、電話、貸してくれ。緊急事態なんだ」

「で、電話？ いいですけど」

切羽詰まった雰囲気を察してか、由起子はチェーンを外し、祐輔を招き入れた。まだ就寝していなかったようで、ポロシャツにスカート、紺のハイソックス姿だ。

飲み会の後で彼女を送って建物の前までいっしょに来たことは何度かあるものの、由起子の部屋に入るのはこれが初めてである。

小ぶりのキッチンを抜けた由起子は「はい」とコードをひっぱり、台座に置いてあった電話機ごと祐輔に手渡した。

ベッドを置いてある部屋に上がり込むのは遠慮して、祐輔は電話機をかかえ、キッチンの床に座り込んだ。

安槻署にかけてみる。時計を見ると午前零時を三分過ぎ、日付が変わっていた。

空振りかと案じたが、七瀬はいた。ちょうど別の事件の捜査会議が終わったところだったらしい。

「すみません、こんな時間に。でも、だいじなことなんです。曾根崎の件で」

十七日の夜、居酒屋の前で別れた際、ソネヒロが手ぶらで、現金の持ち合わせもなかったと前置きしたうえで、自分も実際に〈さんぺい〉から洞口町の児童公園まで歩いてみたが、ソネヒロが途中で凶器の包丁を調達する時間的余裕はなかったはずだと、祐輔は一気にまくしたてた。

「――つまりですね、問題の包丁は被害者とされている女のほうが用意してきた。そうだとしか考えられない。ということは、曾根崎が彼女を襲ったんじゃなくて逆に、女のほうが彼を殺そうとしていたんじゃないでしょうか」

『で、彼は抵抗し、凶器を奪って反撃しているところをたまたま目撃された、と。きみはそう言いたいわけ？』

最初は当惑、嘆息気味だった七瀬だが、聞き捨てならない内容と判断してか、送話器の向こう側の口調が徐々に真剣味を帯びてくる。

「まさしくそういうことです」勢いを得て祐輔もさらに唾を飛ばした。「必死で凶器を奪い、なんとか女を押さえつけようとしていた。それが目撃者の盛田さんの眼には、曾根崎のほうが彼女を襲っているかのように見えてしまったんです」

しばし間が空き、『よく知ってるわね、目撃者の名前を』と七瀬が苦笑を洩らす気配。

「たったいま本人に会ってきました」

『どうやって調べたのか知らないけど、大した行動力だこと』

「それだけ不可解なんです。でも盛田さんと話してみて、確信しました。曾根崎は加害者じゃなくて、被害者なんだ」

『この前に会ったときも言ってたわね。ふたりは知り合いだったんじゃないか、と。居酒屋の前で彼と別れる間際、どうもこれから約束があるみたいな口ぶりだったから』

「そうです」

『言われてみれば、たしかにそういう場合、男から誘うよりも、女から呼び出したほうが、待ち合わせは実現しやすいでしょうね』

「そうなんです。曾根崎はその女に呼び出されてたんですよ、まちがいなく」

ふと気がつくと由起子が、中腰で祐輔のそばへにじり寄ってきて、受話器に頰をくっつけんばかりにして聞き耳をたてている。

「凶器を用意してきたのも、女のほうです。明らかに曾根崎を殺そうとして」

『もしもそれがほんとうなら、あなたとしてはお友だちの汚名を雪《すす》ぎたい。その気持ちはよく判るわ。そのうえで敢えて言うんだけど、彼が手ぶらだったとか、現金の持ち合わせがなかったはずだとかっていう根拠は、すべてあなたの記憶だけが頼りなのよね』

「信用性に乏しい、と？」

『忌憚《きたん》なく言わせてもらえば。ただ、いずれにしろ問題の女性の行方を突き止めないといけない。どういう事情にしろ、ひとがひとり死亡しているんだから、ね』

「そのことですが、曾根崎が生前、付き合っていたという女性は――」

『それは無関係』

「無関係？　え……えと、あのう、それって例の、歳上で社会人というひとのことをおっしゃっているんですか」

『あまり詳しく言うわけにはいかないけど、まあそうよ。彼女は今回の件についてまったく無関係。

それはもう裏づけがとれている』

事情を知っているとおぼしきシシマルと連絡がとれず足踏みしている祐輔を尻目に、警察はすでにソネヒロの交際相手だった女性からも事情聴取をしているらしい。当然といえば当然だ。が、あまりにもあっさり否定されたせいか、祐輔はなかなか納得できない。

「あの、凶器のことですが、指紋とか検出されているんですか」

『はっきり確認できたのは曾根崎洋のものと、もうひとり分』

「それが、逃げた彼女のものなんでしょうか」

『断定はできないけど、多分ね』

「照合は?」

『当然してみたけど、前科がないってことくらいしか判っていない』

なるほど、そういうことか。警察はくだんのソネヒロの交際相手の指紋と、凶器の残留指紋を照合してみたが合致しなかった。その結果、彼女は無関係だと判断したわけか——祐輔はこのとき、そんなふうに解釈し、勝手に納得していたのだが。

「他に遺留品とか、なかったんですか」

『こらこら。あんまりあたしを調子に乗せないでくれる。きみにだって判るでしょ、捜査内容を一般市民にぺらぺら喋るわけにはね。って。もうすでに、けっこう喋ってるか』ははは、と乾いた笑い。『ともかく、言いたいことはよく判ったわ。きっちり頭に留めておく』

「お願いします」

『またなにかあったら連絡して。あたしのポケットベルの番号、教えとくから』

「はい。え、えーと」

慌てる祐輔に、すかさず由起子がボールペンとメモパッドを手渡した。

「どうぞ——はい——はい。判りました。じゃあおれの電話番号もお伝えしときますんで」

『それには及ばないから』

「まあまあ、そう遠慮なさらずに」

『別に遠慮してるわけじゃないって』

「ま、ま、ま、深く考えずに。いいですか？」と祐輔は一方的に自宅の電話番号を告げた。「——ですんで。いつでもご連絡ください。もちろん事件のことじゃなくて、ペライベートでも」

『ところで、そこってもしかして、きみの彼女の部屋？』

「え。いや、ち、ちがいますちがいます。友だちんちではありますけど」

『なーんだか、さっきから女性っぽい気配が伝わってくるんだよね』

「女友だちなんで、そのとおりなんだけど……よ、よく判りますね」

『そういう勘は、ひと一倍働くほうなんだな。彼女がいるんだったら今後、ナンパお断り』

「ちがいますって。だから単なる友だちで」

『ふーん。こんな時間に居座ってるくせに、彼女じゃなくて、ただの友だちって言い張る気なの。説得力ゼロだわね』

「ほんとですってば。電話、借りにきただけなんだから。信じてくださいよ。なんだったら、いまから彼女に代」

『判ったわかった。疲れてんのかな、あたし。変なこと、っていうか、どうでもいいこと、喋ってるよね。んじゃ、また』

「あ、あああ、ちょ、ちょっと——」

有無を言わさず、電話は切れた。

祐輔はつい溜息をついたが、ともかく懸案を七瀬に訴えたことで、いくらか安心する。

「いったい——」そんな彼の顔を、由起子はしげしげ覗き込んだ。「いったいなにに首、突っ込んでるんですか、先輩？」

「いやあ……」

電話機を返し、改めて由起子を見た。祐輔が彼女と顔を合わせるのは約ひと月ぶりだ。

普段は三つ編みにしている長い髪をいま彼女はほどき、肩に流している。そのせいか、れっきとした大学三年生でありながらいつも中学生、へたしたら小学生にすらまちがわれかねない幼い容姿に似合わぬ、おとなっぽいムードが漂う。ウサコという渾名の由来となったウサギのぬいぐるみのような無垢な愛らしさからはちょっと想像のつかない、どこか青白い、妖《あや》しさが。

「ウサコ、おまえ、痩せたんじゃないか？」友人の意外な一面を図らずも盗み見てしまったかのような複雑な後ろめたさにかられた祐輔は、とっさにそんな軽口を叩いた。「ちゃんと喰っとるのか」

「うーん、言われてみれば最近、ちょっと食が細くなってるかも」

「それはいかんなあ。うん。いかんぞ。胃と肝臓には気をつけなきゃいかんぞう。なんちってな」

暑苦しい駄洒落をかます祐輔に、ようやく由起子も緊張を解き、ぷっと吹き出した。

「だってー、先輩から飲み会のお声がかからないんだもん」

少し甘えたような、剽軽《ひょうきん》な口調。さきほどの妖しいムードは幻のように消えた。そこにいるのは、いつもの愛くるしいウサコだ。

「ありゃ。誘ったほうがよかったのか。そりゃ申し訳ない。まだ、へこんでるかと思って。要らん気を回しちまった」

「へこんでるって、そんなんじゃないけど。タックはともかく、タカチのいない飲み会にわざわざ行ってもなあ、と」

「はいはい、悪うござんしたね。わざわざ来てもらう価値のないおれで」

「って。なに、いつまでわざとらしく、ごまかしてんですか、先輩。さっきの電話、なんです？　相手は警察のひとみたいだったけど」

「実はこの前、飲み会をやったんだが、それに参加してたやつが」ソネヒロの事件について簡単に説明する。「――てわけ」

「それ、ニュースで観た。死んだ男のひと、大学生としか報道されてなかったけど。安槻大の学生だっていうのは噂になってるみたい」

「女性に乱暴しようとして誤って自分を刺し、死亡した、みたいな扱いになっちまってるんだが。さっきも刑事さんに説明したとおり、それはおかしい。辻褄《つじつま》が合わないんだ。だから、なんとか――」

「彼のために真相を突き止めてやろうと、奔走してるってわけですか」

「ま、そんなところ」

「おせっかいやきですねー、相変わらず」

「仕方ないだろ。本人はもう死んでいて、なにをどうすることもできないんだから。生きてる者がなんとかしてやらなきゃ、いつまでも濡《ぬ》れ衣《ぎぬ》を着せられたままだ。浮かばれないよ」

「ソネヒロくん、て」由起子は祐輔から離れると、ベッドに腰かけた。「去年の新入生ですよね。先輩の飲み会にも顔を出してたんだ。じゃあ、あたしも会ったこと、あるかな」

「多分。向こうはウサコのこと、知ってたし」

「ふーん」

「そういや、おもしろいこと言ってたっけ、ウサコのことで」

「あたしのことで？」

「ソネヒロの眼にウサコは、さながら魔性の女のように映ってたみたいだぜ」

「マショー？　こっ、この永遠の幼児体型のあたしのどこをどうすればそんな」

「彼曰く、なにしろタカチとタックの両方が、ウサコに恋い焦がれていて」

「へ」

「ウサコを巡ってふたりがくりひろげる争奪戦は、いまに刃傷沙汰に発展するんじゃないか、なんて心配してた」

あんぐり口を開けた由起子、爆笑すべきか、激怒すべきか、惑乱しきっている。

「すまん、よけいなこと言っちまったかな」キッチンの床で胡座《あぐら》をかいたまま、小ぶりの冷蔵庫にもたれかかった。「おれもこの前まで思い当たらなかったんだが、おまえたち三人がこのところさっぱり飲み会に出てこないもんだから、みんないろいろ憶測をたくましゅうしてたようだ。なにかあったんじゃないか、って」

「なにか……って、あたしたち三人のあいだで、ということですか」

「まさか。それぞれ別個に、という意味さ。三人まとめて勘繰ったのはソネヒロだけ」

「先輩、ちゃんと誤解、といてくれました？」

「ソネヒロの邪推を、か？ もちろんそんなことあり得ないって正したけど、正すまでもない。誰もそんなの本気にしちゃいないさ。コイケでさえ、新機軸だって呆れてたんだから」

「そこまで言われるといっそ、その誤解は誤解のまま流布して欲しいような気になるなあ。タカチとタックのふたりを両手に花かあ。うん。いいかも」

「って。おいおいおいおい」

「冗談ですよ、冗談」

「けっこうけっこう」はああ、と長い溜息。「冗談が言えるのは元気な証拠、ってか」

「先輩は元気、ないですね」

「気が抜けたんだよ。とりあえず刑事さんに話を聞いてもらえて」

「さっきの声、女性みたいだったけど。女の刑事さんですか」

「七瀬さんていうんだ。ウサコも会ったことがあるぞ。ほら、去年のカモちゃんのとき」

「ああ。はい。はいはいはい。あのアスリートタイプの」

「そうそう」

「で、早速、くどいてるんだ。先輩ったら。怖いもの知らずですねー、相変わらず」

「難攻不落って感じだけどな。まあその分、頼りになりそうなひとだよ」

「ソネヒロくんの名誉、挽回できそうですか」

「さあ。たとえ挽回できても、生命は戻ってこないが……」

「ソネヒロくん、あたしのこと、知ってたんだ。でも正直、こちらはあんまり印象に残っていないんですよ」

「かくいうおれも、十七日の時点では、そういや何度かいっしょに飲んだことある顔だなあ、という程度だったんだが」

「そんな彼のためにわざわざ必死こいて、こんな時間まで駈けずり回ってるんですか？　事件の目撃者まで探し出して、なんて」

「そりゃまあ。多少なりとも、かかわっちまったんだし。落ち着かないじゃん、なんだか、このままだと。それに」

「それに？」

「うーん……なんていうか」言葉に詰まり、祐輔は頭をがしがし掻いた。「なんていうのかな。口惜しいんだよ、このままじゃ」

なにが原因か詳細は不明なものの、鬱っぽく引き籠もりがちになっていたソネヒロも最近、なんとか立ち直ろうとしていたようだ、という背景を、知っている範囲で説明する。

「七瀬さんの話じゃ、洞口町の児童公園でソネヒロが落ち合ったのは問題の交際相手ではないらしい。だったらどういう事情で別の女と待ち合わせなんかしていたのか判らんが、それはともかく。なんだかさ、いやじゃん。立ち直ろうとしていた矢先に、そんな不測の事態に見舞われるのって。なんつーか、うまく言えないんだが、無念……うーん、無念、というのかなあ」

「ははあ」

にやにやしながらベッドから立ち上がると、由起子はキッチンへやってきた。膝をかかえ、祐輔の隣りに座り込む。

「そっか。そっかあ」

「どうした?」

「判った」

「だから、なにが」

「先輩、タックのことが気になってるんだ」

「ああ? タックのこと? そりゃあもちろん気になってるが」

「だからこんなに必死になってるんですね、ソネヒロくんのことで」

「って、なんじゃらほい。それとこれと、なんの関係があるんだ」

「あるじゃないですか。同じ、立ち直ろうとしている者、という括りが」

「括り、っておまえ」

「せっかく立ち直ろうと前向きになっていた気持ちが虚《むな》しく弊《つい》える、そんな場面を目の当たりにするのがいやなんですよ。もしかしてタックが挫《くじ》けてしまったらどうしよう、と。そんな無意識の不安がかたちを変えて、ソネヒロくんの汚名を雪いであげたいという熱意として顕れてるんだ」

「ずいぶんとまた、ひねった解釈だな、おい」

「ひねってるのは先輩自身ですよ。タック本人には遠慮してあれこれストレートに詮索《せんさく》できないから。その代償行為ってところですね、さしずめ」

「無意識の不安だの、代償行為だのって、カウンセリングかよ、これ」

「一応あたし、心理学科ですから」

しばらく憮然《ぶぜん》としていた祐輔だったが、やがて肩を竦め、立ち上がった。

「ま、いいや。とりあえず、おれにやれることはやった。あとは七瀬さんに任せるしかない」床に座り込んだままの由起子を見下ろした。「いまさらだけど、悪かったな、こんな遅い時間に」

「いいえ」

「そういや――」靴を履こうとして、ふと祐輔は振り返った。「ひょっとして連絡、あったか？　タカチか、タックから」

由起子は頷いた。「……先月末に二度、タカチから電話が。あ、一度目の内容はこの前、先輩にも伝えましたよね」

「ああ」

由起子が電話で伝えてくれた千帆の伝言、それは「千暁さんといっしょに、当分のあいだ、安槻から離れる」のひとことだった。

千暁さん……か。タック、じゃなくて。

「で、二度目の電話は」胸が締めつけられるような思いを抑え、祐輔はことさら明るく訊いた。「なんて？」

「R高原の国民宿舎に滞在してる、って。タックといっしょに」

「お。あそこ、か」

「ええ」納得のあまりか感慨深げに腕組みする祐輔を見て、由起子はくすりと笑った。「ビールの館の思い出の」

「そうか、あそこ、だったのか」

「というわけでまだまだ車、返せそうにないから、ボンちゃんによろしく、って」

ボンちゃんとは、タカチこと高瀬千帆独自の祐輔の呼び方だ。

「そっか、すっかり忘れてた。あいつら、おれの車に乗っていったんだっけ」

「先輩の家にも電話したんだけど、たまたま留守だったそうです」

「そうだったのか。その後は、なにも？」

「それっきり。いまごろタックと話し合っているんだと思います。というより、じっくり話を聞いてあげてる、のかな。彼の今後のことについて」

「今後のこと？　というと」

「詳しくは判らないけど、いろいろ。要はタックの身の振り方ですね。例えば大学、中退したほうがいいのか、とか」

「お、おいおい」祐輔は慌てて靴を蹴り脱ぎ、冷蔵庫の前へ戻ってきた。「そんなことまで選択肢に入れてるのか、あいつ？」

「心配しなくても、それはタカチが止めます。だってタックが白井教授のもとを離れれば、それですべてが解決するわけじゃない。この場は逃げ出せても結局、イタチごっこになるのがオチだろう、と。それならばいっそ腹をくくって居座り、然《しか》るべく対処しよう。ふたりいっしょに、って。そんなふうに彼に言い聞かせ、落ち着かせて、リハビリをしているところ……なんじゃないかな」

正直なところ、祐輔は由起子の説明を半分も理解できていない。タックこと匠千暁と、白井教授の再婚相手の女性のあいだになにがあったか、正確に把握していないからだ。

ひとつたしかなのは、軽々しく詮索できる問題ではないということだろう。無責任な想像も厳に慎まなければならない。祐輔はただひたすら待つつもりだった。千帆か、もしくは千暁本人が自ら打ち明ける気になるときまで。

もしかしたら、そんなときは一生やってこないかもしれない。が、それならそれでいい、と祐輔は覚悟していた。

「なにがあっても……」ウサコは、すんと鼻を鳴らし、涙ぐんだ。「タカチ、言ってた……たとえなにがあっても、わたしが彼を守る……タックのこと、あちらへは絶対に行かせない、必ずこっちへ連れてかえってくるから、待っていてくれ、って」

嗚咽《おえつ》をこらえるウサコをただ見下ろすだけで、為《な》す術《すべ》もなく祐輔は立ち尽くす。はたして千帆の言う「あちら」とはどこを指す言葉なのか、考えるのが怖かった。

「ごめんなさい……このところ」

　ふらふら立ち上がったウサコはティッシュで、ちんと洟《はな》をかんだ。眼尻に涙が、あとからあとから膨れ上がっては、頬をしたたり落ちる。

「このところ毎日、あのときのタカチの言葉を憶い出してはこんなふうにべそべそ、べそべそ……すっかり泣き虫になってます、あたし」

「ばかだな、泣くことなんか、なにもないじゃないか。タカチが言ったんだろ？　必ずタックを連れてかえってくるって、そう言ったんだろ？　なら絶対そうなるに決まってる」

　手の甲で頬を拭い、由起子は何度も眼をしばたたいた。

「安心しろ。やる、と言えばタカチは、たとえなにがあろうと、やり遂げるやつだ。まちがいなく。おまえだってよく知ってるだろ。これほど確実なことが他にあるもんか。おれたちは心配なんかせずに、ただ待ってりゃいいんだ」

「そう……」眼もとを真っ赤に腫れさせながらも、由起子はようやく笑顔になった。「そうですよね。ほんとに、そう……ですよね」

「じゃあな」祐輔は靴を履きなおした。「この次は飲み会、誘うわ。おやすみ」

「あ、先輩。ちょい待ち」

　由起子は慌てて身を屈《かが》め、冷蔵庫を開けた。ビールのロング缶をとりだす。

「買い置き、これ一本しかないんだけど。半分こ、しません？」

「お。いいね」

RENDEZVOUS 4

彼女は、屋外で他人に声をかけられた者として、さほど変わった反応を示したわけではない。なにぶんこの声とご面相だ、驚いて立ち竦み、こちらを睨《にら》みつけたりするかもしれない。最悪、いきなり悲鳴を上げられ、遁走《とんそう》されるかもしれない。その程度は佐伯も覚悟していたのだが。

「きみたち、ちょっと――」

斎場の建物を出た、タクシー乗り場の前でそう声をかけられた彼女が示した反応は、一般的にはさほど奇異なものではなかったが、佐伯の想像力を超越していた。彼の人生において、空前にして絶後といっても過言ではない。

佐伯に向けられたのは、溢れんばかりの愛想笑いだった。いまにも、なにかご用ですか？　と華やかな嬌声《きょうせい》が聞こえてきそうなほどの……だが。

その彼女の眼光が、佐伯の心臓を鷲掴《わしづか》みにする。立ち竦んだのは彼のほうだった。危うくそのまま遁走しそうになったほど。

白眼の部分が青みがかった、大きな瞳。その神秘的な輝きは、いまひそやかな殺気に満ちている。眼が笑っていない、とはよく聞く表現だが、こんな凄味のある愛想笑いを見たのは初めてだった。

佐伯のことを危険な猛獣とでも警戒しているのだろうか、彼女は傍らの青年を、さりげなく背後に庇《かば》う。その物腰の切れ味鋭い迫力に、佐伯は尻込みしながらも、思わず見惚《みと》れてしまった。ほとんど酩酊《めいてい》していたと言っていい。

「――あれ」

ふいに緊張感のない声を上げたのは、彼女の連れの青年だ。

「け」あるいは、刑事さんと続けようとして自粛したのだろうか、ひと呼吸、置いた。「佐伯さん、でしたか」

それを聞いて、佐伯に見覚えがあると憶い出したのか、彼女の全身から放たれていた敵意めいた威圧感が、あっさり消滅した。

佐伯は心底、胸を撫で下ろした。まさに蛇に睨まれたカエル状態だった己れを痛感する。警察官を生業《なりわい》とする者としてはいささか忸怩《じくじ》たるものを覚えるほどだったが、同時に、なにやら残念な気持ちにもなっている自分に戸惑う。

平静な彼女も、たしかに美しい。が。荒ぶる鬼神の如く、闘志を撓《たわ》めた彼女の姿にこそ、その美の真骨頂が……って、おい。なにを考えているんだ、おれは。

「ご無沙汰」

気をとりなおそうとして佐伯は、声に痰《たん》が絡んでしまった。どうも調子が狂う。

「その節はどうも。ええと。たしか匠くん、そして高瀬さん、だったよね」

昨年のクリスマスイヴ、安槻大学の男性講師が八階建てマンションの最上階から転落する事件があった。当初は自殺未遂かとも思われたのだが、不審な点が見受けられ、佐伯も捜査にかり出された。青年、匠千暁、そして連れの彼女、高瀬千帆。ふたりはその際、入院した講師に付き添っていた、安槻大の学生だ。

あのときの千帆もたしかに魅力的だったが、さきほどの魂を抜かれそうなほどのインパクトはなかったような気がする。なにか変化があったのか、佐伯には見極めがつかなかったものの、眼前の彼女が漂わせる磁力に、どうかすると吸い寄せられそうになる己れに危ういものを感ずる。

「思わぬところで会ったね。ひょっとして、明瀬と知り合い？」

「同級生でした」答えたのは千暁だ。「高校のときの」

「ほう」

「といっても、クラスはちがっていたし、それほど親しかったわけでもないんですが」

彼の傍らで千帆は、じっと佇んでいる。後頭部で束ねた長い髪が、風にそよぐ。

彼女はずっと千暁の肩に手を置き、そっと抱き寄せたまま。かたときも離れていたくないといった態だが、若い男女カップルにありがちな、べたべたとした生臭い雰囲気は皆無だ。そういえば去年、出会ったときのふたりは、互いにこれほど親密そうな様子は見受けられなかったが。

「彼が警察官になっていたことも、今回の事件で初めて知りました」

どうやら新聞かテレビのニュースを見たらしい。報道内容は警察の公式見解を受けてのもので、住宅で独りで留守番をしていた女子高生が何者かに殺害され、たまたま往き合わせた警官も犠牲になった、というふうにまとめられている。

「そうだったのか。でも、それならどうして、今日わざわざ？」

「なんていうか——」言葉を探しあぐねているのだろうか、千暁は神妙な面持ちで眼を閉じた。「忘れがたいひと、だったからかな。いろんな意味で」

佐伯はふと思いついた。そうだ。

「申し訳ないが、きみたち、少し時間をもらえないか。話を聞かせて欲しいんだ」

事情聴取にかこつけて、少しでも長いあいだ千帆といっしょにいたいだけなんじゃないか……そんな己れの本音が一瞬、垣間見えて佐伯は、ひやりとする。が、明瀬のことをもっとよく知っておいたほうがいいのもたしかだ。

「話、って」当惑したのか、彼は千帆と顔を見合わせた。「なんでしょう」

「明瀬のことについて」

「いや、だからぼくは、なにも」

「きみの見聞きした範囲で教えて欲しい。高校時代の印象とか。なんでもいい、もっと彼のことを知らなくちゃいけないんだ」

「で、でも、あの、彼は巡回ちゅうにたまたま事件に巻き込まれただけ、なのでは……？」

「いや」さりげなくふたりに、さらに近づくと、佐伯は声を低めた。「ここだけの話にして欲しいが、どうやら、そうとも断定できないふしがある」

「すると、まさか、彼は……」

「それを調べたいんだ。彼は高校卒業後、警察学校を経て、鎌苑交番に配属されたばかりだった。どういう個人史や人間関係があったのか、わたしたちもまだよく知らない。彼の無念を晴らすために、ぜひ協力して欲しい」

「判りました。ちゃんとお役にたてるかどうか、心もとないですが」

眼の前に停まっているタクシーの運転手に、佐伯は手を挙げてみせた。ふたりを後部座席に乗せ、自分は助手席におさまる。

町なかの、以前一度だけ妻に連れていかれたことのあるカフェへ向かった。なぜここを選んだのか、自分でもよく判らない。ランチタイムが終了しているせいか、客はまばらだ。

隅っこのテーブルに落ち着くと、佐伯は黒のネクタイを外した。コーヒーを三人分、注文。

「実は——おっと、いまから話すことはすべて他言無用でお願いする」

そう前置きした佐伯は、明瀬巡査の死亡推定時刻が、鯉登あかりのそれと四時間ものずれがあることを説明した。後から思えば、わざわざそんなことを一般市民に教える必要などなかったのだが。

「——四時間も、ですか」

「当初、わたしたちはこう考えた。鯉登あかりを殺害した犯人は一旦、現場から立ち去る。その後、例えば自分の身元を特定されかねない、極めて重要な証拠品を忘れてきたことを憶い出し、鯉登家へ舞い戻ってくる。そこへたまたまやってきたのが、町内の挨拶回りをしていた明瀬巡査だ。逮捕を免れようと、犯人は半ば自暴自棄で、警官にまで手をかけるはめになった——という具合に」

「しかし佐伯さんは、それに納得できない、と」

「まるで納得できない。鯉登あかりの遺体は屋内にあった。その場で犯行が露見しようがない以上、犯人には明瀬巡査を殺害する必要なんてなかった。最悪でも、鯉登家の玄関先で家族のふりをして応対すれば、簡単に巡査を追っ払えたはずなんだ。鯉登家は、その時点で無人だったんだからね。四時間も前に死んでいる鯉登あかりが、明瀬にたすけを求められたはずもないし」

「明瀬くんが、一見なにも異状を認められない家にわざわざ上がり込んだ、とも考えにくい」

「そのとおり。しかし実際、彼は上がり込み、そしてそこで殺された。ということは――」

「犯人が、なんらかの口実を使い、彼を屋内へ誘い込んだのかもしれない、と」

「そうだとしか考えられない状況だ。しかし、そんなことをしたら、彼に鯉登あかりの遺体を発見されるだけなのに、これじゃまるで……」

「まるで犯人の目的は、明瀬くんを殺すことだったみたいですね」

「そうなんだ。そんなふうに思える。しかし、そんなはずはない。だって彼は町内を、まったくランダムに回っていたと聞いている。もしも犯人が最初から明瀬巡査を狙っていたのだとしたら、あの日、彼が鯉登家を訪問すると予測していたってことにもなりかねない」

「まさか、予測したうえで、鯉登あかりさんを殺害し、その遺体を餌にした――なんてことも、およそありそうにないし」

　まさに自分が思い悩んでいるとおりの仮説――というより、妄想――を千暁にずばり言語化され、佐伯は不穏な気分になった。

「うまく明瀬くんを屋内へ誘い込みたいなら、家族のふりをして、家のなかの様子がおかしい、泥棒に入られたんじゃないかと思うので調べて欲しい、とか。そういうお芝居をすれば、それですむことなんだし」

「まさしくそういうことだよ。しかし彼の殺害状況を考えれば考えるほど、ひょっとしてそのために鯉登あかりを殺したんじゃないかという、突拍子もない妄想が――」

「犯人が明瀬巡査を殺したのは」千帆がそう口を挟んだ。「顔を見られたから、じゃないですか？」

「……なんだって？」

「犯人は最初の犯行の四時間後、証拠品回収のためか否かはともかく、なんらかの理由で鯉登家へ舞い戻ってくる。そこで明瀬巡査と鉢合わせしたとします。もちろんその段階で明瀬巡査は、鯉登あかり殺害の事実を把握していない。しかし彼は、ここで犯人の顔を見ることになる」

「そうか……」

「たとえその場では家族のふりを装い、巡査を追い払えたとしても、犯人が顔を見られたことに変わりはない。事件が発覚すれば、そのとき応対したのが鯉登家の者ではなかった、と早晩知れる。巡査の記憶力次第では、かなり正確な似顔絵ができてしまうかもしれない」

佐伯は呆気にとられた。これほど単純明快な筋書きに、なぜこれまで思い至らなかったのか。我ながら、なさけなくなる。

「犯人にとって、明瀬巡査の存在は脅威だった。この場で口を封じておかなければ、と。犯人は瞬時にそう決意し、言葉巧みに彼を屋内へ誘い込んだ」

「なるほど。なるほど、な。決して餌にするために鯉登あかりを殺したわけではなかったが、結果的にはそうなった、と」

「これがいちばん、シンプルな考え方だと思いますけど」

「至極もっともだ。なぜ真っ先に、そうと思いつかなかったのかな」

捜査会議でも、誰も指摘しなかったっけ。あるいはそれは——佐伯は考える。殺害されたのが警官だったからかもしれない。

仮に鯉登あかりといっしょに発見された遺体が、例えば彼女の友人だったとする。現場に舞い戻ってきた犯人は、突然の友人の訪問を受け、とっさに家族や関係者のふりもできない。少なくとも非常にむずかしい。おまけに顔を見られてしまった、思いあまって、もうひとり殺してしまうという展開もありがち——おそらく捜査官の誰もが、自然にその結論に落ち着いていただろうに。

自分たちが警察の立場だからなのか、犯人が顔を見られたくらいで警官を殺すなんて暴挙に及ぶはずがないという、なんの根拠もない思い込みが働いていたのかもしれない。佐伯がそう反省していると千帆が、隣りの千暁を、ちらりと見やった。

「あら、なにか言いたそうね」

「え？　いや、そ、そんなことないよ」

「嘘おっしゃい。顔を見られたから口封じ説には、いまいち納得できない、ってその顔にちゃんと書いてあるわよ」

「まいったな。ちょっと、つまらないことが気になっただけで」

「なにがそんなに？」佐伯は首を傾げた。「いまの彼女の話は説得力、充分だったよ」

「いや、顔を見られて、とっさに口封じを決意するのはいいんです。けど、それにしても犯人は、ずいぶん用意がよかったんだな、と思って」

「用意、というと」

「犯人は凶器を自分で用意してきて、そして持ち去っているんですよね」

「そのとおりだ。ビニール紐は鯉登家常備のものと種類がちがう。殴打になにが使われたか、まだ特定されていないが、家族の話では特に紛失している物はないらしい。犯人が用意してきて、犯行後、持ち去ったとみてまちがいない」

「犯人が現場へ舞い戻ったのは、最初の犯行から四時間後。そのとき、最初に使ったのと同一か否かは別として、犯人は再び凶器を持って、鯉登家へやってきた。そういうことになりますよね」

「そう……なるね」

「てことは、まるで端《はな》から第二の殺人を実行するつもりだったみたいだな、と思って」

「でも、タック、それはあり得るんじゃない？」

千暁のことを「タック」と呼ぶ千帆が、なんだか佐伯には新鮮だった。それが呼び水になったのか、昨年、ふたりに事情聴取した際の場面があれこれ脳裡に甦り、妙になつかしい気分にかられる。

「だって四時間も経ってるんだもの。家族の誰かがもう帰宅しているかもしれない。いざとなったら、もうひとり殺さなければならなくなると、覚悟のうえで行ったのかもよ」

「家族が帰宅してたら、もう娘の遺体は発見され、警察にも通報されている。家の周囲はすでに警官で埋め尽くされているかもしれない。ぼくが犯人の立場なら、そう警戒して、鯉登家へは近寄らないようにするけどね」

「だから、そのリスクを冒してでも、なにがなんでも回収してこなければならないほど重要な証拠品を忘れてきてしまった、ってことでしょ」

「そんなもの、ほんとにあったのかな。ぼくとしては、そこからして疑問なんだけど」

「どうして」

「もしも犯人が、被害者の母親の日課を知ったうえで、鯉登あかりが独りになる時間帯を狙ったというほど計画的だったのだとしたら、普通、よけいなものは現場に持ち込まないんじゃないの」

なるほど。言われてみればもっともだ、と佐伯は感心した。あくまでも一般論として、だが。

「じゃあ、犯人はなんのために現場へ舞い戻ったっていうの」

「またもや前提を覆して申し訳ないけど、そもそも犯人は一旦現場を立ち去ったりなんかしていない、と思う」

「立ち去っていない？　じゃ、どうしたの」

「ずっと現場で待っていたんじゃないだろうか、明瀬くんがやってくるのを」

「いや、匠くん」佐伯が口を挟んだ。「しかし、それは」

「もちろんよく判りませんけど。明瀬くんが鯉登家を訪れることを予測するのは、ほんとうに不可能なのでしょうか？」

「挨拶回りは基本的に無作為に行っていたそうだから、やっぱりむりだろう。それとも、なにか方法があったのかな」

「例えば犯人が常日頃から明瀬くんの動向を監視していて、なんらかの法則性を発見した、とか」

「つまり、きみの考えとしては、犯人は最初から明瀬を殺害するつもりで家のなかにいた、と？」

「あくまでも単なる山勘ですけど、犯人は最初の犯行後も、ずっと鯉登家に潜んでいたような気がするんですよ。もしもそうだとしたら、それはなんのためか。第二の犯行に備え、待機していたんじゃないか、と。いや、単にそんな気がする、というだけの話なんですが」

たしかに佐伯としても、明瀬巡査は巻き添えを喰っただけとする解釈には納得し難いものがある。ただし千暁の考えにも、すんなりとは首肯できない。それも二重の意味で。

まず、明瀬巡査の動向を予測する手段があったとするのは、どう考えてもむりがあること。もうひとつ、これがより重要だが、そのために鯉登あかりの遺体がすぐ傍らにある屋内で、はたして四時間も待機できるものなのか、という疑問である。ただでさえ犯行現場からは一刻も早く立ち去りたいのが人情なのに。

「だいぶ調子が戻ったんじゃない？　タック」

犯人の心理状態をあれこれシミュレーションしていた佐伯は、そんな千帆の声で我に返った。

「少なくとも、それだけ喋れるようになったんだから、さ」

「そう……」千暁はどこか、はにかんだかのような微苦笑を洩らした。「そう、なのかもね」

そうか――ふたりのやりとりで、佐伯はなんとなく判ったような気がした。

さっき感じた、千帆の変化。それは多分、彼女と千暁の関係に起因している、と。ふたりの絆が深まる出来事があったのだ。

具体的な経緯は佐伯の想像の外だが、きっとふたりはなにか、人生の危機のようなものをともに乗り越え、克服したのだろう。ふたりのあいだに漂うのは、男女カップルの親密さというより、どことなく戦友のような連帯感だ。それがある種の清潔感として醸成される。だから。

だから、千帆ひとりの魅力に幻惑されるというより、彼女と千暁、ふたりといっしょにいるのがこちらも心地よいのだ。佐伯はそう思い当たった。

「これも明瀬くんのお蔭……なのかもね」

意味ありげな言葉だったが、佐伯は詮索せず、話を進めることにした。

「おっと、じゃあそろそろ、高校時代の明瀬の話を聞かせてもらえるかな」

「といっても、うーん。そもそもぼく、明瀬くんと言葉を交わしたことがあったかどうか。ひょっとして一度もなかったかも。さっきも言いましたが、同じクラスになったこともないし」

「だけど、きみは彼のことを知っていたんだよね、なんらかのかたちで」

「こちらは、はい。彼は校内でけっこう、めだった存在だったし。でも向こうはきっと、ぼくのこと、知らなかったんじゃないかと」

「めだった存在だったのなら、彼自身も与り知らぬところで、なにかトラブルの種になりかねないことがあったのかもしれない」

「トラブルっていうか、彼のことを羨《うらや》んでいる生徒ならいたでしょう。かくいうぼく自身が、その典型だったんだけど」

「え。きみが？」

おいおい、明瀬に限らず、きみに他人を羨む資格なんてあるのか、こんな美しい恋人がいるのに——そんな軽口を叩きたくなる衝動を、佐伯はかろうじて抑えた。幸福の基準値はひとそれぞれだし、千暁と千帆がほんとうに恋人同士かどうかも判らない。もちろん、ふたりの様子を見る限り、ただの友だちってことでもなさそうだが……ま、いいや。邪念は措いといて。

「なぜ」

「自分もあんなふうになりたいな、と」

「ふうん。どんな生徒だったんだろう、高校時代の彼は？」

「ひとことで言えば、おとな、かな。ずいぶん抽象的で申し訳ないですが」

「なにか具体的なエピソードとか」

「平々凡々な毎日だったので、さほど劇的な出来事というのには思い当たらないんですけど。ただ、彼のいるクラスと、ぼくのいるクラスとでは、いつも全然、雰囲気がちがってた」

「どんなふうに」

「彼は理系クラスで、男子と女子の数が半々くらいでした。そのせいってわけではないだろうけど、とにかく男子も女子も、みんな仲良しって感じで、ムードがよかった。ま、あくまでも外から見て、ですけど。楽しそうだった。結束力も強くて、文化祭や体育祭の行事のときは、みんなで素直に盛り上がれる、みたいな」

千帆は静かに、彼を見つめていた。一言一句、聞き逃すまいとしているかのようなその表情に、ともすれば佐伯は吐息を洩らしそうになる。

そうか、これは彼女も初めて聞く話なんだな、きっと。彼の過去を、ほんのいっとき共有できる時間を千帆は慈しんでいる……そう思うと佐伯は心を掻き乱され、なんだか胸苦しくなった。

いかんいかん。なにを、やくたいもないことばっかり考えているんだおれは。いまは事件のこと。明瀬巡査のこと、だ。

「対照的に、ぼくは文系クラスだったんですが、全体の雰囲気がなんとも暗くて。いや、暗いは言い過ぎかな。でもみんな、なにに対しても冷めてるというか、しらけた感じで」

「覇気がなかったのか」

「男子が極端に少なかったせいもあるのかな。全体の四分の一くらいで」

「女系クラスだったんだ」

「そういってもいいでしょうね。だいたい発言力のあるのは女の子のほうで。男の子たちは、しらけているというより妙に、いじけてて。隅っこでかたまってる、みたいな。それでいて団結力もなく、見事にばらばらで。クラスの主流派の女の子たちも基本的には、良く言えば我が道を往くタイプばかり。他のひとのことなんか知らない、どうでもいいわ、って感じ。もちろん、そんなふうに批判的に観察しているこのぼくが、いちばんエゴイストだったと思うけど。そういう、しらけた雰囲気って伝染するというか、悪循環で、どうせみんなもやる気ないんだ、おれだって、あたしだって、クラスのことなんか放っておいて、好きなようにやってやるって具合に、ますますムードが悪くなる。えと」

千暁は自信なげに眼をしばたたく。

「なにを言おうとしたんだっけ。あ、そうだ。ムードです。いまにして思うことだけど、そういったクラス全体のムードの相違って。やっぱり人材によるところが大きかったのかな、と」

「もしかして明瀬のクラスは、彼のような人材がいたからムードがよかったんじゃないかと、きみは思うわけか」

「それがすべてではないでしょうが、ひとつの要因ではあるかな、と」

「彼がどういうキャラクターだったのか、もう少し具体的に説明してもらえないか」

しばらく考え込んだ千暁は、言葉をひとつひとつ選んでいるかのように、訥々《とつとつ》と喋る。

「えと、テニスの選手に譬えたら。いや、卓球やバドミントンでも、なんでもいいんだけど。要はラリー、球の応酬のある競技ですね。その選手に譬えてみます。ぼくの場合は、弱い選手です。弱いとひとくちにいっても、いろいろタイプがある。弱いなりに、なんとか勝とう、あるいは善戦しようと努力するひともいる。けれど、ぼくは」

「きみは？」

「勝とうが負けようが、どちらでもいい、早く試合が終わってプレッシャーから解放され、楽になりたい、というタイプです。そのためには、わざと負けることも厭《いと》わない」思わず、という感じで苦笑を洩らした。「後ろ向きですね、どうも」

「では、明瀬は」

「強い選手ですね。もちろん強いとひとくちにいっても、タイプはいろいろ。明瀬くんも勝ち負けにはこだわらないひとだったと思う。それよりも、たいせつなことがあったから」

「それは？」

「要するに、試合を楽しむことです。楽しいことは長く続けたい。そのためには相手によって闘い方を変える。例えば、自分より弱い相手には、拾いやすい球を打ち返す。それによって、少しでも長くラリーを続けられるようにする——判ります？」

佐伯は頷いた。ラリーを持続することを優先し、相手によって戦法を変えるタイプというのは、これまで関係者から話を聞いて漠然とイメージを描いてきた明瀬のひととなりを、かなりうまく表現できていると思った。

「勝ち負けに関係なく、ラリーを少しでも長く続けて楽しむために、相手のペースに合わせる——そういうひとがいたから、彼のクラスは雰囲気がよかったんじゃないかなあ、と。いま思えば、という話なので、かなり後付けの理屈かもしれない。当時はそんなこと、考えもしなかったけれど……」

しばし沈黙が降りた。

「彼のようなひとがもういなくて……ぼくはまだ、ここにいる」

そのひとことに佐伯はなぜか、どきりとした。思わず彼の傍らの千帆を見る。

「理不尽だけれど、どうにもならない。残った者はただ生きていくしかないんだな、と。彼の遺影を見て、改めてそう思った」

テーブルに隠れて直接は見えなかったが、千帆は彼の手を握りしめているようだった。その力強さが空気を震わせるように伝わってきて、佐伯も胸が締めつけられる。

「すみません」千暁は我に返ったみたいに、照れ笑いを浮かべた。「なんだか抽象的な話ばっかりで。

お役にたてなくて」

「いや、興味深い話だった。ありがとう」

そろそろ潮時かと一旦伝票をつかんで立ち上がった佐伯は、座りなおし、名刺をとり出した。

「ふたりとも、なにかあったら、いつでもいい、連絡してくれたまえ」

*

「……そうですか、あの原稿のことですか」

芳谷朔美は、ふっと鼻で嗤《わら》った。

いかにも、そんなことは大した問題ではないと軽く切り捨ててみせたかったようだが、彼女の唇が醜く歪んだせいで、その試みは失敗した。逆に、いまにもヒステリックに暴れ出すのではないかと、七瀬が危ぶむほど。

「鯉登さんが書いたと思われる、『身代わり』という小説です。お読みになりましたか」

「ええ、読みましたとも。刑事さんもそう思ったから、ここへいらしたんでしょ？」

八月二十九日。

この前日にヨーロッパから帰国したばかりの芳谷朔美の自宅へ、七瀬と平塚は話を聞きにきているところだ。朔美と会った七瀬の第一印象は、我儘《わがまま》なお嬢さん育ちっぽいな、だった。自分を、そんじょそこらの愛敬だけで生きている女たちといっしょくたにするのはゆるさない、とでも言わんばかりの高慢そうな瞳。これの女性性ではなく、あくまでも知性と教養で勝負してますからという無言の自負のようなものが、ぷんぷん臭う。

髪をシニョンにした、一見清楚《せいそ》なたたずまいなのだが、外国製の家具や本棚に並ぶ洋書など、どことなく虚仮《こけ》威《おど》し的な安さ漂う独り暮らしのマンションの内装が、彼女の内面を象徴しているかのようだ。どちらかといえば美人の部類なのはまちがいないのに、いつでも他人の欠点を暴いてせせら笑う準備をしているみたいな底意地悪げな薄ら笑いが、すべてを台なしにしている。

もちろん見た目で判断できない部分もあろうが、少なくとも七瀬の眼には、あまり魅力的には映らない。藍香学園の教諭、小暮などの若い男がこの安い小綺麗さに騙されるのはまだしも、生前の鯉登あかりが、なぜそんなにこの図書館司書に熱を上げていたのか、さっぱり判らない。

「いや、案外、他の誰とよりも、彼女といっしょにいるのが鯉登あかりにとってはいちばん、居心地がよかったのかもしれませんよ」

とは後日、平塚が開陳した考察だ。

「え。どうして？」

「だって鯉登あかりは、自分が微妙に他人のコンプレックスを刺戟して落ち着かなくさせる質だってこと、自覚してたわけでしょ。だったら芳谷朔美のように、とにかく自分がいちばん頭がよくて正しいと信じて疑わない勘違い女を相手するほうが楽ちんじゃないですか。変に気を遣わなくていいし」

ずいぶん穿《うが》った見方だが、なるほど、七瀬が妙に納得させられたこともたしかだった。

「芳谷さんがあの小説を読むことになった経緯について、まず伺いたいのですが」

『身代わり』は、鯉登家のワープロ専用機のハードディスクにその文書が残っていた。プリントアウトして、七瀬もすでに読んでいる。

「ゴールデンウィーク明けの五月、中旬頃だったと思いますが、彼女がある日、図書館へ原稿を持ってきたんです」

文芸誌の新人賞に応募してみようと思っているので、読んで感想を聞かせてくれ、そう頼まれたのだという。

軽い気持ちで読み始めた朔美は、驚いた。

「明らかに、あたしと瀬尾さん、そしてあかりちゃん本人をモデルにした恋愛小説だった。いえ、官能小説といったほうがいいかしら。それも安っぽい、女子高生の妄想全開の」

同性の図書館司書を慕う女子高生が、彼女の婚約者を誘惑し、彼と肉体関係を結ぶ、というのが『身代わり』の主なストーリーだ。

「読んで、どうお思いになりました」

「不愉快でした。もちろんフィクションとはいえ、こんな露骨なモデル小説をわざわざ本人に読ませるなんて、どういう嫌がらせかと」

「フィクションなのですか、あれは？」

「あたりまえでしょう」

『身代わり』の性愛シーンの描写はかなりディテールが濃密かつリアルで、少なくとも七瀬は、これを女子高生が書いたとはにわかには信じがたい。やはり実体験に基づいているのだろう、そんな感触があった。生前の鯉登あかりが周囲の評判通り頭のいい娘だったにしろ、単なる技巧と空想力だけでここまで書けるとはとても思えない。

「そもそも生前の鯉登さんは、瀬尾さんと面識があったのですか」

「それは、あたしが紹介してましたから。三人で食事やお茶したことも何度か」

「それなのに、あの小説がフィクションだとする根拠は？」

「根拠がどうのこうのという次元の話じゃないでしょ。あり得ません、あんなこと」

「瀬尾さんに事実関係を質《ただ》してみましたか」

「なんでわざわざ、そんなばかなこと。互いに気まずくなるだけじゃありませんか」

「原稿を読んだ後、鯉登さんには、なんと？」

「ほんとうは腹がたってしょうがなかったけど、本気で怒ったりするのも、おとなげない。それに、あかりちゃん、ほんとにあたしのことが好きなんだという気持ちも伝わってきて、複雑だったし」

『身代わり』の女子高生が女性図書館司書の婚約者を誘惑するに至った動機は、彼女に対する思慕が報われずに絶望し、彼に嫉妬したから、というふうに設定されている。

この点に関しては、リアルな性愛描写と同じ筆者の手によるとは思えないほど嘘くさい、というのが七瀬の感想だ。とってつけたような薄っぺらさを、しかし朔美は感じとっていないらしい。自分に対する鯉登あかりの熱愛だけは別格だと、信じて疑っていないのだろうか。

「おとなの対応をしたわけですか」

「ええ。おもしろかったけど、ちょっと過激ね、って。冗談ぽく。実際、作品としての出来はよかったと思います。やっぱり彼女って、そういう才能があったから」

「鯉登さんはそれを聞いて、なんと？」

「特になにも。満足そうに笑ってました」

「それだけですか」

「ええ、それだけです」

「誰か他のひとと、その小説のことを話題にしましたか」

「とんでもない。そんな、自ら恥を晒すような真似なんて」

辻伊都子をはじめ藍香学園の生徒たちは、モデル小説を巡り朔美と鯉登あかりのあいだで軋轢《あつれき》が生じたと噂していたようだ。もしも朔美の主張に嘘がないのなら、噂の出どころは誰だったのか。もしかして鯉登あかり自身だった……とか？

「芳谷さん、『身代わり』はほんとうにフィクションだったと、いまでもお考えですか」

「考えるもなにも、それが事実です」

「事実といえば、ご存じですか」

「なにを」

「鯉登さんは妊娠していました」

＊

「に……妊娠」

瀬尾朔太郎は絶句した。唇がぴくぴく、細かく痙攣する。

「そんな、まさか」

語るに落ちたな、と佐伯は思った。瞬時にして頭のなかで詰め将棋の如く、瀬尾に洗いざらい吐かせるよう持ってゆく戦略構想が完成する。

ベンチから立ち上がろうとした瀬尾を、佐伯はさりげなく押し戻した。

「もしもお心当たりがあるようでしたら、いまのうちにすべてお話しいただいたほうが、互いになにかと好都合かと存じますが」

「ま、まってくれ、ぼくは……」

ふたりの傍らで山崎がさりげなく、ビルとビルのあいだに挟まれた遊歩道近辺の様子を窺っている。瀬尾を詰問する佐伯を見かけた通行人が、その筋の者と勘違いしてしまわないとも限らない。なにも心配ないですよとばかりに、ときおり親子連れに笑ってみせたりする。これだから屋外での事情聴取は山崎は嫌だったのだが、瀬尾が職場や自宅へ警察が来るのを断固拒否したのだから仕方がない。

「瀬尾さん。あなたには社会的地位というものがおありだ。たいせつな婚約者もいらっしゃる。それが女子高生と淫行に及び、あまつさえ妊娠させてしまっていたとなると、なにかとたいへんでしょう。お察しします。が、こちらもご理解いただかないといけない。これは殺人事件の捜査なのです」

ぎろりと佐伯に睨まれ、再び立ち上がろうとしていた瀬尾は怯《ひる》み、よろめいた。どすんと尻餅をつくみたいに、へたり込む。

「わたしどもも因果な商売でしてね。普通ならあんな小説、多感な女子高生の妄想に過ぎないと一蹴するところでしょうが、なにしろ彼女は殺人事件の被害者だ。そして事実、妊娠していた。その本人が書いたものとなると、これは無視できない」

酸素不足に喘《あえ》ぐ金魚みたいに、瀬尾は何度も口を開きかけたが、声が出てこない。

「鑑定すれば、誰の子どもかは明らかになる。もちろん検体提出は任意ですから、あなたが拒否すればそれまでだろうと、もしもお考えならば、ひとことご忠告しておきます。餅は餅屋と申しますでしょ、瀬尾さん。もしもあなたが鯉登あかりとそういう関係だったのであれば、我々は必ず、その裏づけをとります。なにごともプロの仕事を侮らないほうがよろしい」

瀬尾は佐伯を睨みつけたが、酷薄な一瞥《いちべつ》を受け、慌てて眼を伏せた。

「わたしがなにを言いたいかはお判りですね。もしもお心当たりがあるのなら、いまここで否定するのは決して得策ではない。なによりもあなた自身にとって、ね」

「しかし……しかし、あり得ないだろ？　ぼくが事件に関与してるはず、ないだろ？」ようやく瀬尾は声を搾り出した。「彼女が殺害されたのは、二十二日のことなんだろ。そのときぼくは、朔美といっしょにヨーロッパにいたんだぞ。あかりちゃんを殺せるわけないじゃないか」

「あなたが事件に関与しているとは申しておりません。ただし、あなたと鯉登あかりの関係そのものが事件と無関係だ、とまでは言い切れない」

「な、ど、どういう意味だそれ」

「例えば、あなたに傍惚《おかぼ》れしている女が鯉登あかりの存在を知り、猛烈な嫉妬にかられた。こういうケースも考えられるわけです」

「そんな、ぼ、ぼくは」卑屈に笑ってみせようとするが、顔が強張っただけだった。「ぼくは、そ、そんなに、もてないよ」

「あるいは鯉登あかりを思慕する男が、あなたとの関係を知って、怒り狂ったのかもしれない。こうしたケースが想定し得る以上、あなたの証言がいかに重要であるか、十二分にご理解いただけると思いますが」

「あれは……彼女から」観念して気が楽になったのか、瀬尾にも不貞腐れる余裕が出てきた。「彼女から誘惑してきたんだよ」

「それはいつ頃？」

「今年のバレンタインデーに。まだ彼女が高校一年生だったときだ」

「実際に関係を結んだのは」

「チョコレートをもらった、その日のうちに。ラヴホテルで。彼女がぼくを誘惑したんだ。ほんとなんだ」

「誰も嘘とは言ってません」

「あかりちゃんは朔美のことが好きだったんだ。できれば彼女と愛し合いたい、でも女同士はどうしても抵抗があるから、その代わりに、あなたに抱かれたい……って」

それは『身代わり』に登場する女子高生の科白そのままだ。佐伯が見るところ、小説と同様、実際の鯉登あかりの言葉も誘惑のための単なる口実という印象しかないが、瀬尾はどうやら鵜呑《うの》みにしているらしい。

「彼女の婚約者であるぼくに抱かれることで、朔美との関係の代償行為にする、とかなんとか。そんな意味のことを言って」

「何回くらい関係を持ちました？」

「憶えてないよ、そんなこと。数えきれないとしか言えない。ほとんど毎日くらい、こっそり会ってたような気がする。そのたびに、こんなことはやめなきゃいけない、いい加減に、やめなきゃいけないと自分に言い聞かせたんだけど。どうしても、ずるずると……離れられなかった、彼女から」

「避妊は？」

「それは、だ、だって」少し落ち着いてきていたのに、再び眼球がびくびく躍る。「だって、あかりちゃんが、そんなめんどうなこと、しなくていい、って言うから……その、つい」

「いつ頃まで続いたのですか」

「あかりちゃんが二年生になって、六月だったか、七月にはなっていなかったと思う。その頃には、もうやめてた。ぼくは未練があったけど、彼女がぼくらの秘密をモデルにした小説を書いて、あろうことか朔美に読ませたらしいと聞こえてきて、さすがにこれはやばい、と。諦めざるを得なかった」

「その話を、どなたから聞いたんです？」

「え……と」瀬尾は考え込んだ。「さあ、誰だったか忘れたけど、うちの親戚筋だったと思う。藍香の後援会だか、校友会だかの理事の連中がそんな噂を耳にしたとかなんとか、そういう話だった。挙げ句に祖父さんにまで呼び出しを喰らったよ。まさかとは思うが、身に覚えなぞないだろうな、って。

とんでもないと、あのときはなんとか笑い飛ばしてみせたけど……ああ、どうしよう」

一族郎党の顔に泥を塗ったと、系列グループ会長の祖父から厳しく叱責されるのをよほど恐れているのか、瀬尾は刑事たちの耳目もはばからず、子供のように頭をかかえ、涙ぐんだ。

「すると、鯉登あかりが例の小説を書き、芳谷さんに読ませたということは、学校でもかなり噂になっていた、と」

「ぼくは直接は知らないけど、あんなに仲の良かった朔美とあかりちゃんが、どうやらそのことでぎくしゃくしているようだと、他の生徒たちも薄々は知っていたらしい」

「彼女はなぜそんな、芳谷さんが不愉快になるに決まっている、愚かしい行為に及んだのだとお考えですか」

「見当もつかないよ。おおかた、自分もいっぱしのオンナなんだってこと示して、背伸びしたかったんじゃないの。あの歳頃の娘っ子がなにを考えてるのかなんて、判りっこないよ」

「芳谷さんはそのことで、あなたになにか？」

「いや、なにも言ってこなかった。いきなり婚約解消だなんて怒り出したらどうしようと、こちらはびくびくしてたけど。朔美は、あかりちゃんの小説について、なにひとつ触れなかった。ひょっとして読んでいないんじゃないか、とも思ったけど。それとも、一応読んだけど真に受けなかった、ってことだったのかな」

「あなたはその『身代わり』という小説を、お読みになりましたか」

「読むわけないじゃないか、そんなもの。頼まれたって嫌だよ」

「自分が妊娠していることを鯉登あかりは、あなたには告げていなかったのですね？」

「そうだよ。いま初めて聞いた……ああ、どうしよう、ぼく、どうしたらいいんだろう」

先刻の瀬尾の過敏な反応からして、これは嘘ではあるまい。『身代わり』の男も、その件はついに知らされないままで終わる。

が、小説に登場する女子高生は、妊娠の事実を女性図書館司書には告げるのである。

*

「芳谷朔美本人は、鯉登あかりが妊娠していたことをまったく知らなかった、と主張しています」

会議室へ向かう途中の廊下で佐伯に合流した七瀬は、そう声をかけた。

「それがほんとうかどうかは判りません。すべてが小説通りという保証もないわけですし」

「きみの意見はどうなんだ」

「単なる勘ですが、鯉登あかりは朔美に妊娠の事実を告げていた、と思います」

「だろうな」

「もしもそうだとしたら、彼女はいったい、どういうつもりだったんでしょう」

「どういうつもり、とは？」

「朔美にわざわざ妊娠していることを告げる。なにか思惑があって、そうしたんでしょうか」

「然るべき対処を相談しようとして、真っ先に思いついたのが朔美だった——というのは、ありそうにないな」

「胎児の父親が瀬尾だったのなら、ね。むしろいちばん避ける相手でしょう。なのに、敢えて朔美に告げた。なにか意図的なものを感じるのは、あたしの考え過ぎでしょうか」

佐伯は立ち止まった。

「鯉登あかりがどういう意図を抱いていたと思うんだ、きみは」

「ひょっとして彼女に、自分を殺させようとしたんじゃないでしょうか」

「なんだって？」

他の関係者の通行の邪魔にならぬよう、階段の踊り場へ佐伯を誘った七瀬は、この世のことを自由自在に操りたい、せめて死に方くらい自分で決めたいと生前の彼女が語っていた件を説明する。

「死に方くらい自分で決めたい、か。どうにもコメントに窮する言い種だな。それはまあいいとして、朔美に殺されることが鯉登あかりにとって、はたしてそれほど価値があったのか」

「別に操る対象は朔美でなくともよかった。自分が書いたシナリオ、そして配役通りにことを運び、人生の幕を自ら閉じる。その計画の遂行こそ、鯉登あかりにとって至上の価値があった——とするのは、いささか想像過多でしょうか」

佐伯は腕組みした。「突拍子もない、とは思う」少し考え込んだ。「しかし一概に、あり得ないとも言えない」

「あれ」七瀬は意外そうに眼をしばたたいた。「ずいぶん柔軟ですね」

「いつもなら、おまえ最近、平塚に毒されてきたんじゃないか、と嗤ってやるところだが」

「くしゃみしてますよ、彼、いまごろ」

「これまでの聞き込みから立ち上がってくる鯉登あかりという女子高生のキャラクターは、なかなか独特だったようだ」

「同感です」

「ペシミスティックというのか、ニヒリスティックというのか。どう表現してみてもいまいち的確じゃないというか、微妙にずれが生じるような気がするんだが。とにかく、頭がよすぎるきらいがあったんだろう。自分が生きようが死のうが世界はなにも変わらない、そう達観できる程度には」

「さりとて積極的に死を選ぶほどの情熱もない」

「このさき何十年、生きたところで、死という運命から絶対に逃れられないのなら、ひとつそれを自分自身の手で演出してみよう。そんなことを考える女子高生がいないとは限らない。むしろある意味、思春期特有の思考回路かもしれん」

「いびつな全能感、ですね」

「全能感？」

丑の刻参りのバリエーションのような都市伝説を鯉登あかりが捏造《ねつぞう》して町じゅうに流布したらしい一件を七瀬が伝えると、意外や佐伯は〝天狗吊り〟の呼称をちゃんと知っていた。

「なんだ、そうか。あれは彼女のつくりごとだったのか」

「ご存じだったんですか、佐伯さん。その噂、どこで聞きました？」

「いつだったかな、つまらないことで嫁と喧嘩になったとき、冗談混じりに脅されたんだ。あなたのお茶碗を〝天狗吊り〟に打ちつけて割って、餓死させてやる、って」

「お。なかなかユニークな呪殺方法ですね」

「おれはそのとき、〝天狗吊り〟なんて知らなかったから、なんだそりゃって訊いたら、常与《とこよ》神社の裏にあるブナの木で云々」

「常与神社にあるんですか。ふうん。それは初めて聞いたな。奥さんはその噂、どこで聞いたって言ってました？」

「さあ。近所の主婦連中の井戸端会議で、みたいな話じゃなかったっけ。しかしその〝天狗吊り〟が鯉登あかりの捏造っていうのは、たしかなのか」

「どうやら。実は『身代わり』の原稿が入っていたワープロにメモ書きが残ってたんです」

それによると〝天狗吊り〟は、そもそも〝タングル・ツリー〟という名称で噂を流し始めたのだという。タングル、つまり、もつれさせる、からませる木という意味だ。

「自分のマフラーを木の枝にからめとられたある女の子が別の場所で縊死《いし》した——というのが、オリジナルの設定だったようです。所持品によって呪殺方法を指定できるというオプションは、鯉登あかりの考案ではなく、どうやら噂が流れる過程で徐々に出来上がったらしい」

「なるほど。〝タングル・ツリー〟という名前も、ひとの口から口へと伝わってゆくうちに、訛るかどうかして〝天狗吊り〟に落ち着いたと」

「多少、変形したにせよ、噂が町じゅうにしっかり定着したことに、鯉登あかりは全能感を満足させたんじゃないかしら」

「その程度のことを全能感とか称する辺り、いくら頭がよくても、やはりまだ子どもだったと言うべきかな。話をもとに戻すが、鯉登あかりが己れの死に方の演出を自ら手がけていたのだとしたら、モデル小説や朔美との不仲の噂を学校に流したのも、彼女自身だったのかもしれない」

「誰にも『身代わり』のことを話していないという朔美の主張がほんとうなら、それは大いにあり得ます。鯉登あかりが生きている限り、やがて妊娠の事実は否応なく周囲に知れ渡ることになる。そうなったら婚約者の身の破滅だと。駄目押しに学校で噂を流すことで、そう追い詰めていった」

「まんまと自分に対する殺意を朔美に植えつけることに成功したのかもしれん。妊娠、そして『身代わり』というモデル小説の二段構えの策略で」

「もしかしたら〝天狗吊り〟は、その予行演習だったかもしれませんね。自分の思うように、うまく噂を広められるかどうかという」

「すべて想像にすぎないが。しかし、彼女の演出が成功したのは、そこまでだった」

「殺意を抱いたとしても、二十二日に日本にいなかった朔美に犯行はむりだし。いろいろ興味深くはあるんですけど、結局これは、事件とは無関係なんでしょうね」

「その朔美のアリバイに、なにか作為があるんじゃないかという詮索はしないのか?」

「まさか。出入国管理局の記録を確認すれば一発なのに。そんなへたな嘘はつかないでしょう、いまさら」

「どうも、おつかれです」と、階段を上がってきた平塚がふたりに会釈した。「まだ遅刻じゃないですよね」くしゅんと、くしゃみをひとつ。「ああよかった」

捜査会議では、鯉登家の近所の聞き込みを続けていた捜査員たちの報告がまずあった。現場の真向かいの家に住む小学生の男の子から、かなり有望な証言が得られたという。

「事件当日、十一時頃、自宅トイレの窓越しに、鯉登家のインタホンを押している人物を見た、というんです」

ほう、と声が上がった。「それは？」

「どうやら女のようだった、とか」

「女、か」

七瀬は、ちらりと佐伯を窺う。佐伯は、そっと肩を竦める仕種をしてみせた——やっぱり芳谷朔美のアリバイ、崩せるかどうか調べてみるか？　とでも言いたげに。

「帽子を目深にかぶっていたため、はっきりとした容姿は見極められなかったが、歳恰好からして鯉登のおねえちゃん、つまりあかりを訪れてきたひとという感じではなかった、とのことです。どちらかといえば、おばさん、つまり直子ですね、彼女への来客なんだろうなと、なんとなくそう思ったと。鯉登のおばさん、ほんのついさっき出かけたばかりだから行き違いになっちゃった、そう気の毒がったことで、印象に残っていたようです」

直子が十時頃に出かけるところも、その男の子はたまたま目撃していたらしい。

「その女、なにか喋らなかったのか、インタホンに向かって」

「こんにちは、という女の声が聞こえたそうです。さきほどお電話したイトウです、と」

「伊藤？　そう名乗ってたのか」

「ええ。ただ、ほんとうにイトウだったかどうかは自信がないと。もしかしたら聞きまちがいかもしれないとは言ってますが」

「すると、仮にその女が事件に関与しているとしてだが、事前に連絡を入れていたのか」

「直子に確認しましたが、そんな電話を受けた覚えはないそうです。通話記録を確認したところ、たしかに近所の公衆電話から鯉登家に、十時半過ぎに電話が入っている。もちろん、応答したのはあかりでしょう。その際、女は直子の不在を確認したのかもしれません」

「ずいぶん念入りだな。すると、犯人が被害者の顔見知りであることはほぼ確実だ。事前に訪問の連絡を受けていながら、鯉登あかりは着替えもせずにパジャマ姿のままだったのだから」

「あ。そのことですが、必ずしもそうとは断定できないのではないか、と」

「というと?」

「鯉登家に出入りしていた宅配業者の証言なんですが。夏休みで連日、朝寝していた被害者は、母親が留守の際、代わりに荷物を受け取ることもけっこうあったとか。その際、彼女はパジャマ姿のまま平気で、判子を捺しに玄関へ出てきていたそうで」

「ふうん……」

「問題の女ですが、目撃者の男の子の印象通り、直子の来客を装い、なにか母親への預け物があるという口実を使ったのだとしたら、あかりは宅配業者に接するのと同じように、パジャマのまま玄関へ出てきたのではないか。そうも考えられます」

「まあ、なにしろまだ高校生だったんだからな。来客に対していちいち頓着しない性格だったかもしれないし」

「いずれにしろ、顔見知りの犯行だと断定するのは早計かと」

「いや、しかし、かといって物盗りでもなさそうだし」

「あのう」と挙手したのは平塚だった。「すみません、そのことで、ちょっと」

なんだ、と複数の声が重なった。

「たしかに鯉登家に物色された痕跡はなかった。遺族に確認したところ、なにも盗られたものはないようだ、との答えでした。当初は」

「というと、なにかあったのか、持ち去られたものが」

「持ち去られた、というより、えーと、消えた、というほうが正しいのかな」平塚は頭を掻く。「鯉登直子のほうから言ってきたんです。実は、ずっと自分の気のせいだと思っていたんだけれど、どうもそうじゃないみたいだ、と。ただ、これが事件に関係があるのかどうか判りませんと、ずいぶん言いにくそうにしていたのを、それはこちらで判断するからと説得し、やっと聞き出したんですが」

「なんだったんだ、いったい」

「アジの南蛮漬けです」

「あ？」

またこいつ、変なことを言い出したとばかりに一同、露骨に警戒する雰囲気になった。

「夫の一喜が大好物で。仕事から帰ってきて一杯やるとき、必ずそれを肴にするそうで。二十一日、つまり事件の前夜もつくり置きがたくさんあったんだそうです。事件当日の朝も大皿にまだ半分ほど、ちゃんと残っていることも直子は憶えていた。それが事件の後で大皿を見てみたら、ほとんどカラになっていた。寝坊した娘が朝ご飯がわりに食べたんだろうと、てっきりそう思っていたんだそうですが」

「だったらそうだったんだろう」

「いや、ちがいます」佐伯が指摘した。「解剖所見によれば、鯉登あかりの胃はほぼからっぽだったはずです」

「そう……だった、な」

「そうなんです」平塚は続ける。「事件の後で夫の一喜が食べたはずもない。娘が殺されて、いろいろとりまぎれていたわけですからね、のんびり一杯やってる暇はなかった。じゃあいったいどういうことなんだろうと思って、よくよく考えてみたら、缶酎ハイも四本ほど消えていたそうです」

「缶酎ハイ？」

「えー、ちなみにレモン味」どうでもいいことですがと小声で付け加える。「これも一喜の好物で。特に夏場は、必ず何本かまとめて冷やしておかないと夫の機嫌が悪くなるので、あの日も朝、六本ほど冷蔵庫に入れておいた。それを直子は、はっきり憶えていた。ところが、事件直後、なにかの折に冷蔵庫を覗いてみたところ、二本に減っていた——というんですが」

「それも旦那が飲んだわけじゃなくて？」

「一喜自身、そんな覚えはないと言ってます。ならばひょっとして両親の留守をいいことに、あかりがこっそり、ということもありそうですが」

「六本あったはずが二本に減っていた、ということは四本、か。厳密なアルコール摂取量がどの程度になるかはともかく、そんなに飲んでいたら、解剖所見に出てきそうなものだ」

「それは……」気まずい空白があった。「それはまさか、犯人が飲み喰いしていった、なんてことじゃないだろうな？」

「さあ、どうでしょう。ただ、実際に南蛮漬けと缶酎ハイが消えている以上、犯人以外の来客が、もしかしたらあったのかもしれませんが」

「その客に応対して、あかりが振る舞った、ということか」

「しかし、あり得るのか、そんなこと。だって直子が出かけたのが十時。それから一時間、経つか経たないうちに鯉登あかりは殺害された。その間隙を縫って、酎ハイを四本も飲むような来客が疾風《はやて》のようにやってきて、疾風のように去ってゆく、なんてことは、ちょっと」

「およそ現実的じゃない。もちろん、犯行後に来客があったはずもない。仮にあったとしても、キッチンのすぐ隣りのダイニングに鯉登あかりの遺体があるんだ。それを尻目に、勝手に冷蔵庫の中味を漁《あさ》った、なんてことも考えられん。悪い冗談だ」

するとやはり、犯人が飲み喰いしていった……ということになるのか？　真剣にその可能性を検討している自分に気づき、佐伯は呆れた。それこそあり得ない。

犯人のすぐ傍らには、自分が殺害したばかりの女子高生の遺体が転がっている。なのに平気で、冷蔵庫から食べものや飲みものを失敬し、一杯やるなんて、そんな……そんな、ばかな。

RENDEZVOUS 5

「――え、従姉《いとこ》なの？」意表を衝かれた祐輔は思わず、ビールを注いでもらったばかりのコップをテーブルに戻した。「きみの？」

「ええ」どうやら自分はあまり飲みたい気分ではなく注ぎ役に徹したいらしいシシマル、続けてウサコのコップも泡で満たした。「おれの母方の従姉で、名前は三津谷《みつや》怜《れい》っていいます」

「怜さん。それがソネヒロの交際相手だったひと、か」

八月三十一日。

例年、祐輔はこの日を「夏の名残を慈しむ日」と勝手に決めている。慈しみ方は至って簡単で、朝から夜までだらだらと一日じゅうビールを飲むだけなのであるが。

とはいえ自宅でだらだらするのもいまいち、ぱっとしないし、ランチならともかく、朝から飲めるところとなると限られる。いま祐輔たちが腰を据えているのは、大学の裏手の路地にある〈やすい食堂〉という店だ。

小さく古ぼけたプレハブの建物で、学生が主な客層の店としてはなんともべたな名前だが、ほんとうに安井さんという八十くらいの老婆が独りで切り盛りしているのだから仕方がない。メニューは基本的に日替わり定食のみだが、蕎麦やうどん、カレーライスなども頼めばつくってくれる。材料さえあれば「なんだか今日は気分がとってもポークソテー」と我儘を言ってもOKな、極めておおらかでアバウトな店だ。

名前の通り、値段が安いので万年金欠状態の学生たちに重宝されるが、短所もある。まず経費削減のためか、おしぼりが出てこない。代わりに、勝手に使ってちょうだいと言わんばかりにテーブルにはいつもティッシュの箱が置かれている。

そして狭い。なにしろ年代ものの横長テーブルが一脚しかなく、めいっぱい相席しても六人が限界。厨房との仕切りの前に予備の椅子が三脚あって、そこに座って食事することも可能は可能だが、カウンター席などという洒落たものでは断じてなく、へたしたら調理している安井お婆さんの手伝いをさせられる。食器棚から皿をとらされたりするのは序の口で「ちょっとこの野菜、切っといて」と包丁を握らされた例さえあるとかないとか。

元日以外は年中無休で、朝七時から夜七時まで営業している。例外は大晦日で、事情があって年末年始を実家や郷里で過ごせない学生たちはこぞってここへ蕎麦を食べにきて、ともに年越しを迎える。けっこう混んで店の外にあぶれかねないのは了解事項なので、自分用の折り畳み椅子や簡易テーブルを持参し、玄関前に陣どる強者《つわもの》たちも多い。ちょっとした合宿所ののりである。水やお茶がセルフサービスなのはもちろん、料理も客が運ばなければならないのもご愛敬だ。

この季節、生ビールのないことが祐輔にとっては少しもの足りないが、瓶ビールでも贅沢は言っていられない。朝っぱらから、たった一脚しかないテーブルを占領し、酒のつまみみたいな注文ばっかりしても追い出される心配のないという、まことにありがたいお店なのだから。

ソネヒロの葬儀も終わり、シシマルも安槻へ戻ってきていた。祐輔がコンタクトをとろうとしていたと他の学生から聞いたらしく、この前日、彼のほうから電話があったのだ。

『なにかご用でしたか』

「いや、ちょっとソネヒロのことで話があったんだが。ちょうどいいや。明日いっしょに、夏の名残を慈しむ会をやろうぜ」

『夏の名残を、って。あー、それ、聞いたことあります。風流めかしてるけど、要するに単なる飲み会なんでしょ？』

「うん、まあね。んじゃ明日の朝、八時に〈やすい食堂〉に集合ってことで、よろしく」

ぐふっ、と電話の向こうで咳き込むような音がした。『せ、先輩、朝？　朝……って。よ、夜の八時のまちがいでは』

「夜八時だったら、いつもの飲み会と変わらんだろうが。普段とは、ちがうことをやらなきゃ。なにしろ夏の名残を慈しむんだから」

『意味が判りません、全然』

他の学生たちにも声をかけたが、やってきたのはウサコだけ。さすがに朝っぱらからのんべんだらりと祐輔に付き合わされるのはちょっとごかんべん、なのだろう。本音ではシシマルも来たくなかったようだが、自分のほうから連絡をとった手前、断りにくかったらしい。

「この日の飲み会に限って、なぜだか例年、集まりが悪いんだよなあ」

「あたりまえです」

「あれれ？」ウサコは今日は普段どおり髪を三つ編みにして、瞳をくりくり、元気いっぱい。「コイケさんは？」

「電話がつながらん。部屋にもいない」

「えー、どうしたんだろう」

「そういや、鞄持ちで叔母さん夫婦と温泉旅行とか言ってたが。まだ帰ってきていないのかな」

後で聞いたらコイケさん、旅先の旅館で食中毒に遭い、入院していたらしい。安槻に戻ってきてからも、実家で寝込んでいたという。

こうして三人だけの「夏の名残を慈しむ会」が催された次第だが、なに、九月になったところで別になにも変わったりしない。実質的に夏はまだまだ続くのだからして、翌日もまた飲んでいるに決まっているのであった。

「朝から飲むビールはまた格別だのう。で」祐輔はシシマルから瓶を受けとり、彼のコップにビールを注いだ。「その怜さんて、何歳？」

「えと、いま三十二か、三だっけ」

「ほんとに歳上のひとだったんだ」

「ええ。ひとまわりも、ね」

カラになった瓶を、ひょいとつまんで立ち上がったウサコ、店内の隅っこに置いてあるビールケースに入れ、「セリさーん。ビール、もう一本、もらうね」と調理場に声をかけた。常連客はみんな、安井さんのことを「セリさん」と呼ぶ。本名なのかどうかは不明。

冷蔵庫から瓶ビールをとりだしたウサコ、栓抜きで、ぽんっ。これがセルフサービスの店ではさほどめずらしくないだろうが、〈やすい食堂〉では通常メニュー以外のドリンク、アラカルトは客が自分で伝票に記入する習わしである。

「ビールを、もういっぽん、と」

「はいよ」とセリさんは、カウンターもどきの仕切りのうえでボールペンを握るウサコの前に、出来上がった肴を次々並べた。

「どーもお。えっと」ウサコは一品いっぴん、値段を確認し、書き込む。「ダシ巻き卵、アジフライ、ポテトサラダに冷や奴、と」

勝手知ったる他人の家、ウサコはお盆を拝借し、諸々をテーブルへ運ぶ。

シシマルは立ち上がり、大型炊飯器を開けてご飯をよそった。大鍋からは味噌汁をすくい「飯一、味噌汁一」と伝票に記入する。

「なんだおい」祐輔はアジフライにたっぷりウスターソースをかけた。「ご飯と味噌汁かよ。まるで朝飯、喰ってるみたいだな」

「いや、朝飯ですからこれ。少なくとも、おれにとっては」

「セリさーん。追加で鶏皮をポン酢でちょうだい。ネギ、ちょい多めで。あとオニオンリングね。おーい、ウサコ」

「はいはい。なんですか」

「ビール、三本くらい、まとめて持ってこいよ。まだるっこしい。ひとり一本、手酌で」

「だめだめ」座ったウサコは、祐輔が注いでくれたビールを、くいっ。ひとくちで干した。「夕方までここで飲むんでしょ？」自分でも注いで、さらに、くいっ。「さきは長いんですから。ま、ちびちび、いきましょ」

「っておい。もう空いたじゃんか」今度は祐輔が立ち上がって空き瓶をケースに仕舞い、冷蔵庫から一本。栓抜きで蓋を開け、伝票。「三本目、と。ウサコ、ちびちびなんて言ってるおまえが、いちばん飲んでんじゃないの？　すぐに足りなくなるな。やっぱりもう一本、いや二本、持っていこうっと。えーと」再びボールペンをとる。「これで四本目と五本目、と」

「ったく。あんたらが来ると、ビール、何本あったって足りゃしない」セリさん、鶏皮を炒める音に負けじと声を張り上げた。「なくなったら自分たちで買ってきてちょうだいね、〈すが〉さんとこで」

〈すが〉は祐輔たちも馴染みの、近所にある古い酒店の名前である。

「はーい、了解でっすー――ん？　あっ」祐輔は、ぽんと手を打った。「そうか、そっかあ」

「どうしたんです、先輩？」

「バンダナ、おれの」と額を撫でてみせる。「いったいどこで失くしたんだろうと思ってたら」

「そういえば、この前もしてませんでしたね。〈すが〉さんとこに忘れてきたんだ」

「多分。ひとりで立ち飲みしてて、酔いつぶれたときだ、きっと」

「やれやれ。そんな寂しい飲み方するから、忘れものしても気づかないんですよ。今度はあたしがいっしょに行ってあげます」

「不思議だなあ、いつもながら」シシマルは大根おろしをダシ巻き卵にかけ、ご飯とかきこむ。「羽迫さんのその小さな身体に、いったいどうやったらそれほど大量のビールがするする、するする入ってゆくんですかねえ」

「そりゃあこのひとと」揚がったオニオンリングの皿を祐輔の前に置くついでに、ウサコは彼の肩を、ぽん、と叩く。「つるんでたら、たいていはこうなるよ」

「そんなものですかね。自分はいっこうに、そうなる気配がありませんが」

「シシマルくんがこの三人のなかでは、いちばん飲めそうな感じなのに。どうやらそれは、先輩とのつるみ方が足りないね」

「かんべんしてください。おれ、みなさんとは身体の構造がちがうんですから」

「んで」オニオンリングにケチャップをたっぷりかけ回すと、祐輔は話題をもとに戻した。「その怜さんという女性を巡って、きみとソネヒロは三角関係になってたのか」

「は……はああっ？」ぽかんとなったシシマルの口の端から、ぽろりとダシ巻き卵のかけらがご飯のうえに落ちた。「三角……な、なんですか。なんなんですかそれ」

「ちがうのかい」

「って、ちがうもなにも。いったいどこから出てきたんですか、そんな話」

「大学で噂になってたみたいだよ。ソネヒロが鬱っぽくなって休学に至った原因は、ひとりの女性を巡って友だちのシシマルと三角関係になったからだ、と」

「な……なんだそれ。いったいどこでどう、話が捩《ね》じ曲がったんだか」

それまでかたちばかり口をつけていたコップをシシマルは初めて、ぐいっと勢いよく呷った。ビールが苦かったのか、それとも無責任な噂が忌まいましかったのか、くしゃっと人相が悪くなるくらい顔をしかめた。

空いたコップに祐輔がすさかずビールを注いだ。シシマルはますます顔をしかめたが、今度も一気に飲み干す。

「たしかに、ソネヒロの悩みが女性問題だったってことは事実です。だけど、おれは関係ない。いや、まったくの無関係ではないけれど、そういうかかわり方はしてません」

「するとその従姉の怜さんに対して、例えばきみも憎からず想ったりとかはしていない、と」

「んなこと、あるわけないでしょ。だいたいレイ姉ちゃんは人妻ですよ」

「人妻?」

祐輔は思わずウサコと顔を見合わせた。

「え。するとソネヒロは、人妻に横恋慕して悩んでたのか?」

「いや、そうじゃありません。やつが彼女と知り合ったときは、まだレイ姉ちゃんは独身でした。最初から説明すると、ですね」シシマル、初めて自分のコップに自らビールを注いだ。「そもそも、ソネヒロとレイ姉ちゃんを引き合わせたのは、おれだったんです」

昨年の夏。ともにバイト代の入ったソネヒロとシシマルは、それを祝って打ち上げをすることにしたという。

「で、どこかいい店、知らないかっていうんで。そうそう、おれの従姉が、もんじゃ焼きの店をやってるんだけど、そこはどうだと」

「へえ。安槻に、もんじゃ焼きのお店があるの？」ウサコは眼をまん丸に。「知らなかったあ」

「昨年、開店したばかりだったんです。〈こな鉄〉という名前で、レイ姉ちゃんと友だち数人の共同経営。メニューも豊富で、肉や魚介類も鉄板焼き感覚でいただけるし」

「ほほう」祐輔も興味津々といった態で身を乗り出す。「それはぜひとも行ってみたいぞ」

「先輩、よだれよだれ」

「おとととと」

「で、〈こな鉄〉へ行ったんです。レイ姉ちゃんのコネでサービスしてくれたんで、たらふく食べて飲んで、おれは大満足だったんだけど。ソネヒロがどうも上の空なんですよね」

「ははあ。接客してくれる怜さんが気になって、しょうがなかったのか」

苦々しげにシシマルは頷いた。まるでその苦さを打ち消そうとしているみたいにビールを、かぱかぱ立て続けに飲み干す。

「ひとめ惚れだ、って。そう言ってました」

「きれいなひとなんだ、怜さんて」

「さあ。おれは子供の頃からよくいっしょに遊んでもらったりしてたんで、いまさら特にどうってこともないんですが。ソネヒロにとっては女神降臨、みたいな衝撃的な出会いだったようです」

食欲が失せたらしく、シシマルは半分以上ご飯が残っている茶碗と箸を、投げ出すみたいにテーブルの縁へ寄せた。

「そのときはまだおれも、へーおまえ、ああいうのが趣味なの、なんて、おもしろがる余裕もあったんですが。運の悪いことに、ですね――」

「いくらソネヒロが恋慕したところで、な。怜さんにそんな気はさらさらない、と。なにしろ、ひとまわりも歳上じゃ」

「いえ、それがそうじゃなくて。逆だった」

「え？　逆、っていうと」

「その日以来、ソネヒロは悶々の日々ですよ。レイ姉ちゃんのことばっかり考えてるらしくて、趣味はなんだとか、好きな芸能人は誰だとか、そんなどうでもいいことをうじうじおれに訊く」

「その時点では怜さん、独身だったの？」

「ええ。それもソネヒロに訊かれたんで、そう答えた。でも、独身だと知っても、あれだけきれいだとやっぱ彼氏がいるんだろうなあ、おれ、望みないよなあなんてくどくど、くどくど。いい加減、辟《へき》易《えき》したんで、おれ後日、レイ姉ちゃんに訊いてみたんですよ。付き合ってる男いるの、って。そしたら、いまはいないって答えだった。それはいいんですが、姉ちゃん、意外なことを言い出した」

　飲むのに消極的だったシシマルが急に手酌でじゃんじゃんやり出したものだから、ウサコは何度もテーブルと冷蔵庫のあいだを往復し、ビールの補給にこれつとめる。

「そういえばこの前、ナオくん――ナオくんて、おれのことですけど――がお店へ連れてきてたお友だち、可愛いわね、あたし、ちょっと好みだな……なんて」

「ほう、なんと」

「おれがまだソネヒロのこと、ひとことも触れていないのに、ですよ」

「それって単なるお世辞とか、じゃなくて？」

「ソネヒロ本人の前でならともかく、いまさらおれに友だちのお世辞言ったたって仕方ないでしょ」

「そりゃそうだ」

「もちろんソネヒロがおれと同い歳だとその時点でレイ姉ちゃん、知ってたはずだから、いかにも軽い冗談ってな感じではありました。けれど、そんなあけすけな科白を彼女が口にするってこと自体、意外だったから、ついおれ、魔が差しちまったんです。ひょっとして、これってソネヒロにとって望みが全然ないってわけでもないのかな？　なんて。いま思えば、そこでよけいなこと、言わなきゃよかったんですが……」

「なんて言ったんだ、怜さんに」

「ありのままです。そのソネヒロだけど、どうやらレイ姉ちゃんにひとめ惚れだってさ、って」

「そしたら？」

「嬉しい、よろしく言っといて、みたいな。これまた軽いのりではありましたが、けっこうまんざらでもない、っていうか、本気な感じで」

「そのこと、ソネヒロには？」

「伝えました。それがまずかった」

コップを傾ける手が止まらなくなったシシマル、早くも顔面が熟れたトマトのように真っ赤に染まっている。

「迂闊《うかつ》でした、ほんとに。おれも末席を汚す者として、男が女性から好意を示されたりしたら、どれだけ舞い上がってしまうか、その結果どれだけ傍《はた》迷惑な愚行に走ってしまうかもしれないかを、もっともっとよく考えてみるべきでした」

「すると、ソネヒロはすっかりその気満々になってしまって？」

「ええ」盛大な、げっぷ。「典型的な男の勘違いですよ。これでこの女はおれのモノ、みたいな」

「なのに、怜さんのほうは全然——」

「いや、おれが仲介したのはそこまででしたが、すぐにふたりは直接連絡を取り合う関係になったんです。そして一気に深みに嵌まってしまった」

「ていうと、どの程度、深く？」

「もちろん見たわけじゃありませんから、なんとも言えないんだけど。ソネヒロの入れ込み方が半端じゃなかったのはたしかです。レイ姉ちゃんとデートしたり、プレゼントするためだと思うんだけど、バイトの量が倍増して。講義もさぼりがち、コンパなんかには全然来なくなった」

「そういえば、去年の夏頃からだったな、飲み会で彼の顔を見なくなったのは」

「そのまま順調に進めばよかったんだけど、そうはいかない。我が身を省みて言うんだけど、まだまだ子供だったってことですよ、ソネヒロは。加減が判らず暴走しちまった。独占欲丸出しで、いろいろ私生活にも口出しするようになったそうです。そうなるとレイ姉ちゃんだって、最初は可愛いと思ってた歳下の男の子も、鬱陶しい面ばかり眼につくようになる」

「ありがちな展開だわな」

「ソネヒロからは距離を置こうとし始めた。が、これが存外、むずかしい。なにしろ彼女のほうから気があるみたいなことを、最初に言っちゃったわけだから」

「だよな」

そういえば、と祐輔は憶い出した。ダブルひなちゃんが言ってたっけ。女のほうから男に好意を示すなんて愚の骨頂だ、と。うっかりそんな真似をしたら男は勘違いして増長し、本来人間関係において守られるべき境界線を平気で無視し、女性の人格を否定するようになる、と。さしずめ三津谷怜のケースはその典型的な失敗例なわけだ。

「なまじ怜さんが好意的な反応を示してしまったばっかりに、ソネヒロも図に乗る、というか、エスカレートしちゃった、というわけか」

「レイ姉ちゃんも、いい加減うんざりしたんでしょう、すっぱり関係を清算しようとしたんだけど、これが案の定」

「揉めたのか」

「ソネヒロにしてみれば、自分はなにも悪くないのに、いきなり冷たくされたという被害者意識ばっかり勝ってしまった」

「これまた、ありがちだな」

「理性を失うって、ああいうことなんだと。いや、決して他人事じゃない。女に冷たくされたとき、男はそこで立ち止まって、自分になにか落ち度があったんじゃないかと考える余裕を持てないんですね。だからとにかく、つけまわす。話せば判るはずとばかり、ただひたすら、もとの鞘《さや》におさまってくれと強要する。女性の立場からすれば、もう関係は修復しようがないから別れようとしているのに、男はそれが判らない。どうしても。彼女が自分に理不尽な仕打ちをしているという被害者意識しか、そこにはないんです」

「実際には、被害者どころか」シシマルにつられてか、ウサコもコップを空けるペースが、ぐんと上がる。「ソネヒロくん自身がどんどんどんどん、加害者に変貌していっている、そういう皮肉な構図があるわけだ」

「まさしくそういうことです。ソネヒロにしてみれば、被害者は自分なんだという意識に加え、レイ姉ちゃんへの己れの純愛を疑っていないもんだから、なにをしても正当化される、みたいな錯覚があったんでしょう。ついにはストーキングみたいな真似をし始めた」

「あちゃー」

「具体的な詳細はおれも把握してませんが、レイ姉ちゃん、かなりこたえてノイローゼのようになってたらしいです。なにせ自宅にいられなくなったくらいだから」

「ソネヒロくん、彼女の家まで押しかけてきたりしたの？」

「なんでもレイ姉ちゃんが出かけようとしたら、電柱の陰にソネヒロが佇んでいて、じっとり見つめてた、なんてこともあったとか」

「うわー」真夏なのに、急に寒波に襲われたかのようにウサコはぶるぶるっ、我が身を抱きしめ、震え上がった。「さ、最悪っ」

「自宅にいられなくなった、というと、怜さんは」祐輔も、この話題を持ち出したことを後悔しているみたいな面持ち。「どうしたんだ?」

「避難したんです、親戚の家に。このことについて親族のあいだでは、おれひとりが蚊帳《かや》の外で。しばらく教えてもらえなかった。知ったのは、かなり後になってからです」

「きみを通じて情報がソネヒロくんに洩れるかもしれない、と警戒したのかな」

「それもあると思います。なんだかんだ言って、おれとソネヒロが友だちってことに変わりはないわけだから、親戚連中にしてみれば扱いに困ってたでしょうね。しかもソネヒロは自宅だけじゃなく、〈こな鉄〉周辺にも出没し、レイ姉ちゃんを待ち伏せしたりしてたそうだから」

「怖い話……でも、ほんと、他人事じゃない。夢中になると人間、周囲がなにも見えなくなっちゃうんだね」

「恋は劇物だからな。正常なはずのひとでも、毒が回ると、おかしくなり、とんでもない行動に出たりする」

「劇物。なるほど。へえ、先輩にしては、うまい譬えですね」

「ほら、よく言うだろ、ウサコ。恋はシアン化カリウムとかって」

「はあ? あの先輩、それを言うなら、恋は思案の外、なんじゃ――」

「セリさーん、ハムカツとフライドポテトね」と追加注文でごまかす祐輔であった。「すると、怜さんがひそかに親戚の家へ避難しても、問題は解決しなかったんだな」

「そうです。なにせソネヒロは〈こな鉄〉が営業ちゅうでもおかまいなし。レイ姉ちゃんが店にいるときを狙って押しかける。で、ひと悶着《もんちゃく》です」

「立派な営業妨害だろそりゃ。警察沙汰にならなかったのか」

「他の従業員のひとたちに、警察を呼ぶぞと忠告されたソネヒロが逃げていった、なんてことは何度かあったようですね。でもなかなか諦めない。そんな騒動をくり返しているうちに、ある日、店に居合わせた客とトラブルになった」

「それは、ソネヒロくんが？」

「ええ。例によってレイ姉ちゃんに復縁を迫ってたら、年配の男性客がいきなり怒り出したんだそうです。いい加減にしろ、彼女が嫌がってるのが判らないのか、って」

「正義感の強いひとだったんだ」

「どうだろう。かなりお酒が入っていたようだという話もありますが。ともかくその客、口をきわめてソネヒロを罵倒したらしい。曰く、よりを戻せだのなんだの、小便臭い餓鬼がなにを糞生意気な、十年早い、さっさと帰って働け、みたいな」

「言葉遣いは乱暴そうだけど、言っていることは正論だよなあ」

「ソネヒロも、かっとなったのか、表へ出ろということになって。そのおじさんと大立ち回り。というより、ソネヒロのほうが一方的に叩きのめされたそうですが」

「相手が悪かったな、そりゃ」

「そんなことがあったのが今年の初め、くらいで。相当ショックだったみたいです」

「その頃から大学にも来なくなったんだな」

「すっかり引き籠もってしまって……なんていうのか、おれも責任、感じて」

「シシマルにはなんの責任もないよ」

「でも、やっぱりねえ。いきがかり上、おれがなんとかしなきゃと思って。やつを元気づけようとしたんだけど、すっかり厭世的になってというか、屈折して、いじけてしまって、まともに取り合おうともしてくれなかった」

「そのおじさんにぼこぼこにされたのが、よっぽど屈辱だったのかな」

「それも大きいでしょうね。ソネヒロのほうから、表へ出ろって言ったのだとしたら、こいつなら軽くひねれると、おじさんのことを見くびってたからだろうから」

「やれやれ」

「結果的にはそれが原因でソネヒロは、レイ姉ちゃんにつきまとうのをやめたわけで、見方によればそれはまあよかったかな、と。でも今度は、ソネヒロが首でも吊りゃしないかと心配で心配で。おれだけじゃいっこうに埒が明かないんで、ソネヒロのご両親にも知らせたし、いろんなひとにも相談したんだけど、結局……」

「休学に至った、というわけか。でもさ、この前、十七日に飲み会やっただろ。あのときのソネヒロはずいぶん、立ち直ってるようだったぞ」

「いや、それは……」

それまで饒舌だったシシマルは、唐突に言い淀んだ。口に含んだばかりのビールが酢に変わったのではないかと思わせるほど、表情が醜く歪む。逡巡というより、苦渋の色が濃く浮かぶ。

祐輔はウサコに眼配せした。阿吽《あうん》の呼吸でウサコは立って、戸棚から日本酒の一升瓶を持ってくる。もちろん伝票には「酒、大瓶一」と書いて。一升瓶でとる場合、飲み残しは持ちかえるのが、この店のルールだ。

「たしかにあの夜」コップ酒を一気に半分ほど干すと、シシマルは溜息をついた。「ソネヒロはずいぶん明るく、立ち直っているように見えたでしょうね……事情を知らないひとの眼には」

「事情？　どんな事情だ」

「実はあの飲み会の前日、おれ、ソネヒロと会ったんです。めずらしく向こうから声をかけてきたもんだから、どうだ調子は、元気になったか、みたいに気軽に話をしていたら……あいつ、なんて言ったと思います？」

冷や酒をまるで苦い薬のように、ぎゅっと眼を閉じ、嚥下《えんか》した。

「おれ、怜を匿《かくま》ってる家、見つけたぞ、と。そう言ったんです」

「……はあ？」

祐輔とウサコは口をあんぐり。

「ちょ、ちょっと待て。それは——」

「しかも、いかにも楽しげに。さすがにおれ、唖然《あぜん》としました。こいつ、あれだけレイ姉ちゃんや周りのひとたちに迷惑かけたこと、どう考えてるんだろう、と」

「なんとも考えていなかったんだろうね。ずっと被害者意識だけが育ってたんだ、そんな科白が出てくるということは」

「そのとおりだと思います。レイ姉ちゃんのこと、呼び捨てなのも感じ悪かった。でもソネヒロはこっちの心情にもかまわず、おまえ、彼女を匿っている親戚の家ってどこなのか知らないだろ、って訊く。もちろんおれは、知らないって答えました。さっきも言ったように教えてもらっていなかったから、正直に」

「そしたら？」

「怜を匿ってるのは洞口町のナトリって家だと、さも得意げに」

「え、洞口町？　というと、あの児童公園の……ちょ、ちょっと待てよ。するとソネヒロはあの夜、怜さんのところへ向かおうとしてたのか？」

「え？」苦虫を嚙みつぶしたかのような表情から一転、シシマルは、きょとんとなった。「え。そんなわけ、ないですよ」

「なんでだ。だって現に、ソネヒロは洞口町の児童公園であんなことに……」

「たしかにナトリって親戚の家、あの辺にありますけど」ナトリは「名理」と書くという。「けど、レイ姉ちゃんはもうその家にはいないんです」

「そうか。そうだよな。とりあえずストーキングがおさまってたから、自宅へ戻――」

「じゃなくて、結婚したからです。この四月に。お店も辞めて、そもそも安槻にいない」

「じゃいまはどこに？」

「ミラノです」

「北海道の？」

「ちがいます、先輩。それは富良野。ミラノです、ミラノ。イタリアの」

「イタリア」

図らずも祐輔とウサコは、同時に「ほーおっ」と歓声を上げた。

「え、ほ、ほんとに？」

「ほんとにイタリア人男性と結婚したんです。なんでも安槻観光してた彼が〈こな鉄〉にもんじゃ焼きを食べにきたのが、なれそめだとか」

「し、しかし待てよ。ソネヒロがくだんのおじさんにぼこぼこにされたのが今年の初めで、えと、怜さんが結婚したのは四月？」

「時間がほとんど空いていないんで、おれも最初に聞いたとき、ずいぶん電撃的な感じがしましたよ。知り合ったのは三月だったそうだから、まさにスピード結婚です」

「はあー」自分のコップに冷や酒を注いだ祐輔は、夢見るように視線を虚空に遊ばせた。「そっか、そっかあ。出会ってから、ひと月ほどでの電撃結婚かあ。いいよなあそういうのも」

「先輩、よだれよだれ」

「おとととと」

「これは穿ち過ぎかもしれないけど、もしもソネヒロのストーキング問題がなかったとしたら、家族はレイ姉ちゃんの国際結婚に反対してたかもしれないですね」

「なるほど。とりあえずごたごたはおさまっているが、いつ再燃するか、保証の限りではない。ならばいっそ外国にでも避難させるのも、ひとつの手ではあるな」

そうか道理で、と祐輔は合点がゆく。ソネヒロの交際相手だった女性が事件とは無関係と七瀬刑事が断定していたのは、別に彼女の指紋を照合したからではない。すでに三津谷怜という女性が日本には住んでいないからだったのだ。

「しかし、だとすると洞口町へ行ったソネヒロの目的は怜さんではない、と。やっぱりあの夜、別の女と待ち合わせてた、ってことか」

「いえ、そうとは限らないですよ」ウサコはまだひとり、ビールで粘っている。「やっぱり怜さんが目的だったのかもしれない」

「ん、なぜ?」

「四月といえば、ちょうどソネヒロくんが実家へ戻っていた時期でしょ。ということは、彼、怜さんが国際結婚してイタリアへ行ってしまったということを、まったく知らなかったのかも」

「そんなことないですよ。だっておれ、十六日に会ったときソネヒロに、はっきり言いました。名理って親戚の家はたしかに洞口町にあるけど、レイ姉ちゃんはいまはもう滞在していない、だってイタリア人の男性と所帯を持って、もう日本にすらいないんだから、って」

「あれ、そうだったの?」カラになったコップを掌のなかで弄《もてあそ》びながら、ウサコは首を傾げた。「すると、見込みちがい……かな、これは」

「なにがだ」

「こんなふうに考えてみたんですよ。やっぱりソネヒロくんはあの夜、怜さんに会いにゆくつもりだったんじゃないか、と。時間帯が時間帯だから、もしかしたら直接会うんじゃなくて、ほら、ひと昔前の純愛映画とかによくあるじゃないですか。雪が降りしきるなか――いまは夏だけど――明かりが灯る彼女の部屋の窓を電柱の陰から、そっと見守るけなげなオレ、みたいな。ね。そんなイメージで独り、自己陶酔に浸るつもりだったのかも」

「あ痛たたた」

「どうしたんですか、先輩。おなかでも、こわしたの？」

「いや、ちょっと昔を憶い出して、自己嫌悪に。って。い、いいから、さきを続けろ」

「で、洞口町へ行ったところ、たまたまジョギングしていた女性を、怜さんだと誤認してしまう。そして、つい出来心を起こして――」

「彼女を襲ったんじゃないか、というのか？」

「で、でも、羽迫さん」テーブルがひっくり返りそうな勢いで、シシマルは身を乗り出した。「何度も言うようだけど、レイ姉ちゃんが名理家にはもういないってこと、ソネヒロのやつ、ちゃんと知ってたんだから……」

「もしかしたらソネヒロくんはそれを、冗談だと思ったのかもしれないよ」

「え？　じょ、冗談、て？」

「さっきの自分自身の反応を考えてみたの。怜さんがいまミラノに住んでるって聞かされて、あたし一瞬、なんじゃそら、って思った。つまり冗談を聞かされたみたいな気分になったのね。ほんとに、ほんの一瞬だけど。先輩は、どうでした？　北海道か、なんてボケをかましてたから、おそらく似たようなものだったのでは」

「そうかもな、そういえば」

「あたしにも先輩にも、シシマルくんの言葉を疑う理由は特にない。だから冗談みたいに聞こえるのはほんの一瞬で、怜さんはいま日本にいないんだなとすぐに納得できる。けれどソネヒロくんは、どうだったか？　彼はそのまま、冗談だと思い込んでしまったんじゃないかしら。自分を怜さんに近づかせないようにするため、シシマルくんはへたな嘘をついている、そんなふうに解釈した。どう？　決してあり得ないことじゃないと思うんだ。だってほんのつい最近まで、今年の初めあたりまで自分との交際を引きずっていたはずの女性が、四月にはもう国際結婚なんて、そんなめまぐるしい急展開、ありっこないと。ソネヒロくんは頭っから、そう決めつけてしまったのかも」

「それは……」シシマルはすっかり考え込んでしまった。「言われてみれば、それってたしかにあり得ます。あのときのやつの、ちょっと冷笑的な態度からして。いままで考えもしなかったけど」

「じゃあソネヒロは、怜さんに直接会えずとも、独りナルシシズムに浸るつもりで洞口町へ行った。そこでジョギングちゅうの女性を見かけて、怜さんとまちがえ、つい……いや」祐輔はタバコを一本とりだし、咥えた。「しかしそれだと、凶器はどこで調達したんだ、という疑問に逆戻りだし」

「なんのことです？」と訊くシシマルに、十七日の夜〈さんぺい〉の前で別れたソネヒロが手ぶらだったことを説明する。

「――包丁を持ってきたのは女のほうだ、っていうんですか。しかもソネヒロを殺すつもりで？」

「突拍子もないと、おれも思うよ。しかし状況的には、そうだとしか考えられない」

「仮に女性のほうが凶器を用意していたのだとしても、ソネヒロを殺すためとかじゃなくて、ちがう理由なんじゃありませんか」

「例えば？」

「夜中にジョギングするのはなにかと物騒だから、護身用に、とか」

「それならもっと適当な道具が他になにかあるだろう。防犯ブザーとか。いきなり刃物とは、そっちのほうが物騒だ。だいいちスイッチナイフとかならともかく、文化包丁なんて持ち歩くか、普通？」

「じゃあやっぱり、その女のひとは明確な害意があった、のかな？　ソネヒロくんを殺すつもりで凶器を用意していた、と」

「そんなこと……」

なんとはなしに三人は、互いを盗み見合った。あり得ない、とは一概に言えない——無言ながら、全員の表情がそう語っている。

「問題の女の素性が不明だから、なんとも言いようがないんだけど……」シシマルがおずおず沈黙を破った。「でもソネヒロのやつ、レイ姉ちゃんの件以外にも、なにかトラブルをかかえていたのかもしれないですね。それこそ刺されるほどの恨みを買っていたのかもしれない」

「まてよ」祐輔はタバコに火をつけ、煙を吐き出した。「名理さんの家を見つけた、という話をソネヒロがしてたのは、あの飲み会の前日が初めてだったのか？」

「はい。十六日のことです。さっきから言ってるようにその時点で、レイ姉ちゃんがイタリアに移り住んでいるってことは伝えてあったんで、まさかやつが洞口町へ行くかもしれないなんて思いつきもしませんでしたが、彼女への未練たらたらなのは明らかだったし、ちょっと危ないものを感じた。それで翌日、先輩に飲み会をひらいてください、とお願いしたんです」

「お、そうだったのか。ソネヒロの気をまぎらわせようとして」

「というかその、先輩の飲み会なら」ただでさえトマトのようになっているシシマルの顔が、さらに真っ赤になった。「た……たた、高瀬さんがいらっしゃるんじゃないか、と思ったんで。はい」

「タカチが？　あ、そういえばあの夜、きみ、彼女が来ないのを気にしてたね」

「ええ。高瀬さんくらい美しい方を間近にすれば、ソネヒロのやつもレイ姉ちゃんへの想いがいくぶん減じるんじゃないか、と期待して」

「憑《つ》きもの落としかよ。あれ。でもソネヒロって、タカチに会ったこと、なかったっけ？」

「それはあったはずです。でも最初から自分とはちがう世界のひと、みたいな感じで、まともに視界に入っていなかったんじゃないかと思ったんで。もっと身近で高瀬さんみたいな方の存在を認識すれば、ひとりの女に執着する必要なんてない、この世にはまだまだ自分が見聞すべきことがたくさんあるんだと悟ってくれるんじゃないか、と」

「やれやれ、まるでソネヒロのお母さん並みの気の遣いようだな」

「たいへんだったんだね、シシマルくん」というウサコの声に被さるようにして、「こんにちは」と若い男女ふたりが〈やすい食堂〉に入ってきた。

ニーチェと、日南子のほうの、ひなちゃんだ。厳密には、ナコちゃんと呼ぶべきか。

「お、ご両人」と祐輔がコップを掲げてみせた。

「おはようございます」ナコちゃん、会釈して、ウサコの隣りに座る。「って。なに朝っぱらから酒、かっくらってんですか、みなさん」

「夏の名残を慈しむ会へ、ようこそ」

「ははあ、するとこれが噂の」ナコちゃんの真向かいにニーチェも腰を下ろした。「悪いけど、おれたちはパス。朝ご飯、食べにきただけなんで」

すみません、日替わりふたつ、とニーチェが注文すると、セリさん「あー、ようやっと、まともな客がきたわ」と笑った。

「わははは。きっついな、セリさんは」吸殻を灰皿で押し潰し、祐輔はコップ酒を呷った。「しかし、ふたり揃って朝飯とはまた。いつの間に、そんな急接近を」

「ねー、意外ですねー」ウサコもにまにま、ふたりを見比べる。「ナコちゃんがニーチェと、かあ。でも、うん。いいかもー」

いやいやいや、そんなんじゃなくて、と車のワイパーみたく手を振ってみせながらも、ナコちゃん、あまり強くは否定しない。

「……ん？」と首を傾げたのはシシマルだ。なにを思ったのか、椅子を一脚あいだに置いて横に座っているニーチェと、斜め向かいのナコちゃんを、不思議そうに見比べる。

「あ」その視線に気づいたらしいニーチェは、しばし当惑気味だったものの、やがてなにかに思い当たったらしい。「ち、ちがうちがう」腰を浮かせて、なにやら弁明を始めた。「ちがうんだ。あれ、おれの勘違いだったの」

「勘違い？　ていうと」

「どう言えばいいのか、うーん、困ったなあ」

「ほらほら。そこ、隠しごと、しないように」祐輔は冷蔵庫のほうを顎でしゃくって、ニーチェを指さした。「きりきり白状しなさい。なんならビール、飲む？　舌が滑らかになるよん」

「そんな。いや、大したことじゃないんだけど。恥ずかしいなあ——あのね」ニーチェはナコちゃんに向きなおって、伏し拝む真似をする。「気を悪くしないでね。でも、おれ以外にも同じ勘違いしてるやつ、大学にはけっこう多いと思う」

「だから、どんな勘違いをしていたのだ？」

「ダブルひなちゃんですよ。彼女たちの本名って、飯野《いいの》ひなたさんと、高良《たから》日南子さん、ですよね。でもおれ、ずっと彼女たちの苗字をとりちがえていたんです」

「え？　じゃあ贄川くん、あたしの名前が飯野日南子だ、と思ってたんだ」

「よくふたりいっしょにいるでしょ、ダブルひなちゃん。で、いつだったか、どちらが飯野さんで、どちらが高良さんなのって訊いたとき、教えてくれたひとが勘違いしてたんだと思う。あるいはおれが聞きまちがえたか、どちらか」

「なんだ、そういうことだったのか」他愛ない答えに安心してか、それまでずっと陰鬱だったシシマルの表情が少し明るくなった。「じゃあ、慌て損だったんだな、あのときは」

「そうなんだ、まいったよ、ほんとに」

慨嘆するニーチェにまたもや祐輔が「こらこら、ふたりだけで納得して、説明を端折《はしょ》るでない。ビールで舌を滑らかプリンにして、教育的指導だぞ」

「十七日の飲み会のとき」わけの判らぬ文句をつける祐輔に、シシマルが説明した。「ニーチェがみんなの飲み代、集めたでしょ」

「うん。あれ、でもレシートを持ってたのはシシマルだったな。てことは、シシマルがニーチェの代わりに払ったの？」

「はい。というのは、ちょうどニーチェがレジへ向かおうとしていたとき、ハヤタ隊員がぼそっと独り言みたいに呟いたんですよ。おれ、思い切って飯野さんを別の店に誘ってみようかな、と」

「ははあ」新しいタバコを咥え、祐輔はにやにや、ニーチェを横眼で見やる。「それを日南子ちゃんのことと勘違いして、慌てたってわけか」

「そうなんですよ」そのときの取り乱しぶりを憶い出してか、ニーチェは苦笑を洩らした。「ハヤタ隊員に先を越されちゃならじと、焦りまくり。レジに行くのをシシマルに代わってもらって、急いで店の外へ飛び出したんです。そしたら」

「ハヤタ隊員はと見ると、ナコちゃんではなく、なんと、ひなたちゃんのほうをくどいてた、と」

「厳密には、声をかけようとして、かけそびれてたみたいでしたが。それでやっとおれ、それまでの自分の勘違いに気がついた、というわけです」

「なるほどな。この手の勘違いって、大きなものから小さなものまで、世のなかに蔓延してそうだ。聞いてみないと判らんね」

ちょっとくらい飲んでいけよとの祐輔の誘いには応じず、ニーチェとナコちゃん、淡々と日替わりのアジの干物定食を食べ終えると、さっさと帰っていった。

「付き合いの悪いやつらだのお。入れ替わりに誰か来んかな。あ。そうだ。続けてハヤタ隊員と、ひなちゃんがふたりでやってきたら笑うな。って。ないか、そんなマンガみたいな」

「あのう、先輩」シシマルは少しふらつきながら、立ち上がった。「おれもそろそろ、失礼していいですか。ちょっと調子に乗って、飲み過ぎたみたいなんで」

「おお、お疲れさん。あ、シシマル、ちょいと待った。もうひとつだけ、いいか」

「なんです」

「さっき訊こうとしてたことなんだが。ソネヒロが洞口町にある名理家のことを話題にしたのは、十六日が初めてだったんだよな。そのときにあいつ、もうすでに名理家を実際に訪れてみた、みたいな口ぶりだった？」

「えー……っと」頭痛がするのか、シシマルはこめかみを押さえ、顔をしかめた。「どうだろう。判りません。ただ、やっと突き止めてやったぞ、みたいな自慢げな口ぶりだったので。まだ実際に様子を見にいったりはしていなかったんじゃないか、という気も。あ、そうだ。それで思いついたけど、あんな挑発的なことをおれに言ったのは、いずれレイ姉ちゃんに会いにいってやるぞ、という宣告のつもりだったのかな？　こちらはなにしろ、彼女が日本にいないという前提で話してたもんだから、全然ピンときてませんでしたが」

「なるほど。互いに話が嚙み合ってなかったんだろうな、きっと」

「ほんとは……」どすん、と尻餅をつくみたいに、シシマルは再び椅子にへたり込んだ。「ほんとは、いいやつだったんですよ、ソネヒロは。なのになんで、あんなことに。あんな、ひとが変わったような無様な状態のまま、人生を終えなきゃいけなかったんだろう。やっぱりおれが……おれが、よけいなことさえ、しなけりゃ」

「それはちがうぞ。きっかけがなんであれ、これはあくまでもソネヒロ自身の問題だ」

「ご両親もそう言ってくれました。葬儀の後、お詫びにいったら、これはきみの責任なんかではない、節度を保てなかった洋本人の問題だ、と。むしろこちらこそ石丸くんとその親族のみなさまにご迷惑をかけて申し訳なかった、と何度も謝ってくれたんだけど……おれにしてみれば、それはそれで、なんというか、辛くて」

残っていたコップ酒を手にとり、一旦は口もとへ運びかけたシシマルだったが、結局テーブルに戻した。

「すみません、やっぱり今日はもう限界です」

「もちろん、むりしちゃいかん」

「また飲みに誘ってください」

「おっしゃ。じゃあな、気をつけて」

シシマルの後に続いてウサコも、そっと店の外へ出た。悄然《しょうぜん》と立ち去る彼を、その後ろ姿が消えるまで見送る。

「……あんなに、いいお友だちがいたのに」テーブルへ戻って、溜息。「ソネヒロくんたら」

「互いに話が嚙み合わないまま、永遠の別れになっちまった……わけ、か」

自分が感傷的になり過ぎることを警戒してでもいるのか、祐輔は「セリさーん」と、ことさら陽気な声音で追加注文した。「唐揚げと、それからナポリタン、ちょうだい」

「なーんだか、お子ちゃまなメニューですね」それに便乗してか、ウサコも一転、くすくす笑って、祐輔をからかう。「酒飲みのおつまみとは思えないなあ」

「いいんだよ、好きなんだから。ウサコは？」と一升瓶を持ち上げてみせる。「まだビールか」

「うん。ね、先輩」

「ん」

「ソネヒロくんのことだけど。仮に問題の児童公園の女性が最初から殺意をもって、彼のことを襲ったとします。だとすると、ふたりはいつ、どこで知り合ったんでしょう？」

「さて。見当もつかんよ、そんなことは。本人たちに訊かない限り」

「目撃者の男のひとと同年輩じゃないかという印象が当たっているとしたら、三十くらい。そんなおとなの女性と知り合う機会が一介の大学生の男の子にそうそうあるもんかな、と疑問に思って」

「それは判らんぞ。現にソネヒロは怜さんと交際していたんだし」

「どうも釈然としない。ソネヒロくん、誰とも待ち合わせの約束なんかしていなかったと、あたしは思うんですよ。さっきも言ったけど、怜さんが匿われていると思い込んでいる家の前で、メロドラマの主役よろしく、ひと晩、佇んでいるつもりだった、そこへジョギングしている女性が通りかかった。場所が場所だったものだから、てっきりそれを怜さんと誤認したソネヒロくんは、未練たっぷりだったこともあり、つい出来心を起こした——こう考えたほうがよっぽど、すっきりする」

「しかし凶器は、どうしたんだ？　その仮説だと、ソネヒロが用意していた、という流れになりかねないが」

「それがあるんですよねえ。うーん……あ。いい匂い」湯気をたてているナポリタンの皿を、ウサコは嬉々《きき》として運んできた。「わーい、おいしそ。いただきまーす」

「って。おまえも喰う気かよ。お子ちゃま、なんて言ってたくせに。半分こだからな。半分こ」

「取り皿、もらいますか」

「いや、まて。これを、な。こうして食べるのが好きなんだ、おれ」

祐輔は唐揚げを半分、パスタの皿へ移し、パスタの半分を残りの唐揚げといっしょに混ぜた。

「ううまいっ」ケチャップまみれの具と麵をまとめて、もりもり。「せ、世界一、おいしいっ」

「ほんと、お子ちゃまなんだから。だいたい、それなら日本酒じゃなくて、ビールのほうが合うんじゃないですか」

「おお、大正解かも」

「それはそうと」さくっと音をたて、ウサコも熱々の唐揚げを頰張った。「あのふたり、こんな時間帯にいっしょって、ひょっとして朝がえりだったのかな」

「ニーチェとナコちゃん？　かもな」ケチャップが端っこについたままの口へビールをぐびぐび、流し込む。「ま、無事に男のほうから告白したってことで、めでたしめでたし」

「無事にって？」

ダブルひなちゃんが、女性のほうから男に好意を示す愚かしさを熱く説いていた一件を、祐輔は簡単に説明した。「――だってさ。てことは、ナコちゃんから秋波を送ったわけじゃなくて、ニーチェが勇気を出したってことだろ」

「なるほどねー。にしても実際、付き合ってくれって頼む前に苗字の勘違いに気づいて、よかったですよね。高良さんのこと、飯野さんだと思い込んだままだったら、なにかと……」

ふと、ウサコは口をつぐんだ。掬《すく》ったばかりのパスタがするりと箸から滑り落ち、ケチャップが跳ねたが、まったく気づく様子もない。

「先輩……」

「ん。どした」

「ひょっとして……とりちがえたんじゃないでしょうか」

「あ？　なにを、だ。というか、誰が？」

「その女です。ソネヒロくんを襲った」

「ああ？」

「包丁を用意していたのは女のほうだった。しかしその標的はソネヒロくんではなかった。別にいたんです」

「どういうこった」

「その女は殺意があって、凶器を用意した。殺そうとしていたのは、でもソネヒロくんじゃない。全然別のひとだった」

「全然別のひとって、なあ。軽く言うが、あんな時間帯に、あんな場所で、いったいどこの誰がうろついていると」

「いたじゃないですか、ちゃんと」

眼をしばたたいた祐輔、「う」と呻いた。咳き込んだ拍子に、唐揚げの衣のかけらが飛ぶ。

「しかも極めて重要な、事件の関係者が」

「も、盛田さん……か。目撃者の」

「女はほんとうは盛田さんを殺そうとしていた。それをたまたま児童公園に来ていたソネヒロくんを、標的ととりちがえてしまった。そう考えれば辻褄が合います」

「いや、まて。しかしだな、盛田さんは普段からよく彼女を見かけていたそうだが、まったく知らない女だと言ってたぞ。そんな女が、どうして……」

「盛田さんは知らなくても、女のほうは彼のことを知っていたかもしれない。それこそ自分の与り知らぬところで、なにか恨みを買ってたかもしれないじゃないですか」

茫然としていた祐輔は、我に返ったみたいにティッシュの箱を手にとった。気持ちを落ち着けようとしてか、ことさらにゆっくり唇を拭う。

「しかも、ですね。こう考えることで、とてもすっきり解明できる謎があるんです」

「なんだ？　謎って」

「なぜそんな夜中にわざわざ彼女は、いつもジョギングをしていたのか、という謎ですよ」

「たしかに不用心ではあるが……」

「それでも敢えてやっていた。ちゃんと目的があったからです。ジョギングのふりして、ほんとうは観察していたんですよ、盛田さんのことを。毎晩、公園で一服してから帰宅する彼の癖を把握し、それとなく襲撃のチャンスを窺っていたんじゃないでしょうか」

「一服して……」

あ、と立ち上がった拍子に祐輔は、コップを倒してしまった。少し残っていたビールがテーブルにこぼれたが、おかまいなし。

「そ、そうか」

「どうしたんです、先輩」

「タバコ。そう、タバコだ。おれ、ソネヒロに渡したんだ。あの夜、別れ際に。残ってたタバコを箱ごと。切らしてるって、やつが言うもんだから」

「じゃあ、ソネヒロくんは、それを持って洞口町へ……？」

「刑事さんとかに説明するとき、手ぶらだった手ぶらだったって言っているうちに、おれ、自分でも錯覚してた。まるでソネヒロがあのとき、なんにも持っていなかったかのように。でも、ほんとは持っていたんだ、タバコを。そしてあの公園で」

「喫ったんですよ。その姿を女は見ていて、ソネヒロくんのことを盛田さんだと勘違いした」

「……いかん、こうしちゃいられない。電話、電話だ。セリさん、電話、貸して」

調理場の横の棚に無造作に置かれている電話機に祐輔が飛びつくのとほぼ同時に、店の扉が、からりと開いた。

「あ」そんな女の声がした。「ほんとにいたよ、ここに」

振り向いた祐輔は、途轍もない意外性に、顎が外れそうになった。驚愕のあまり、いっそ笑い出してしまいそうなほど。

そこにはなんと、パンツスーツ姿の七瀬が立っているではないか。まちがいなく、彼女が。

祐輔がいま、まさに電話しようとしていた本人がいきなり眼前に出現したのである。予告なくマジックを披露されたかのような、誰かが自分をペテンにかけようとしているんじゃないかという複雑な気分を、なかなか払拭《ふっしょく》できない。

「……おまえたち？」

しかしそんな驚きも、七瀬がいま「ほんとにいたよ、ここに」と笑いかけた連れの存在に気づいたときのそれに比べたら、ほんの露払いに過ぎなかったのかもしれない。

「おまえたちが、どうして……？」

RENDEZVOUS 6

「やはり、むり……か」

佐伯は思わず溜息をついた。

「それはそうでしょう」伝染したみたいに鶴橋巡査部長も嘆息する。「そのためだけに巡回に出るわけじゃない。なにかのついでにということのほうが、むしろ多かったわけだから」

鎌苑交番に来ていた。

佐伯の手のなかには、明瀬巡査が生前、熱心に作成していた住民カードの束がある。賃貸マンションの名称別に分類されているが、ほとんどはその部屋番号と住人筆頭者の名前しか記入されていない。なかにはほんとうに独り暮らしの場合もあるのだろうが、電話番号の欄も空白が多いことに鑑みれば、家族構成などプライヴァシーの詳細を明かすのに抵抗がある向きが主流派だったと知れる。

そもそもは任意のカードだ。記入自体を拒んだ者も少なくなかっただろう。たとえ記入してもらえたとしても、すでに当該住所からは移転しているケースだってあるはずだ。

身も蓋もなく言ってしまえば、短い生涯、無駄な作業に終始していたわけだ。防犯対策上、住人の出入りの把握が必要ならばその都度、不動産関係者の協力をとりつければそれですむ。

もちろん明瀬巡査がその現実に無自覚であったとは思えない。彼にとって、カード作成よりもなによりも、地域住民との触れ合いそのものが重要だったのだろう。若かった彼の情熱に思いを馳せると、佐伯はせつない気持ちにかられた。

「こうして記録に残っているのは、ひとの出入りの多い賃貸物件に限られていたようです。これらのカードの内容を部外者が見ることができたとは考えられませんが、仮に見られたとしても――」

「各世帯を回るための規則性など、これといってなさそうですね」

「ないでしょう。ましてや鯉登家のような一般住宅の場合、こうしたカードの記入をお願いすることすらなかった。新任の挨拶をして回っていただけだから」

「例えば地図などを参考にして、特定の区画から順番に回ろうとしていた、とか？」

「多少はあったかもしれない。しかし、いま言ったように、基本的にはなにかのついでに、だったわけだから。仮に彼が自分なりの法則を定めて、できればその順番に回りたいと思ったとしても、ままならなかったはずですよ」

「彼は次にこの家を訪問する、なんて予測が他人につくはずはない……か」

「そもそも賃貸物件や一般住宅にかかわらず、訪問しても留守だったってことも多いわけで。後日に改めてと思いつつ、そこは明瀬だって人間だ、そのまま忘れてしまったというケースだって、少なくなかったでしょう」

「です……ね」

どう検討してみても、結論はひとつしかない。すなわち。

外部の者はもちろん、警察関係者も――いや、おそらく明瀬巡査本人ですら――あの日、彼が鯉登家を訪問すると予測することは不可能だった。

しかし、そうなると……佐伯は頭をかかえた。そうなると、鯉登直子の証言を、どう解釈すればいいのか？

つくり置きしていたアジの南蛮漬け、そして冷やしてあったはずの缶酎ハイが四本、冷蔵庫から消えていた。娘のあかりや、夫の一喜が食べたり飲んだりしたはずはない……のだとしたら。

犯人が飲み喰いしていった、そう考えざるを得なくなってしまう。しかも時間的に判断して、鯉登あかりを殺害した後で、まさにその現場で、だ。そんなことが。

そんなことが、あり得るのか。

もしもあるとしたら――佐伯は考える。犯人が次の犯行に備え、じっくり腰を落ち着けていた、というケースだ。それしかない。

通常、犯人の心理としては一刻も早く現場から立ち去りたいものだ。それを敢えて留《とど》まる以上、なにかよほどの事情がなければならない。例えば、もうひとり、どうしても殺害しておかなければいけない人物がいる、とか。

その相手が警官だった場合、屋外での実行はなかなか困難だろう。少なくともひと目に触れぬ屋内のほうが都合がいいことはまちがいない。

標的が現れるまで、その場に留まらず一旦立ち去るというやり方もある。しかし、あまり頻繁に現場に出入りすれば、それだけ近所の住民に目撃されるリスクも増えるわけだ。ならば屋内で、じっと息をひそめていたほうが安全、という選択は当然あり得る。自分が殺した女子高生の遺体といっしょに何時間も過ごすのは、いくら凶悪な殺人犯であろうと、ぞっとしないだろうが、それを我慢するほうがメリットが大きいと計算したとしても、さほど不自然ではない。

待機ちゅう、テンションを保つために、例えばアルコールに手を出すというのもあり得るだろう。ついでに空腹を覚え、たまたまつくり置きされていたアジの南蛮漬けにも手を出すなんて流れになるかもしれない。

自分が殺した遺体のすぐそばで飲み喰いするというのは、それだけをとってみると正気の沙汰とは思えないが、もう一件の犯行を控えていたのだとすれば、異常は異常にしても、それなりに頷ける行動ではあるかもしれない。が。

問題は、仮にそうだとすると明瀬巡査は決して偶然事件に巻き込まれたわけではない、という理屈になりかねない。最初から殺意をもって狙われていたのだ。つまり犯人はあの日、明瀬巡査が鯉登家へやってくると予測していたことになる。

しかも確実に、だ。でなければ自ら殺《あや》めた遺体のすぐ横で、のんびり——いや、のんびりではなかったかもしれないが、のうのうと——飲み喰いできるとは思えない。

「ありそうにない……ですね。どう考えても」

「明瀬が鯉登家をいつか訪れるだろう、という程度の見当はついたかもしれない。しかし、特定の日時まではむりです。絶対に」

絶対に——鶴橋巡査部長のその言葉が、佐伯に重く重く、のしかかってくる。

「そもそも犯人にとって、明瀬が独りで現れるという保証だって、なかったはずなんだ」

「そう……か」

まさに。いくら単なる挨拶回りとはいえ、警官が独りで訪問するとは限らない。ふたり連れで来るかもしれないと、少なくとも犯人が想定しなかったはずはないのだ。

問題はそれだけではない。仮に明瀬巡査が最初から狙われていたのだとしたら、犯人像はいったいどうなるのか。鯉登あかりと、明瀬巡査、両方を殺害する動機を持ち得る……はたして、そんな人物が存在するのか？

「鶴橋さんはお心当たり、ありますか？　明瀬と鯉登あかりとの関係に」

「さあ。それこそ仕事熱心だったから、警邏のおりに登下校ちゅうの彼女に声をかけたことくらいは、あったかもしれないが」

「例えば、あくまでも例えばですが、個人的に交際していた、とか？」

「私生活は判りません。なんとも言いようがない。少なくとも、していなかったとは断定できません。二十一歳と十七歳、互いに歳も近いですし。明瀬は誰からも好かれる好青年だった。生前、ひと知れず親しく付き合っていたかもしれない。もはや確認しようもないが」

「例えば、これもまた、あくまでも例えば、なんですが。二十二日の午後、鯉登あかりと明瀬のあいだで落ち合う約束ができていたとする。そのことが、どちらかの口から犯人に洩れた——とか」

「いや、それは考えられないでしょう」

「だめですか」

「だって、明瀬が鯉登家を訪れたのは三時前後でしょ。普段なら、とっくに鯉登あかりの母親が帰宅しているはずの時間帯だ」

そうか、そのとおりだ。あの日、鯉登直子の帰宅が遅れたのは純然たる偶然にすぎない。そのことを娘や明瀬巡査が見越したはずはないし、ましてや犯人が予測できたはずが……ん？

おかしい。なにか、ひっかかる。なんだろう？

ふと覚えた違和感をなかなか具体的に言語化できず、佐伯がもどかしい気持ちを持て余していると、「こんにちは」という声がした。

若い男女のふたり連れが、外から交番のなかを覗き込んでいる。

「お」佐伯は驚いた。「きみたち」

先日、斎場で出会った安槻大の学生、匠千暁と高瀬千帆だ。

千暁は花束をかかえていた。「明瀬くんに、と思って」

明瀬の高校時代の、と佐伯が簡単に紹介すると、鶴橋は立ち上がり、花束を受け取る。笑顔を浮かべながらも、心なしか涙ぐんでいた。「ご丁寧に、ありがとう」

ふたりとも今日は喪服ではなく、若者らしいカジュアルな服装。特にパンツルックの千帆は、カッターシャツにネクタイを締めるというなんともマニッシュな装いが、却って妖しいまでのフェミニンさを匂いたたせている。

「いまさっき、明瀬くんのお宅にもお邪魔してきました」と千暁は、そんな必要もないだろうに、どこか取り繕うような口調だ。「初対面だったんですけど、お母さまと妹さんにもご挨拶して」

千帆の美しさに心奪われていた佐伯は、そのひとことで我に返った。葬儀で泣き崩れていた祐佳と、気丈に振る舞っていた奈穂子の姿が鮮烈に甦り、胸が搔き乱される。どんな様子だった……思わずそう訊きそうになって、やめた。

まあ座って、と千暁と千帆にパイプ椅子を勧めている年長の巡査部長に佐伯は、「あ、鶴橋さん、わたしはこれで失礼します。お忙しいときに、すみませんでした」と一礼し、「じゃあな、きみたち」とふたりに手を振り、交番を出る。

いくらも歩かぬうちに、「佐伯さん」と背後から呼び止められた。振り返ると、千帆だ。ひとり、小走りに近寄ってくる。

「ん？」

「ちょっとよろしいですか、いま」

佐伯は交番のほうを見た。千暁は座って鶴橋となにやら話し込んでいて、彼女を追ってくる様子はない。怪訝そうに眼を細める佐伯に、千帆は微笑んでみせた。

「彼は、明瀬さんのことで、同僚の方にいろいろお話を聞きたいようなので」

佐伯を促すような仕種とともに、彼女は再び歩き出す。

「なんだ？」

わけが判らぬまま、千帆に先導されるかたちで佐伯は、すぐ近くのバス停の前へ来た。

ちょうどそこへ路線バスが停車する。降りてきた乗客たちが立ち去るのを待ち、無人になったバス停のベンチに千帆は腰を下ろした。

「なんなんだ、いったい」

彼女とふたりきりの状況が妙に息苦しく感じられる。走り去ったばかりのバスに飛び乗らなかったことをかなり真剣に後悔している自分に気づき、佐伯は内心苦笑いするしかない。かといって、突っ立っているのも居心地が悪い。千帆の隣りに座ることにした。

「お礼を言っておきたくて」

「お礼？」佐伯は首を傾げた。「さて。おれは、きみになにをしたのかな。覚えがないが」

「そうじゃなくて」風になぶられた髪を掻き上げ、彼女は交番のほうを顎でしゃくった。「彼の代わりに」

「彼」とは、いま鶴橋と話し込んでいる匠千暁のことだろう。が、佐伯は彼にだって、なにかしてやった覚えはない。

「どうもよく判らんな」

さりげなく彼女の様子を窺うつもりで横を向いた佐伯は、いきなり千帆と眼が合ってしまった。白眼の部分が青みがかった神秘的なまなざしは、いま凪《な》いだ海のように穏やかで、先日の斎場で閃かせた凄味のある殺気とはなんとも対照的である。

「おれがしたことといえば彼に、明瀬の生前のひととなりを尋ねただけだ」

「ええ、あんなふうに質問してくれたお蔭で彼は、改めて考えてみる気になったんだと思います」

「なにについて?」

千帆はひと呼吸おくあいだ、交番のほうを一瞥した。角度の関係で建物の内部までは見通せないが、まだ千暁がそこから出てくる気配はない。

「あの日、彼に葬儀へ行くことを勧めたのは、わたしだったんです」再び佐伯に視線を戻した。「殉職した警官が彼の高校時代の同級生だったと知って。さほど親しい間柄ではなかったと躊躇《ためら》う彼を、半ば強引に連れ出すかたちで」

「なぜそこまでして?」

「判りません。でも、なにか期待があったのかもしれない。これがひとつのきっかけ、というか、突破口みたいになってくれないものか、という」

「突破口」

「仮にも葬儀に参列するのを、気分転換、なんて称するのは明らかに不適切なんだけれど、なんていうか、そんな感じでした。それに、そろそろ彼に外の空気も吸わせたかったし」

話の脈絡は相変わらず不明だったが、佐伯はとりあえず頷いてみせた。

「いまにして思えば、ずいぶん危ない橋を渡ったものだな、と。だって、もしも彼が葬儀の雰囲気に悪いかたちで流されたりしたら、むしろ逆効果かもしれなかったんだし」

「それは……」

どういうふうに逆効果なのかを訊こうとして、やめた。筋道は見えないままだったが、なんとなく佐伯はだいたいの事情が判ったような気もした。

「案の定、焼香を終えた彼は、明瀬さんの死という現実を否定的にしか捉えられていないようでした。はっきり口にしたわけではないけれど、明瀬さんのようにみんなに必要とされる人間があっさり生命を奪われてしまうこの不条理な世のなかで、自分のような者がいじましく生き続けようとするのは単に無意味なだけじゃなく、ぶざまですらある、と」

「彼だって、充分に必要とされているんじゃないのか」一瞬迷ったが、佐伯はこう付け加えた。「例えば、きみに」

「ええ」

千帆は微笑んだ。

つられて微笑みかけた佐伯は、笑顔の彼女の眼尻に光るものを見て図らずも、ぎょっとした。信じられないものを目の当たりにした、と言わんばかりの彼の表情の変化を認め、ようやく自分が涙を流していたことに気づいたらしい、千帆は指で眼尻を拭うと、首をゆるゆる横に振った。

「わたし、自惚《うぬぼ》れていたんです。ええ。いろんな意味で。自分にしかできない、とまでは言わないけれど、わたしはできる、と思っていた。彼を無事に日常へ連れ戻すことが。でも、焼香後の様子を見ていて、不安になりました。ひょっとしてわたしはとんでもない失敗をしてしまったんじゃないか、と。ほんとうに、とりかえしのつかないような失敗を……そこへ」

なるほど、佐伯は合点がいった。斎場の前のタクシー乗り場でふたりに声をかけたとき、千帆があれほどぴりぴり殺気だっていたのは、そのせいもあったのか、と。

「そこへ声をかけてくれたのが佐伯さんでした。彼に明瀬さんのことを改めて考えさせ、語らせる、そのきっかけを与えてくれたんです」

「それがなにか、良いほうに作用したのかな」

「彼、自分の言葉で語ってみることで、きっと悟ったと思うんです。他人がたとえ百万言ついやしても言い聞かせられなかったであろう、たいせつな、たいせつなことを」

「どんなに不条理であっても、とにかく自分は生きていかなきゃいけないんだ、ってことを、か」

はっと千帆は息を呑み、眼を瞠《みは》った。「そう……そうです。すみません、こちちはなにも具体的な事情の説明責任を果たしていないのに、そこまで察していただいて」

「別にいいよ。仕事ならともかく、他人のことをあれこれ詮索する趣味はない。それに、この前会ったとき、彼自身がちらっと、そういう意味合いのことを口にしてたし」

「こういう言い方は傲慢かもしれないけれど、明瀬さんが彼に新しい生命を与えてくれた、と。わたしにはそんなふうに思えて――」

「いや、それはちがうな」

「そうでしょうか」

「いま、きみは自分で言ったじゃないか。彼は自分の言葉で語ってみることで悟ったんだ、と」

「ええ……」

「彼は自身の力で立ち直ったんだ。別に明瀬の死に特殊な意味を見出したからじゃあない。誤解を恐れずに言えば、むしろそこには意味なんかないと達観しない限り人間、立ち直れるものじゃないよ。判ってる、我々はどうしても、ひとの死に意味を見出したがる。それも絶対的、普遍的な意味をね。

しかしちょっと考えれば判ることだが、意味なんて相対的なものにすぎない。それに対してむりやり絶対性を求める作業は、不可避的に己れの意識を虚無に向かわせる結果にしかならない。彼の場合で言えば、明瀬の死になにがなんでも意味を付与しようとするなら、自ら死んでみせることでしかそれは叶わない。そんなのってしかし、本末転倒ってもんだろ」

「ええ」千帆は何度も頷く。「そうですね。はい、たしかに」

真顔の彼女を見て、佐伯は急に自己嫌悪にかられた。おいおい、なにを青臭いことをぺらぺら囀《さえず》っているんだ、おれは。やはり彼女独特のオーラに眩惑《げんわく》され、おかしくなってるのか？　それに熱っぽく語るあまりどこか途中で論理が捩じくれたような気もして、佐伯は内心ひやりとする。もう一度同じご託を繰り返してみろと突っ込まれたら、できるかどうか甚《はなは》だ心もとない。困ったもんだ。

「もっとも、傲慢かもしれないと断ったくらいだ、こんなこと、きみだってちゃんと判ってたはずだと思うがね」

「それは買いかぶりすぎだけど、そうですね、わたし、柄にもなく、ちょっと感傷的になってたかもしれません」

ほんとうに柄にもない、と危うく口走りかけて、佐伯は自粛した。おれはそれほど彼女のことをよく知ってるわけじゃないんだぞ、と。ただ、斎場で出会ったときのあの不屈の女戦士のような強烈なイメージが未だに尾を曳いているだけであって。

「そういえば以前にも、同じように諭されたことがあった」

「同じように？」

「昔、わたしの恋人が死んだんです」

千帆の口から「恋人」なんて言葉が出てくるだけで、どきりとする。つい、どんな男だったんだろうとあれこれ想像してしまう。

「どうしても立ち直れなかった。だから、例えばそれがきっかけで新しい出会いを得られた、それだけでも価値があったとその死を肯定するべきかもしれないとか、ずいぶんいろいろ思い悩み、苦しんだ。つまり、意味を求めていたんです。まさに、さっき佐伯さんがおっしゃったように」

「誰もが通る道、さ」

「そんなふうに人生を因果関係で説明しようとしちゃいかん、と一喝され、目が覚めましたが」

「それは」と佐伯は交番のほうに目配せした。「彼に?」

「いいえ。また別のひと」

「それは」

「とてもたいせつな友人です――わたしと彼の」

「そうか」

「ともかく、そんなことがあったっていうのに、いっこうに学んでませんでした、わたし」

「今回はきみのじゃなくて、匠くんの問題だったから。それだけの話だろ」

千帆は微笑んだ。すべての屈託から解放されたかのような、透明感溢れる笑顔。

人生を終えるとき、この微笑みさえひそかに憶い出せれば、あとはなにも要らない……真剣にそんな想いにかられている自分に気づき、佐伯は心底嫌になった。ばか。感傷的になってるのはおれのほうじゃないか。いまはそれどころじゃない。事件のことだ、事件のこと。

「ともかく、彼にきっかけをくださった佐伯さんには感謝しています。今日お会いできたのは、ほんとに偶然で、ついでみたいで申し訳なかったんですけど。そのことをお伝えしておきたくて、発作的に呼び止めてしまいました」

「律儀だね。そんな発作なら、こちらはいつでも大歓迎だよ。にしても、事情聴取して感謝されるなんてことがあるとは。これが迷惑がられるなら慣れっこなんだが」

ちらりと腕時計を見ながら、佐伯はベンチから立ち上がった。

「お忙しいときに、すみませんでした」

「いや――まてよ、それはそうと」

ふと先日、千帆が披露した犯人の動機に関する仮説を憶い出し、佐伯は座りなおした。

「きみはこの前、明瀬が殺害されたのは犯人の顔を見たからではないか、と言ってたな」

「え？　あ、はい。そうでした」

「しかし匠くんは、その口封じ説には懐疑的だったよね。犯人はあくまでも明瀬を殺害する目的で、現場である鯉登家に四時間あまりも留まっていたのではないか、と言って」

「そうでしたね。もしかして、それが……？」

佐伯は頷いた。「どうやら匠くんの考えが当たっていたようなんだ」

つくり置きしていたはずのアジの南蛮漬けと缶酎ハイが消えていた一件を詳しく説明する。一般市民に捜査内容を打ち明けることについて自戒の念がまったくなかったわけではないが、佐伯はなにか本能にも似た衝動にかられていた。

「犯人は飲み喰いしながら、明瀬さんがやってくるのを、じっと待っていたというんですか」

「こうなってくると、現場の状況からして犯人が、鯉登あかりの遺体を餌にして言葉巧みに明瀬を屋内へ誘い込んだのではないか、という説も俄然、現実味を帯びてくる」

「つまり、顔を目撃されたことによる口封じ説は、まったく的外れだった」

「犯人は鯉登あかり、そして明瀬巡査のふたりを殺害した。怨恨なのかどうかはともかく、ふたりに対して根深い動機を持った人物であることはまちがいない。では被害者ふたりには、いったいどんな接点があったのか、それはこれから調べてみないとなんとも言えないが、問題は」

佐伯がなにを言わんとしているか、いち早く察してか、千帆は大きく頷いた。

「問題は、あの日、明瀬が鯉登家を訪問するだろうと予測する手だてが、犯人にはまったくなかったはずだ、ということなんだ」

「明瀬さん自身、その日、急に気まぐれを起こしただけだったかもしれないわけだし」

「そう。まさにそういうことなんだ。だが犯人は、明らかに彼が来ることを予測し、鯉登家に四時間あまりも居座った。しかも鯉登あかりの遺体が横たわる屋内で……」

説明すればするほど佐伯は再び混乱してきた。自分がなにやらとんでもない事態に直面しているという、恐怖にも似た実感を新たにする。

「そんな苦行じみた真似、明瀬がその日のうちにやってくると確信していなければ、できなかったはずだ。しかし何度も言うように、そんな予測は不可能だった。同じ交番勤務の者にだって、警察関係者にだって、そしてきみが言ったように明瀬自身にだって、あらかじめ知り得なかったようなことを犯人はいったい……いったい、どうやって」

「佐伯さん、あの」

「ん」

「その、もしかしたらすごく、ばかげた言い種に聞こえるかもしれませんが――」

「なんでもいい、思いついたことがあるなら言ってみてくれ」

「この場合、犯人が確実に予測し得る未来というのは、ひとつしかありません」

「え？　というと」

「それは、じっと鯉登家に潜んでいれば、いずれ必ず誰かがやってくる、ということです」

とっさには意味がつかめず、佐伯はつい千帆の大きな瞳をまじまじと見つめ返した。

「鯉登あかりは女子高生で、独り暮らしではなかったわけですから。彼女を殺した後、そのまま家で待っていれば、いずれ必ず家族の誰かが帰宅する」

「そりゃそうだ。現に母親の直子が帰宅して、娘の遺体を発見したわけで――」

ふとなにか不穏な感覚にかられ、佐伯は口籠もった。まてよ、これは……そうだ、さっき。

さっき鶴橋巡査部長と話していたとき、自分も覚えた違和感。すなわち犯人にしろ明瀬にしろ、そして娘の鯉登あかり本人にしろ、あの日、直子の帰宅が遅れると予測できた者はいなかったのだ。

むしろ犯人は、いまこうしているあいだにも鯉登家の誰かが帰宅するかもしれない、という覚悟のうえ屋内に留まっていたはずで……え？　と、ということは。

「ちょ、ちょっと待ってくれ。もしかして犯人は、ほんとうは鯉登直子、もしくは父親の一喜を次に殺すつもりだった、というのか？」

「その可能性はあると思います」

「しかし、じゃあなぜ明瀬を殺したんだろう。念のために断っておくが、鯉登あかり殺害が発覚しそうになったから、という説はもう成り立たない。一旦現場を離れたわけではないんだからね。犯人には、家族のふりをして直接、明瀬に応対する必要すらなかった。ただ居留守を使って、彼をやり過ごせばそれですんだんだから」

「にもかかわらず、わざわざ明瀬さんを屋内へ上げた。ということは——」

「ということは？」

「犯人にはどうしても、鯉登あかりの次にもうひとり殺しておかなければならない理由があった。けれど、その相手の素性はこの際、問題ではなかったのかもしれません」

「なに……な、なんだって？」

「つまり、誰でもよかったんです、二番目に殺す相手は」

佐伯はただ、あんぐり口を開けるしかない。

「なぜ鯉登あかりに加え、もうひとり殺害する必要があったのか、その理由はとりあえず措いておきます。おそらく犯人の当初の予定では、一喜の両親の世話を終えたらすぐに帰宅するはずだった母親の直子が標的になっていたのでしょう。もしかしたら一喜が急病かなにかで早退けしてくる可能性もゼロではないので、その場合は標的を彼に切り換えてもいいが、確率的にはまずまちがいなく直子のほうを殺すことになるはずだった。しかし彼女はその日たまたま帰宅が遅れ、代わりに鯉登家へやってきたのはご近所の挨拶回りをしている明瀬巡査だった。ここで犯人は、居留守を使って彼をやり過ごすことも検討したかもしれません。なにしろ相手は警官なのだし。でも――」

普段の佐伯ならば、こんな途轍もない話、くだらない与太だと嗤って聞き流しただろう。が、いまはなぜか、ぐらぐら頭が煮立ってきそうなほど説得力を感じた。

「でも、その時点ですでに当初の予想よりも遥かに長く鯉登家に居座るはめに陥っていた犯人は、もういい加減、待ち疲れていた。この際だ、この警官でもいい、と。さっさとかたづけて逃げよう、そう予定を変更したのではないでしょうか。いくら凶悪犯とはいえ、一刻も早く現場から立ち去りたいのが人情ですから」

奇天烈《きてれつ》きわまる推論にもかかわらず異様なほどリアリティが迫ってくるのは、他ならぬ千帆の口から語られていることも小さくない要因だろう。が、決してそれだけではないような気もした。

「この際、この警官でもいい……とっさにそう決めた犯人は、家族のふりを装い、鯉登あかりの遺体を餌にして明瀬を屋内に誘い込んだ。そして彼の隙を衝いて――」

「頭部を殴打して抵抗力を奪い、背後から絞め殺した」

「しかし、それは……それは、どうしてだ。どうして犯人は鯉登あかりだけではなく、もうひとり殺さなきゃいけなかったんだ？」

「それは想像もつきません。さっきも言いましたけど、ばかげた話です。が、こう考えれば、明瀬さんがわざわざ屋内に誘い込まれてまで殺されたという奇妙な状況に一応、説明がつくかな、と――」

そのとき、佐伯のポケットベルが鳴った。

「失礼。途中で申し訳ないが――」

「こちらこそ、お引き留めして」

「話ができて、よかった」と鎌苑交番のほうを顎でしゃくった。「匠くんにもよろしく」

近所の電話ボックスに駈け込んだ佐伯にもたらされたのは、芳谷朔美が何者かに殺害されたという知らせだった。

*

「――付近の住民が今朝、ウォーキングに出かけようと自宅を出る際、なにか重いものを引きずっているような音を聞いたそうです」

そう報告する平塚の声を一瞬、掻き消してしまうほど激しく、木の葉の大群が突風に揺れ、ざわめいた。まるで人間の唸り声のように。

普段はあまりひと気がないとおぼしき境内《けいだい》に密集する古木の群れ。それら無数の葉が陽光を受け、風にうねるたびに緑から黄色へ、黄色から緑へとネオンサインのような明滅の襞《ひだ》が右から左へ、左から右へと捲《めく》れ、流れてゆく。あたかも全身をびっしり緑の鱗《うろこ》に覆われた、巨大生物の蠕動《ぜんどう》のように。

「早朝、五時ちょっと前、だったとか。おそらくその音こそ、犯人が遺体をここへ運び込んだ際のものだったと思われる。直後に、車が走り去る音も聞こえたそうです」

多くの警官や鑑識課員たちが現場検証作業のため境内のあちこちに散らばっている。彼らを睥睨《へいげい》する大きな緑色のうねりは、ときおり風を孕《はら》んで唸り声を繰り返す。あたかも卑小な人間たちを聖なる領地から追い出そうと威嚇《いかく》するかのように。

八月三十日。常与神社の境内。

カメラをかまえた鑑識課員がフラッシュを焚き、シャッターを切った。一瞬白い光に埋没した物体の輪郭が、再び浮かび上がる。グレイのトレーナーに黒いジャージズボン、そしてスニーカー姿の女。芳谷朔美だ。境内のなかでもひと際めだつ巨木の傍らで、己れの両膝をかかえ込んだ、胎児のような姿勢で横臥《おうが》している。うなじの横に、彼女が被っていたものだろうか、ひしゃげた黄色い野球帽が転がっていた。

彼女の遺体の下には、まるで絨緞《じゅうたん》よろしく毛布と大振りの段ボールが敷き込まれている。段ボールは、冷蔵庫や洗濯機などを運搬する際の養生に使われそうなサイズと形状だ。

「第一発見者は、その音を聞いた方とは別の、近所の住民で、午前十一時頃、ここを通り抜けしようとして、気づいたのだそうです」

発見時、朔美の遺体は毛布にくるまれ、そのうえから段ボールごと紐でぐるぐる巻きにされた状態だったという。おそらく犯人は、毛布にくるんだ朔美の遺体をくだんの段ボールに乗せて台車代わりにし、どこか近くに停めた車のなかから引きずってきたものと思われる。砂利道にもその長い溝のような痕跡が認められた。

「誰か不届き者が粗大ゴミを不法投棄していったと思い、近寄ってみると、毛布の端から人間の頭髪のようなものがはみ出ていた。異臭を我慢して毛布を捲ってみると、女性の頭部が現れたので、慌てて通報したのだとか」

「死体が遺棄されたとおぼしき時刻が朝五時、そして発見されたのがその六時間後、か」

「そのあいだ、他に異状に気づいた住民などがいなかったかどうか、引き続き聞き込みにあたってみます」

「平塚くん、なにかを引きずる音を聞いたというその住民だけど、車は見ていないの？」

屈んで朔美の死に顔を覗き込む七瀬は、隠しようのない無念さを滲ませ、唇を噛んだ。

「いえ。その方の自宅はこの裏手なので、直接はなにも見ていないそうです。くだんの車が、はたして犯人のものかどうかも断定できないし」

「いずれにしろ、殺害現場はここじゃない」鑑識課員となにか話し込んでいた野本が、ゆっくりふたりに近寄ってきた。「死斑の具合からしても、どこか別の場所から運んできたことは明らかだ」

「死因はなんでしょう？　頭部に大きな傷があるようですが」

写真撮影が終わるのを待ち、七瀬は白い手袋を嵌めた手で、そっと朔美のものとおぼしき野球帽を拾い上げた。裏返してみると、生地がべっとり黒ずんでいる。血痕のようだ。

前々日、七瀬たちが事情聴取した際と同じくシニョンにした朔美の髪は、なにか衝撃を受けてか、半分がたほどけてしまっている。毛布からはみ出ていたその乱れ髪が、第一発見者の注意を惹いたわけである。

「思い切りぶん殴られたような感じではあるが、まだなんとも言えんな。胸部や腹部がどうなっているか、死後硬直がピークの状態ではまだ全然あらためようがないし」

「死後硬直がピーク、ということは――」

「死後、およそ半日。十二時間から十五時間ってところだろう」

七瀬と平塚は思わず、互いに顔を見合わせた。

「昨夜の午後九時から、午前零時のあいだってことですか、殺されたのは？　じゃあ、おれたちが彼女に事情聴取した、わずか数時間後に……」

無念そうな視線を遺体に据えたまま、七瀬は屈み込んで野球帽をもとに戻した。

「この状態で遺体を運んでくるためには、殺害後、どんなに遅くても二時間以内に被害者を簀《す》巻《ま》きにしたはずだ。でないと、死後硬直が始まった後でこんな姿勢をとらせることは不可能だからな」

「ということは」立ち上がると、七瀬はぐるりと境内を見回した。「ここへ遺棄される前に遺体はひと晩、別の場所にあった、と？」

「おそらくそうだろう」

「犯行後、すぐに遺体をこんなふうに運びやすい姿勢にして毛布にくるんだ以上、最初から遺棄するつもりだったわけですよね。なのになぜ、昨夜のうちに実行しなかったのでしょう？」

「さあな。なにか事情があったのか。それともへたに夜中にうろうろして怪しまれるより、夜明け直前あたりのほうが目撃されるリスクが少ないとか、そういう計算があったのか――ところで」

眉根を寄せ、野本は顎をしゃくった。

「ところで、なんのまじないだ、これは？」

芳谷朔美の遺体の傍らに聳《そび》える古木。ブナのようだ。灰色混じりに苔《こけ》むしている。樹齢は優に三桁に届いているのではないかと思われる。野本の腰の高さあたりにぽっかり黒く空いたウロと、表皮の渦巻き模様との組み合わせがまるで人面瘡《じんめんそう》のようで、偉容さに拍車をかけている。

その古木の、ちょうど七瀬の眼の高さあたりに紳士ものとおぼしきハンカチが、打ちつけられた釘に留められ、ぶら下がっている。野本が思わず「まじない」と称したように、どこか曰くありげに。

「これはもしかして、犯人がやったのか？　それとも——」

「いえ」七瀬はハンカチを捲ってみた。「多分、これは事件には無関係ではないかと」

「どうして判る」

「おそらくこの木がそうだからですよ、例の〝天狗吊り〟」

「ん？　なんだって」

「野本さん、ご存じありませんか、噂を。丑の刻参りの」

「丑の刻参り、って。あれか？　白衣を着て、頭に鉄輪《かなわ》の蠟燭《ろうそく》を灯して、藁《わら》人形に釘を、かーん、かーんてやる？」

「そのヴァリエーションらしいです。といっても、こちらは扮装や午前二時という時刻には必ずしもこだわらないようで、昼間にのこのこやってきたりする者もいるようですが」

藍香学園の生徒たちの聞き込みに回るついでに七瀬は、なんとはなしに〝天狗吊り〟に関するさらなる噂話を仕込んでいた。それらを総合すると、やはり佐伯の妻が聞いたとおり、常与神社にあるブナの古木が、噂に踊らされる市民たちの大半が「本物」と認定する〝天狗吊り〟らしい。

「――ははあ、なるほどね」七瀬から簡単な説明を受けた野本は、紺色のハンカチを覗き込む。「いわゆる都市伝説の類いか」

「丑の刻参りは憎い相手を模した藁人形を使いますが、これは持ち主の所持品を打ちつけることで、死に方を指定するんだそうです」

「しかし、マフラーで窒息死というのはまだ判るけど」釈然としないのか、平塚は不満げに鼻を鳴らした。「ハンカチってのは、どうなんです？　どういう死に方の指定なんだ」

「さあねえ。見当もつかない。それくらいしか相手の所持品が手に入らなかっただけなのかも。そういえば、スニーカーが打ちつけられてるのを見たって子もいたけど」

「スニーカー。えと、足？　例えば崖《がけ》から足を滑らせるとか、そういうことですかね」

「かもね。よく知らない。どっちみち〝天狗吊り〟そのものが、女子高生が意図的に流布したデマなんだし」

「女子高生？」

「鯉登あかり」

「ん？」聞き捨てならないとばかりに、ぼりぼり頭髪を掻き回していた手を野本は下ろした。「ほんとか、それは」

同級生の秋葉知里の証言、および鯉登あかりのワープロのハードディスクに残っていた設定について説明する。

「そもそもは〝ダングル・ツリー〟という名前で噂を流したのだそうです。どうやらそれが途中で訛って、〝天狗吊り〟に変化した」

「しかし、もしもそれがほんとうなら」野本は、古木に打ちつけられたハンカチと芳谷朔美の遺体を、交互に見比べた。「これをどう考えたらいい？　生前、浅からぬ因縁のあったふたりだ、もしかしたら互いの事件になにか関連があるかもしれないと当然疑うべきところだが、しかし死後こういうかたちでつながるなんて。単なる偶然か？」

「どうでしょう。まだなんとも言えませんが、個人的には偶然じゃないような気もします。他ならぬ鯉登あかりが捏造した〝天狗吊り〟とおぼしき古木のすぐ傍《そば》に、殺害された芳谷朔美の死体が遺棄されたというのは」

「でも、単なる偶然でないのなら」野本の真似をするみたいに平塚も、しきりにハンカチと遺体を見比べる。「なんなんですかね？」

「それは判らないけど。もしもなんらかの関係があるとすれば、犯人は〝天狗吊り〟が鯉登あかりの創作であることを知り得る立場にいる人物、とも考えられる。とはいえ、仮にそうだとしても、朔美の遺体をここへ遺棄することに、さていったい、どういう意味があるのか」

「それに、このハンカチ。ほんとうに事件に無関係の第三者が打ちつけたものなんですかね」

「もちろん調べるが、まあ、犯人の遺留品とはちょっと考えにくいな……それにしても」

ふと幻聴にでも悩まされたかのような複雑な面持ちで、野本は眼をしばたたいた。自分の肩を揉みながら、視線をぐるりと境内に巡らせる。

「変な都市伝説の話を聞いたせいでもないが、妙に独特のムードがあるな、ここは」

たしかに、と七瀬は思った。

こんな真っ昼間で、特に薄暗いわけでもない。普段はあまりひと気がないだろうが、いまは捜査員や鑑識課員たちで溢れている。

にもかかわらず、頭上で風にたゆたう緑の襞の群れが、どこかひんやりした感触の、独特の静謐《せいひつ》さをもたらす。ほんの数分も歩けばすぐに高級住宅地へ出るなんて、ちょっと信じられない。うかうかしていると知らないうちに異世界へ吸い込まれてしまいそうだ。

そういえば……七瀬はふと、あることに思い当たった。

鯉登あかりの〝タングル・ツリー〟の設定には、常与神社の名前は記されていない。噂を流す段階で具体名を出したかどうかも定かでない。しかし仮に鯉登あかりが特に場所を指定しなかったとしても、結局〝天狗吊り〟伝説はこの神社、そしてこの古木に定着していたのではないか、そんな気がする。噂に踊らされる者たちの集合無意識が自然に引き寄せられてしまうような、磁力めいた風格がここにはあるのだ。

「遺留品、か」なにを思いついたのか、平塚はブナの木の前に屈み込んだ。「それにしても、でかいウロだなあ」

白い手袋を嵌めた手を、ウロに突っ込んだ。ごそごそ、なかを探る。

「そこになにかめぼしい証拠品でも残ってたら、おれたちも大だすかりなんだがな」

と茶化す野本とは対照的に、平塚は至って大真面目である。

「残ってるかもしれませんよ、案外。ほら、人間の心理としてですね、こういうお誂《あつら》え向きの穴を見ると、そんな必要もないのに、なにか隠してみたくなるっていうのも、ありがちじゃないですか」

しばらくごそごそやっていた平塚は、やがて頬を掻きかき、立ち上がった。

「なにかあったか」

「いえ、なんにも。考えてみれば、なにか隠さなくちゃいけないものがあったとしても、犯人がここへ残してゆく必要はないんですよね。持ち去ればそれでいいわけで」

臆面もなく前言を翻す若手に、七瀬と野本はほぼ同時に嘆息した。

「そもそも殺害現場はここじゃないんだから、証拠品があるとしても全部、そっちのほうか。うーん。彼女、どこから運ばれてきたんでしょう」

「まだなにも断定できんが、ま、被害者の自宅周辺ではないだろう」

「どうしてです?」

「それならば犯人は、まずまちがいなく遺体を現場に放置したはずだから、よ」七瀬は平塚の肩を、ぽんっと叩いた。「そもそも犯人が重い遺体を運ぶなんてやっかいな真似をしたのは、そうせざるを得なかったから。少なくとも、なんらかのメリットがない限り、そんなめんどうなことをするわけがないでしょ」

「そうか。なるほど、そうですね」

「それに、朔美のマンションからここまで、決して近いとは言えない。えと、車で十分くらい?」

「混み具合によっては、二十分くらいかかるんじゃないでしょうか」

「ほら。そんな手間をかけるくらいなら、遺体は被害者宅に放置したほうが早い。でも実際にはここへ運んできた、ってことは、被害者の自宅が殺害現場というのはまずあり得ない。逆に、犯人の自宅周辺だった可能性なら充分ある。死体を我が家に置いておくわけにはいかないからね。犯人がどんな立場の人間であろうと、必死になって、どこかへ棄ててくるしかない」

「なるほど。ん。あれ。でもこの場合は、犯人の自宅が殺害現場っていうのも、なんだかおかしいというか、あんまりなさそうな気が」

「え。なぜ？」

「彼女の服装ですよ。もしも朔美が殺害時、自宅周辺にいなかったのだとしたら、外出してたってことになるでしょ」

「そうだったんでしょうね、きっと」

「生前の朔美には一度しか会っていないんで、あくまでもイメージに過ぎないんですが、外出するときに彼女、こんなラフな恰好、しますかね。野球帽なんかもなんだか、らしくないというか」

「それは判らないじゃない。たしかに、誰かと会う約束があるときにはメイクも服もばっちり決めそうなタイプではあったけど。ま、あくまでもイメージとして、ね。でも外出するといったって、誰かと待ち合わせとは限らない」

「なるほど。あ。ひょっとして朔美は、ウォーキングかジョギングでもしてたんですかね。犯人に襲われたとき」

「ジョギング……？」

一瞬ぽかんとした七瀬は、あっと声を上げた。ひとえ目蓋と見えたのは実は奥ぶたえだったらしいと知れるほど、大きく眼を瞠る。

「ジョギング、ですって?」

「あ、い、いや」ばかな無駄口を叩くなと叱られていると誤解してか、平塚はへどもど。「こんな恰好してるから、その、な、なんとなく」

「おいおい、平塚よ」執り成すみたいに野本が口を挟んだ。「詳細は所見待ちとはいえ、朔美が殺害されたのはまずまちがいなく夜だぞ。しかも、へたしたら真夜中かもしれん。そんな時間帯に若い女が、ウォーキングやジョギングなんかするか」

「ですね。不用心ですよね」

ふたりのやりとりがまったく耳に入っていないかのように七瀬は、ただ茫然と朔美の遺体を見下ろした。

「野球帽……グレイのトレーナー……黒のジャージズボン……まさか」

「どうしたんだ、七瀬」

「野本さん、指紋は」

「あ? なんだ?」

「まさか……まさか、とは思うんですが、彼女の指紋、照合してみるよう要請してください」

「え。え? 照合って、どれとだ。彼女、前科でもあるのか?」

七瀬の勘が当たっていたことは、その夜の捜査会議で明らかになる。

「——被害者の死因はまだはっきりしませんが、頭部に大きな傷があった。なにか重量のあるもので殴打されたようで、脳挫傷ではないかといまのところ見られている。首の部分をよくあらためてみると、紐かなにかが巻きついたような痕跡があったが、どうもこれは死後につけられたもののようです。おそらく犯人はなにかで殴殺した後、彼女が息を吹き返すのを恐れ、念のため首を絞めたのでしょう」

何枚かの現場撮影写真を、脇谷はホワイトボードに留めた。

「芳谷朔美の自宅マンションは、ざっと調べてみたところ、争ったような形跡は見当たらない。まだ断定できる段階ではないが、殺害現場は自宅以外の場所だと思われる。生前の緊密な人間関係に鑑み、先の女子高生、鯉登あかり殺人事件との関連も視野に入れなければならないでしょう。が、その前に、ひとつ興味深い事実が判明しました」

脇谷がさらにマグネットで留めたのは、指紋パターンだ。

「被害者、芳谷朔美の指紋です。実はこれと一致するサンプルが、鑑識に残っていた」

え、と会議室に困惑の呟きが渦巻いた。

「といっても、芳谷朔美に前科があったわけではありません。今月の十七日、洞口町の児童公園で、ジョギングちゅうだったとおぼしき女性が男に襲われた事件、憶えてますか」

「あれか」

「現場から立ち去った女性の身元はまだ判明していないが……まさか？」

「そのまさか、です。死亡した曾根崎洋の腹部に刺さっていた包丁の柄から検出された、彼とは別の、もうひとつの身元不明の指紋、それが芳谷朔美のものと一致したのです」

「それは……」

　空気がますます混迷の度合いを深める。

「それは、しかし今回の事件と、なにか関係があるのか」

「たしかに一度ならず二度までも、同じ女性が襲われたというのは見過ごせんが」

「そんなこと言ったって、曾根崎洋はすでに死亡しているんだぞ」

「例えば、あくまでも例えばですが、彼の近親者のなかに、今回の芳谷朔美殺しになんらかのかたちでかかわっている者がいるかもしれない」

「つまり、どうやって彼女の身元を突き止めたのかはともかく、故人の近親者が芳谷朔美を逆恨みし、曾根崎洋の仇を討った、とか？　要するに、そういうことか？」

「すみません、その点について、ですね」と挙手した野本は七瀬を促し、起立させた。「彼女のほうから、少々」

「洞口町の事件の際、事件発生直前に居酒屋でいっしょだったという学生が、曾根崎洋と被害者の女性は実は知り合い同士で、あの晩、ふたりは公園で待ち合わせをしていたのではないか、と主張しています」七瀬は昼間、野本にしたのと同じ説明を淡々と反復した。「居酒屋の前で別れた際、曾根崎洋は手ぶらで凶器など持っていなかった。軽装なので隠し持つことはできなかったはずだし、時間的にも金銭的にも、洞口町へ向かうまでのあいだに調達できたはずはない。従って包丁を持ってきたのは女性のほうだったのではないか、と」

「女のほうが？　おいおい」

「それっていったい、なんのために」

「実は逆に、女性のほうが曽根崎洋を殺そうとしていて、返り討ちに遭ったのではないか……というのが、その学生の主張なのですが」

＊

翌日、八月三十一日。

聞き込みに出る前に七瀬は何度か、辺見祐輔の家に電話をかけてみた。が、誰も出ない。

まさか自分のほうからあの大学生に連絡をとらなくてはならなくなるとは夢にも思わなかったが、もしも芳谷朔美が婚約者である瀬尾朔太郎とともにヨーロッパ旅行に発《た》つ直前の十七日の夜、洞口町の児童公園で曾根崎洋と落ち合う約束を取り交わしていたのだとしたら、それはなにを意味するのか。じっくり考えてみるためにももう一度、祐輔の話を聞いてみたい。

が、何度電話しても出ない。もどかしくなった七瀬は、平塚と手分けしての聞き込みの合間を縫い、祐輔の借家まで行ってみることにした。

しんとしていて、ひとの気配がない。留守のようだ。念のため、引き戸をノックしてみる。やはり反応はない。

「――辺見に、なにかご用ですか」

そんな女の声がした。振り返ってみると、ファッションモデルかと見紛《みまが》う、二十歳くらいの娘が佇んでいる。

その美貌や長身ばかりではなく、着ているものからしてモデルはだしだ。ノースリーブ、ハイネックのワンピースなのだが、フロント・コンシールドファスナーが基調のシンプルというより無機的なデザインといい、トパーズ系の派手なのか地味なのかよく判らない色合いといい、日常的に着こなすのはなかなかハードルが高そうである。どうかするとちゃちな舞台衣装みたいになりそうなその服が、眼前の長身の美女にまとわれると至極ナチュラルかつエレガントに見えるから不思議だ。

彼女の連れの小柄な青年はごく普通のTシャツにジーンズ姿の学生ふうで、彼女と並んで立つのはバランス的に厳しそうなのにもかかわらず、あまり不自然な感じがしないのも印象的。あれ、まてよ、このふたりは——そうだ。七瀬は憶い出した。やはり去年のクリスマスの事件で。

「あなたたち」と引き戸を親指で示した。「たしか彼のお友だちよね？」

そのひとことでふたりも、七瀬に見覚えがあると思い当たったらしい。

「ええ」答えたのは青年のほうで、たしか匠とかいう名前だ。「刑事さん、えと、七瀬さん、でしたっけ？　どうもその節は。ご無沙汰してます。今日はなにか？」

「ちょっと辺見くんに話があるんだけど。どこにいるか、知らない？」

「ぼくたちも」と匠千暁は戸惑ったように、長身の彼女と顔を見合わせた。「てっきり先輩が在宅だと思って、訪ねてきたところなんですが」

「ねえ、この時間帯なら」たしか高瀬という名前の彼女も、屋内の気配を窺う素振り。「ボンちゃん、絶対に二日酔いで寝てるはずなのに」

ボンちゃん、というのは祐輔の渾名らしい。

ちょっと失礼、と七瀬に断り、高瀬千帆は引き戸を開けた。呆れたことに、普段から鍵を掛けない習慣らしい。

「ボンちゃん？　おーい」と呼ばわり、しばらく耳を澄ませていた千帆だが、やがて肩を竦め、引き戸を閉めた。「どこ、ほっつき歩いてんだろ」

「まだどこかで飲んでるのかしらね」

「いや」千暁は首を傾げている。「何軒お店を回っても、だいたい最後はここへ帰ってきて宴会を締めるんですけどね。どうしたんだろ、先輩」

「ところで彼、なにかしたんですか？　まさかとは思うけど、酔っぱらって七瀬さんに、なにか失礼な真似でも――」

「はは」千帆の真面目くさった口吻に、なんだか愉快な気分になる。「ま、失礼というわけじゃないけど、ナンパされちった」

「あら」千帆は、ぱっと破顔した。「へーえ。やるなあ、ボンちゃん」

「ナンパすること自体はさほどめずらしくないいんだけど」千暁も、どこか嬉しげに解説する。「先輩にしては見る眼がある」

「うん、そうだそうだ、タック、いいこと言うじゃない。わたしもそう思う」

で？　と阿吽の呼吸というのか、ふたり仲良く熱っぽい視線を七瀬に投げかけてくる。祐輔のナンパに彼女がどう応じたのか、知りたいらしい。

「こらこら、あなたたち。あいにくあたし、歳下は趣味じゃないの。それに、さりげなくよいしょしようとしても、なにも出ません」

「えー、残念だなあ。ねえ？」

「うん。あの先輩を真人間に矯正できそうな逸材がようやく登場したというのに」

「なにそれ、あたしは調教師か」

こんな軽口、普段の七瀬なら無視するのだが、妙にふたりのペースに巻き込まれ、しなくていいフォローまでしてしまう。

「まあ、たしかにね。いいひとだとは思うわよ。友だち想いのようだし。でも」

期待に満ちたまなざしで子犬のように擦り寄ってくるふたりを七瀬は、ぴしゃりと押し戻した。

「あたし、むさ苦しい男、嫌いなの」

「ほらあ、ボンちゃんたら、散髪もして、不精髭も剃って、こざっぱりしてなさいと、いつもあれほど口を酸っぱくして言ってんのに、聞く耳もたないから、このざまよ、もう」

「出会いがないはずだよね。先輩にとっては一生に一度のチャンスだったかもしれないのに」

「はいはい、判ったわかった」天を仰いで嘆きまくるふたりに七瀬は背を向けた。「判ったから、彼を見かけたら伝言をお願い。例の件で連絡が欲しいと言ってくれれば、判るから」

「了解です。お急ぎですよね、もちろん」

「早ければ早いほどいい。やれやれ、この歳になると時間の経つのが速いといったら。この前、新年の挨拶をしたばっかりなのに、もう明日から九月。うかうかしてたら死んじゃうわ」

「明日から……あ、そうか。七瀬さん、先輩がいるところ、心当たりがあります」

「ん」立ち去ろうとしていた七瀬は足を止め、振り返った。「ほんとに？」

「ええ、多分」彼は千帆に笑いかけた。「今日は八月三十一日だよね。だったら――」

「あ。なるほど、セリさんところ。なんだ、ボンちゃんたら、今年もやってんのか」

「なにそれ？」

ふたりに「夏の名残を慈しむ日」なるイベントについて説明してもらった七瀬は頭をかかえた。

「――で、その口実にもならないこじつけで、朝っぱらから飲んだくれてるってわけ？ やれやれ。もし身内だったら、どつき回してるな、あたし。ま、いいけど。案内してもらえるかしら」

「えと」ふと千暁はなにか思いついたかのように、七瀬と千帆を見比べた。「その前に、ちょっと寄り道してもいいですか？ それほど時間はとらないので」

しばらく連れ立って歩いて、やがて千暁が指さしたのは、〈すが〉という古ぼけた看板を掲げた酒店だ。

「なんというか、手ぶらっていうのも間が保たないかもしれない、というか」問い質されたわけでもないのに、千暁は言い訳めいた口ぶり。「いや、照れ臭い、ってほどでもないんだけれど」

「あー、なるほど、そういうことね。みんなとはひさしぶりに顔を合わせるんだもんね。はいはい、リラックス、リラックス」

浮きうきと底抜けに明るい笑顔で、千帆は背後から彼の肩をぐいぐい揉んだ。「あ痛たたた」と逃げようとする千暁を、ほとんど抱きすくめんばかりにして。

去年一度だけ彼女と会ったとき、すごくクールな美人さんだなあという印象ばかりが強かった七瀬にとって、その無邪気にはしゃぐ様子は衝撃的といっても大袈裟ではないくらいギャップがある。

「そういや去年、お店に置いてあったビール、わたしたちが全部飲んじゃって、怒ったセリさんにボンちゃんが買いにいかされたっけ」

「今年も似たようなパターンになるよ、きっと。だから、最初から持っていったほうが」

「ていうか、手ぶらで行ったら、ボンちゃん、きっとこう言うよ。いまごろ来たって、おまえらの分は残っとらんぞ、飲みたきゃ自前で調達してこい、とかなんとか理不尽な」

「あー、あり得るね。ま、どっちみち差し入れのつもりで、ね」

うーむ、そうかあ、このふたりってそうなんだ。そうかそうかと保護者のような微笑ましい気分で、千暁と千帆のやりとりを見守っている自分に七瀬は気がついた。あれれ、思い切り戸惑う。どうしちゃったんだろ。普段のあたしなら、若いカップルが眼の前でいちゃいちゃしてたら鬱陶しさのあまり発作的に飛び蹴りを喰らわせこそすれ、まちがっても和んだりしない。ていうか、そんな義理はない。なのに、なにこれ。妙に和んでるあたしって、なんなの。どうも調子が狂う。

「こんにちは」

狭い間口から〈すが〉の店内に入ると、ランニングシャツ姿の白髪の痩せた老人が、帳場で団扇《うちわ》をあおいでいた。

「おう」ずれ落ち気味のメガネの奥の眼が、千暁と千帆のあいだをせわしなく往き来する。「しばらく顔を見なかったが」

「ええ、まあ」

老人は立ち上がると、帳場の横の立ち飲みコーナーを顎でしゃくった。「早速、やるか」

「いえ、今日はちょっと」

「ん。お、そうか」と年代物の壁掛け時計を見上げた。「セリさんの店へ行くところか」

「はい」と頷く千暁の背後で、ぽかんと口を開けた七瀬がこそこそ、千帆の耳もとで訊く。

「な、なんで判るの？　そんなこと」

「まあその、今日のは年中行事ですから」

「って、そ、そこまで巷に浸透してんの？　その夏の名残のなんとやらは」

「ちょうどいい。そろそろビール、補充したい頃だろ」老人は再び壁掛け時計を見上げた。「おまえさんたち、持っていってやってくれ」

かしゃん、と音をたて、茶色の瓶が詰まったビールケースを二個、千暁たちの前に置く。千暁も動じず、あっさりと「じゃ、お借りしますね」と勝手知ったる他人の家、店の奥から台車を持ってきた。

「はい、伝票。あ、それから、これ」と老人がつまみ上げたのは赤い布切れだ。「忘れもの」

「あら」手の塞がっている千暁の代わりに、千帆が受け取った。「ボンちゃんのバンダナ。どうしたんですか、これ」

「ひと月ばかり前だったか、ひとりで飲みにきたとき、忘れていった」

「ひとりで？　あのひとが？」

「陰気な酒だったね、めずらしく」

「そんなに？」

「なにしろ、ずーっと黙ったままで」

「へーえ。あの口からさきに生まれてきたようなお喋りが」

「あれだけ長いこと突っ立ってて、膝のひとつも震えないのには感心したが」

「体力だけはありあまってますから。どうもほんとに、お世話かけました。彼に渡しときます」

〈すが〉を辞した三人は、ビールケースを載せた台車をごろごろ押す千暁を先頭に〈やすい食堂〉へ向かった。

「——ここ？」

看板がなかったらとても食堂とは思えないほど古ぼけたプレハブの建物を、七瀬は胡散臭げに見やった。ビールケースを台車から下ろしているふたりを横眼に、店の扉を開けてみる。と。

「あ」

いきなり祐輔と眼が合った。電話機に手を伸ばした姿勢で凝固した彼は、茫然自失の態であんぐり口を開け、七瀬を見ている。

「ほんとにいたよ、ここに」

と、可笑しくなって吹き出したいのを我慢しつつ七瀬が声をかけると、千暁と千帆もビールケースをかかえて店に入ってきた。

「……おまえたち？」祐輔はますます困惑。「おまえたちが、どうして……？」

店内に一脚しかないテーブルにもうひとり、中学生くらいに見える娘が座っているが、彼女もたしか安槻大の学生だ。名前は羽迫、だったっけ。

「はあ？　どうして、とはまたご挨拶だわね」

一見細腕に似合わぬかろやかさで、ひょいとビールケースを冷蔵庫の前へ置いた千帆は、しどけない仕種で祐輔の胸板をつっついた。

「わざわざこうして、夏の名残をいっしょに慈しみにきてやったんじゃないの。どうせ今年も参加者なんかろくにいやしないだろうと思ってさ。ほーらやっぱり、ウサコしかいない」

「お、おまえな」不意打ちを喰らって怒ったみたいに口籠もっていた祐輔だったが、すぐにいつもの調子で、がははと笑い飛ばす。「おいおい、どうでもいいが、おまえ、なんだそれは。その、SF映画に登場する宇宙服みたいな」

「あ、セリさん」千暁は預かってきた伝票を、厨房の仕切り越しに手渡した。「これ、〈すが〉さんからです」

「はいはい、どうもどうも。こりゃまた手回しのいいことで」

ふと七瀬の視界の隅っこで、由起子が立ち上がるのが見えた。うつむいて、両手の甲でごしごし眼をこすってから、顔を上げた。

「わー」眼尻が少し濡れたまま、おずおずと笑み崩れる。「タックだ」

「あ、ども」千暁は照れ臭げに頭を掻く。「ひさしぶり。いや、ひさしぶり、というのも、なんだか変だけど」

「わー」と由起子は今度は千帆を指さす。「タカチだ」

「いかにも、わたしですよ。ええ」

「タカチ、ちょっとだけ、ごめんね」と断るや由起子は千暁を、ぎゅうっと抱きしめた。「わーい、タックだー」

「ほう。ほうほう、なるほど」抱擁するふたりを見て祐輔は、ごほんと咳払い。しかつめらしく、「そうか、その手は、ありなんだな。うむ。よし」一転にやけた顔で、ぱっと両腕を拡げるや、千帆に駈け寄った。「わーい、タカチだー、っと……」

千帆はといえば、冷たい無表情のまま、ひらりと身を躱《かわ》し、繊手一閃《せんしゅいっせん》。

ばっちーん。いっそ爽快なくらいきれいに腰の入った平手打ちを喰らった祐輔は、ぐらり、転倒しそうになったが、片足の爪先立ちでかろうじて踏み留まる。体勢を立て直し、ごほん。再度、咳払い。

「ま、まあ、タカチ、なんだ、その、ひさびさに会えた喜びのあまり、このおれの胸に飛び込んで思い切り抱きしめてもらいたいおまえの気持ちは判る、よーく判るが、まあ待て。しばし待つのだ。いまはそれどころではないだよ」

と、ようやく七瀬のほうを向く祐輔であった。

「あ、刑事さん、ちょうどよかった。実はいま、電話しようと思ってたんです」

「ちょ、ちょっときみ」七瀬は呆れている。「血。出てるってば、鼻血が」

「だいじょうぶ、いつものことです。実はですね、ソネヒロの件なんですが、やつを襲った女はどうやら、ひとちがいをしたようです」

「え」祐輔にティッシュを手渡した七瀬、半眼になった。「どういうこと？」

「おそらく彼女、ほんとうは盛田氏を殺そうとしていたのでしょう」

「目撃者の？　興味深い話ね。詳しく聞かせてもらいたいんだけど、その前に。実はこちらも、ひとつお知らせがある」

「なんです」

「判明したわよ、その女の身元」

鼻血を拭こうとしていた手を祐輔は止めた。

「しかも、別の殺人事件の被害者になって」

「……マジっすか」

千帆、千暁、そして由起子も固唾を呑んで聞き耳をたてている。

「それ、いったいどういう——」

「ちょい待ち。きみ、たしかこの前、盛田氏と会った、とか言ってたわよね」

「はい」

「じゃあ、悪いんだけど」七瀬は、祐輔から千帆へ悪戯《いたずら》っぽく視線を移した。「あのさ、これから、ちょこっと彼をお借りしていってもいいかな？」

「もちろんいいですともお。どーぞどうぞ」

まるであらかじめ練習していたみたいに千帆、千暁、そして由起子の合唱と掌を上にして腕を差し出すポーズがきれいに揃ったものだから、祐輔は不貞腐れたように下唇を突き出した。

「くそう、まだ飲み会、これからなのに。すぐに戻ってくるから、おまえたち、全部喰うなよ。おれの分、残しとくんだぞ。じゃあな」

不本意そうな科白とは裏腹に、むしろ七瀬を急《せ》かす勢いで、祐輔は店を飛び出していった。

「ったく」千帆は腰に手を当て、さんざん食べ散らかされた後のテーブルを見下ろした。「なーにが、おれの分、よ。聞いて呆れる。なんにも残ってないじゃない」

その途端、開いたままの扉の陰から、ひょっこり祐輔が顔を覗かせた。

「あ、ビールもな。全部飲むなよ」

「さっさと行きなさいッ」

ぶん、と腕を大きく振りかぶって、千帆は彼になにか投げつけた。

「おっと——ん？」

祐輔は片手でキャッチし、拡げてみた。

赤いバンダナを。

RENDEZVOUS 7

「――ハガヤ、サクミ、ですか」

そう機械的に反復する盛田清作は、きょとんとしている。

「なにかお心当たりは？」

と七瀬に訊かれ、改めて腕組みをした盛田だが、すぐに首を横に振った。

「いや、聞いたことのない名前です」

「藍香学園と聞いて、なにか思い当たることはありませんか」

「特になにも」

「ご自身、もしくはお知り合いの出身校とか」

「藍香出身の知人がいたかなあ。ちなみにぼくは、高校は公立で」

「くだんの芳谷朔美は、その藍香学園で図書館司書をしていました。仕事関係でお会いになったことはありませんか。例えばコピー機やOA機器などのリースを依頼されたとか？」

「いやあ……」ぽきりと音をたてて折れそうなほど横へ傾けていた首を、やっと起こした。「うちの会社が、藍香もしくはその教職員と取り引きがあったかどうかは知りません。少なくとも、ぼくはタッチしていない」

「これが」七瀬はスナップ写真を差し出した。「ごく最近、撮影された芳谷朔美です」

盛田は写真を手にとった。知人の結婚披露宴かなにかの際のショットらしく、コサージュつきの真紅のスーツ姿で髪をロングにした彼女を、じーっと穴を穿ちそうなほど眺め回す。

「いかがですか」

「うーん……そういえば、どこかで見たことがあるような、ないような。えと、図書館司書とかおっしゃいましたっけ」

「そうです」

「ひょっとして、夜はお水関係のバイトをされてるとか？」

「そういう事実はないようですね。少なくとも我々は把握していない」

「じゃあ知りません。多分、一度も会ったことはないんじゃないかな」

「たしかですか」

「なかなかおきれいな方だし。会ったことがあるなら憶えてると思うんですが」

別の写真を七瀬は差し出した。藍香学園の体育祭で撮影されたもので、芳谷朔美は髪をシニョンにして、トレーナーにジャージズボン姿だ。

露骨にお義理という態度で写真を手にとり、おもしろくもなさそうに眺めていた盛田だったが、ふと眉根を寄せた。

「あれ？　これ……」

盛田は顔を上げた。先刻とはまたちがう意味で、きょとんとしている。

「刑事さん、このひと、ひょっとして――」

「見覚えがありますか」

「これって、あのひとじゃないですか？　ほら、うちのマンションの前の児童公園でジョギングしていて、大学生に襲われた」

「あの彼女なんですね？　同一人物にまちがいありませんか」

「え。い、いや、そう念を押されると、困るんだけど」盛田はこれまでとは比較にならないほど真剣な表情で、改めて写真に見入る。「けど、似てる。似てます。非常によく似ている」

「そうですか」

「えと……なんなんですか、いったい？　この方がどうかしたんですか」

「よろしいですか、盛田さん。これから極めて重要なお話をさせていただきますので、よく聞いてください。先日、あなたが通報してくださった、洞口町児童公園での女性襲撃事件」

「はい？」

「あのとき使用された凶器の包丁の柄から、ふたりの人物の指紋が検出されている。ひとつは、死亡した曾根崎洋のものです」

一拍置く七瀬を促すみたいに、盛田はこくこく、頷いてみせた。

「もうひとつが、この」と二枚のスナップ写真を交互に示す。「芳谷朔美の指紋でした」

「あ……そうだったんですか」拍子抜けしたみたいに盛田は肩を竦めた。「なーんだ。それじゃあ、ぼくに確認するまでもない。あのとき大学生に襲われた女性がこのひとだということは、ちゃんと確認されてるんじゃないですか」

「はい。でも敢えて盛田さんにこんなお話をしているのには、まったく別の理由があるのです」

「別の理由、というと」

「いま一度、じっくりとお考えになってみてください。芳谷朔美という人物をご存じありませんか。個人的になにか関係はありませんでしたか」

「ですから、そんなものはいっさいありません。まったく知らないひとです。なにせ名前もいま初めて聞いたんだから」

「すると、例えば彼女に恨みを抱かれるような覚えもまったくない、と」

「え、恨み？」ぽかんとなる。「恨みを抱かれる、って。ぼくが？　このひとに？　まさか。そんなことあるわけないじゃないですか、全然知らないひとなのに」

七瀬はどこか意味ありげに、盛田から祐輔へと視線を移した。

「そのとおりなんでしょう」祐輔は頷き返す。「盛田さんは彼女のことをまったく知らない、まさにそれこそがポイントなわけだから」

「きみは……」

盛田は不思議そうに、祐輔から七瀬へと視線を移した。どうして彼がいっしょに？　と眼で訊くも

の の、七瀬はそれに答えようとはせず、頷いてみせることで祐輔を促した。

「えと、盛田さん。僭越ながら、おれのほうから説明させてください。先日も話をお伺いした、曾根崎洋のことなんですが」

「うん?」

「八月十七日の夜、芳谷朔美を襲った曾根崎は彼女に返り討ちに遭い、そして誤って自分の腹部に包丁を敷き込んで死亡した、と。事件はこのように解釈されている。が、どうやらそれは逆だったようなんです」

「逆? なんだい、逆って」

「実は、曾根崎は襲われたほうだった」

「はあ?」

「もちろん襲ったのは芳谷朔美です。彼女は曾根崎を殺そうとしていた、そう考えられる」

「ふうん?」

盛田は、ぴんとこない、といった態。

「なぜなら凶器である包丁を用意してきたのは、芳谷朔美のほうだったから。そう考えられる根拠もあります。これは、この前お会いしたときにも、ちらりと触れましたが」

〈さんぺい〉の前でみんなと別れ際、ソネヒロがなにも荷物を持っていなかったことを祐輔は再度、説明した。

「しかし完全に手ぶらだったわけではない。これはこの前、おれ自身も忘れてたんですが、彼はタバコを持っていたんです」

祐輔は間を空け、じっと盛田を見た。彼は、だからなに？　と言わんばかりに肩を竦めて返す。

「居酒屋の前で別れる間際、おれが分けてやったやつです。これまた先日の説明のおさらいになりますが、おれたちと別れた曾根崎は徒歩で洞口町へ向かった。路面電車も路線バスも運行していない時間帯に加え、彼はタクシーを拾えるほどの金も持っていなかった。時間的に言って、途中でどこかに立ち寄る余裕があったとは考えられない。曾根崎はまっすぐにあの児童公園へ行ったはずです。そしてそこで彼は、まずなにをしたか」

「さあ、なにをしたんだろうね」

「おそらくタバコを喫おうとしたのでしょう」

「タバコを……」

「こんなふうに」と祐輔は自分も一本、口に咥え、ライターに火を点けてみせた。「おもむろに火を点けようとした。そのとき、そっと近づいてきた芳谷朔美に襲われたのです」

「襲われた、って、包丁で？」

「危うく刺されそうになった曾根崎だったが、からくも避けた。凶器の奪い合いになり、彼女に馬乗りになって形勢が逆転する、盛田さんが目撃したのはそのときだった、というわけです」

「まるで、なんていうか、その、まるできみ自身がその場にいた、みたいな口ぶりだね」

「それまで標的をじっと観察していた彼女は、タバコに火を点けようとするタイミングを狙うのがいちばんいい、と判断したのでしょう。が、慣れないことで失敗してしまった」

「じっと観察していた、ねえ」

「それまでの一ヵ月ほどのあいだ、ずっと」

「え、一ヵ月……？」

「芳谷朔美はそれまでの一ヵ月間、ずっと襲撃のチャンスを窺っていたんです。夜中にジョギングのふりをして。いつも午前零時近く、児童公園のベンチで一服してから前のマンションへ帰宅する男性の動向を、じっくり観察していた」

ぽかんとしていた盛田はやがて、あんぐり口を開けた。メガネの奥の眼球が、怯えに膨張する。

「そ、それって……まさか？」

「そうなんです、盛田さん」七瀬は重々しく宣告した。「芳谷朔美は実はあなたを狙っていた、そう考えられるのです」

茫然とした面持ちのまま、盛田はなんとか笑ってみせようとしているようだったが、唇が引き攣《つ》るだけで、うまくいかない。

「あなたを殺害するべく、着々と準備していた。そしていよいよ決行したのが十七日の夜。ところが、彼女は決定的なミスをした。肝心の標的をまちがえてしまったのです」

「たまたま同じ時間帯に児童公園へやってきた曾根崎は、あなたと同じようにタバコを喫おうとした。同じくメガネをかけていたことも、とりちがえの原因でしょう」祐輔は淡々と指折り、共通点を挙げてゆく。「加えてあなたは、通勤時にもノーネクタイで、カジュアルな服装であることが多かった。大学生だった曾根崎がまちがわれる条件は揃っていたというわけです」

「ま、まってくれ、ばかな」

なんとか笑い飛ばそうとするのは諦めたらしい、盛田は血走った眼で七瀬と祐輔を交互に睨んだ。

「そんなばかな。何度も言うようだけど、ほんとにぼくは芳谷なんて女は知らないし、会ったこともない。いや、児童公園でそうとは知らず何度も顔を合わせてはいたようだが、口をきいたこともないんだよ。ほんとうだって。嘘じゃない」

怒ったような口ぶりが、だんだん自信なげな哀願調になってくる。

「誓って言う。ほんとなんだ。ほんとに知らないんだって。そんな女が、なぜぼくを殺そうとするはずがある？　なにかのまちがいだよ。そ、そうだ。きみ、あのね」

盛田は祐輔に向かって盛大に唾を飛ばした。

「曾根崎くんがぼくにまちがわれた、だって？　そんなわけはない。ぼくは彼女を知らないが、彼は芳谷朔美と知り合いだったはずだ。この前も言っただろ、彼は女に呼び出されたからこそ、あんな時間帯に児童公園にいたんだ。彼女が凶器を用意してきたっていうんなら、殺そうとしていた相手は曾根崎くんのほうに決まってる、絶対に」

「ところが、そうじゃない。ちがうんです」

「ちがわないよ。だって、そうじゃなかったら、そもそも曾根崎くんはあの夜、どうして児童公園へ来たりしたんだ？　他ならぬきみ自身が頭を悩ませていた疑問じゃないか。それは女のほうから呼び出されたからだ。他にあり得ないよ」

「曾根崎は、芳谷朔美にも他の誰にも、呼び出されたりしていません」なんとも憂鬱そうに祐輔は溜息をついた。「彼があの夜、洞口町へ行ったのは、他に目的があったからです」

「目的？　って、どんな」

「あの児童公園の近所に、名理さんという方のお宅があるんですが」

名前の「名」に理科の「理」と書くと説明され、盛田は憶い出した。「――そうか、あそこの家。あれはナトリと読むんだ」

「ご存じでしたか。実は、曾根崎が生前交際していた女性が一時期、あの家に身を寄せていたことがあったそうなんです」

友人の従姉である三津谷怜との関係をこじらせたソネヒロが、ストーカーのような言動に走っていた経緯を簡単に説明する。

「彼女はその後、電撃的に国際結婚をして、もう日本にはいません。その事実を従弟である友人がちゃんと伝えていたにもかかわらず、自分をからかっていると思い込んだのか、はたまた彼女への執着がそうさせたのか、曾根崎は信じようとしなかった」

「で、彼はその名理さんの家へ行こうとしていた、というのかい。まだ親族に匿われているはずだと思い込んでいる彼女に会うために――」

「というふりをすることが、曾根崎の目的だったんです。厳密には」

「ふりをする？　って。なんだそりゃ。いったい誰に対して、そんなふりをするんだ」

「彼女の従弟の石丸という友人に対して、です。石丸もあの夜、飲み会に来ていました。もう曾根崎本人に確認できない以上、彼の思惑を正確に再現することは不可能ですが、おそらく、ざっとこういうことだったのだと思います。要するに曾根崎は、石丸に自分を尾行させるつもりだった」

「尾行？」

「居酒屋から洞口町まで」

十七日の夜、〈さんぺい〉前での別れ際、ソネヒロがまるでキツツキのような、あるいは音楽を聴きながらリズムをとっているかのような奇妙な仕種をしていたことを、祐輔は説明した。

「酔っぱらって、ふらついているのかとも思いましたが、ちがう。あれはきっと、人数をカウントしていたんです」

「人数？」

「飲み会のメンバーです。それが店から出てくる人数を、背中でカウントしていたんです。おそらく、他の学生たちの顔をいちいち見て不審を買いたくないと用心していたんでしょう。実際には曾根崎が振り返って店から出てくる顔ぶれを確認したって誰も疑問を覚えたりしなかっただろうに、策略を巡らせているつもりの彼は少し自意識過剰だった。自分も含めて七人、カウントしたところで曾根崎は、友人の石丸も店から出てきていると判断した。これが実は、かんちがいだった」

ニーチェこと贄川が店から出てくる最後のひとりだと、ソネヒロは思い込んでいたからだ。

「おそらく曾根崎はそうかんちがいしたまま、死んだ。居酒屋から立ち去る自分の後ろ姿を石丸が見ているはずだと確信していたからです。しかも学生用アパートではなく、まったく逆方向へ向かっていることに不審を覚えた石丸は、きっと自分のあとをつけてくる、と。洞口町へ向かうあいだ曾根崎はずっと、石丸が自分を尾行してきていると信じて疑っていなかったでしょう」

実際にはニーチェの代わりに支払いを頼まれたシシマルはいちばん最後に店から出てきたため、ソネヒロの立ち去る姿をまったく見ていない。

「洞口町へ着いたときも、曾根崎は自分の背後で石丸が息をひそめているものとばかり思い込んでいたはずです」

「なんだかもっともらしいわりには、さっぱりわけが判らない。曾根崎くんはいったいなんのために、そんなことをしたの」

「そこがちょっと複雑というか、屈折した心理の為《な》せる業《わざ》なんですが」

大学の教室にソフトドリンクを持ち込んで教官に叱られたソネヒロが、腹いせに缶を模したペンケースをわざわざ用意したエピソードを披露すると、盛田は不快そうに顔をしかめた。

「——なんだそりゃ、おとなげないなあ」

「多分、同じようなことを、今度は友人の石丸に対して仕掛けようとしたんじゃないか、そう考えられるんです。その伏線として曾根崎は飲み会の前に、洞口町の名理家のことを自分がすでに突き止めていると、さりげなく石丸に伝えておいた」

「つまり、なにか？　曾根崎くんは、自分がまだその女性に対してストーキングを働いているかのようなふりをして、友だちを騙すつもりだったというのかい？　こんな夜中にわざわざ洞口町へ来たりしてなんのつもりだろう、もしかして名理家に踏み込もうとしているんじゃないか、とかなんとか、ともかく石丸くんを不安にさせておいて……？」

「そうです、実際にはなにもするつもりはない。ただ石丸を慌てさせてやろうという魂胆です」

「もしも石丸くんに、いったいどういうつもりだと咎められたら、なに言ってんだよおまえ、おれはここでゆっくり一服しようとしただけだぞ——とかなんとか、わざとらしく空っとぼけてやろうとした、とか」

「まさしくそういうことです。曾根崎本人にしてみれば自分にはなんの落ち度もないのに、彼女に迷惑をかけちゃいけない、頭を冷やせと説諭してくる周囲の関係者たちへの不満が溜まりに溜まっていたのでしょう。その鬱憤を、ちょっとばかり晴らしてやるつもりだった。さっきも言ったように本人に確認はできないので想像にすぎませんが、だいたいこんな要領で石丸のことを引っかけてやろうとしていたんだと思います」

「で、曾根崎くんは実際には背後にいもしない観客に、もっと名理家へ近づくふりをしてみせながら、きみにもらったタバコで一服しようとして……そして、ぼくにまちがわれた、と？」

祐輔と七瀬は同時に頷いた。

「しかしねえ、何度も言うけど、ぼくはこんな、芳谷なんて女は知らないんだよ。なのに、なんで殺されなければならないんだ。さっぱり判らん」

「これも想像にすぎませんが、彼女は誰かに頼まれたんじゃないでしょうか」

「えっ。だ、誰かに頼まれた？　って、ぼくを殺すように？　そ……そんな、あり得ないよ。殺し屋じゃあるまいし」

「もちろん、それ相応の見返りを提示されていたはずです」

「見返りって、なんだ。金か？」

「いえ。おそらく金よりも、もっと価値のあるものだった。少なくとも芳谷朔美にとっては」

「なんだよそれ。そ、それにしたって、いったい誰が？　誰がこの女に、そんなことを頼んだっていうんだ」

「当然、盛田さん、あなたの身近にいるひとでしょう。仮にあなたが殺された場合、動機を持っているのではないかと、かなりの高確率で警察に疑われる恐れのある立場にいる、そんな人間です」

「そんな人間、て。まったく心当たりがないよ、ぼくには」

「芳谷朔美にあなたの殺害を依頼した人間は、いま言ったように、必ず身近にいるはずです。そしてもうひとつ、重要な条件がある」

「条件？」

「仮に、芳谷朔美がひとちがいをせずにあなたを襲い、殺害に成功していたとします。早朝のウォーキングやジョギングをする住民の多い場所柄、十八日の朝、あなたの遺体はすみやかに発見されていたでしょう。ということは——」

「ということは？」

「あなたの死亡推定時刻は、かなり正確に絞り込まれる。当然、芳谷朔美に殺害を依頼した黒幕もそのことを予想し、同時間帯、自分が絶対安全圏に逃れられる工作を、なにか施しているはずです」

「絶対安全圏？」

「換言すれば、アリバイを確保しているはずなのです」

「アリバイ……」

「盛田さん殺害を芳谷朔美に依頼した黒幕たるべき条件、それは十七日の夜から十八日の朝にかけ、絶対に崩せない金城鉄壁のアリバイを持っている人物です。例えば、そのときに遠方に旅行に出ていた、とかね」

「遠方に旅行って、そんな、サスペンスドラマみたいに都合のい――」

うっ、と盛田は呻いた。いまにも嘔吐せんばかりに顔が歪む。

「ま……まさか」

＊

「交換殺人、か」

佐伯は眉根を揉み、天を仰いだ。

「また、とんでもない話が出てきたな。主任にこのことは？」

「まだです」七瀬は淡々としている。「その前に、よく吟味していただいて、できるならば本番で援軍をお願いしようか、と思って」

「おいおい。だったらなんで、おれなんだ。こういうのは平塚あたりが適任だろ」

「彼が捜査会議でこんな与太を吹いたとして、はたしてみなさんに、まともに取り合ってもらえますかしら」

「まあ、な」ぐるりと顔面を撫で回す。「で？　芳谷朔美と共謀していたのは――」

「盛田氏の妻、操子でしょう。まちがいないと思います」七瀬は傍らの祐輔と頷き合った。「まだなんの物証もありませんが」

「盛田氏本人はどう言ってる。妻に殺意を抱かれるような心当たりはあるのか」

「彼の喫煙問題で揉めて、一度だけ操子に手を上げてしまったことがある。それが原因でこの半年ばかり、夫婦は互いに口をきかない冷戦状態が続いているそうです」

「で？」

「思い当たることはそれだけだ、と」

「はあ？　おいおい、いくらなんでも」

「彼女はかなり根に持つタイプなので、冷戦状態が長引いているうちに思いもよらぬほど深い殺意が醸成されていたのかもしれない、と。盛田氏本人の分析はそこらあたりが限界のようですね。案外、知らぬは夫ばかりなりで、他になにか強い動機があったのかもしれませんが。いまはなんとも」

「まあそれは措いておくとして。いっぽう芳谷朔美は、瀬尾朔太郎を窮地に陥れようとしている鯉登あかりが邪魔だった。婚約者と女子高生との不適切な関係をなんとか隠蔽しないと、せっかくの玉の輿も水泡に帰しかねない。思いあまって、あかりを抹殺する方法も選択肢に入れた結果、夫を殺したがっている盛田操子と利害が一致した、と」

「そういうことです」

「するとふたりは、知り合いだったのか？」

「まだ判りません。少なくとも現段階では、芳谷朔美と盛田操子が知己だった様子はないし、ふたりのあいだにはなんの接点も見当たりませんが」

「ずいぶん宿題が溜まってるな。まあいい。ともかく、ふたりは交換殺人をすると合意した、と」

「まず十七日の夜、盛田操子が知人の結婚披露宴という口実で上京し、アリバイを確保する。そのあいだに朔美が、盛田氏の児童公園のベンチで一服してから帰宅する習慣の隙を衝き、殺害しておく――はずだったのが、ひと足早くやってきた曾根崎洋のせいで失敗する」

「指紋が残っていた、ということは、素手で凶器を使ったわけか。まあ、それもむりない、のかな。夜中とはいえ、この季節に手袋なんか嵌めて屋外で行動するのはいかにも不自然だし」

「多分。殺害後、凶器を持ち去るなり、それとも柄を拭きとるなり、するつもりだったのでしょう。結果的に、とてもそんな余裕はなくなってしまったわけですが」

「返り討ちに遭った朔美は命からがら逃走、か。そのとき彼女、自分がひとちがいをしたと気づいていたのかな」

「それは判りません。が、ともかく交換殺人の計画は続行されたのでしょう」

「二十日から朔美は、婚約者と実質的な婚前旅行のためヨーロッパへ向かう。彼女が完璧なアリバイを確保しているあいだに――」

「盛田操子が鯉登あかりを殺害する、という段取りです」と祐輔が後を引き取った。

「そこまではいい。突拍子もないことに変わりはないが、まだ判る。どうしても判らないのは」

佐伯は途方に暮れたように、七瀬と祐輔を交互に見た。

「どうして盛田操子は鯉登あかりだけじゃなく、明瀬巡査まで殺したんだ。しかも、あかりを殺害した後、四時間も現場に居座って。考えるだに、ぞっとしないが、冷蔵庫からいろいろ失敬して飲み喰いしてまで？」

「あたしの口から説明したら、正気というか、捜査官としての適性そのものを疑われかねないので。ここはひとつ、辺見くんに自説を開陳していただきましょう」

「お断りしておきますが、おれの口から説明したって正気の沙汰じゃないことに変わりはありません。ほとんど妄想です」

「いいから、きみ、その妄想を聞かせてくれ」

「まず押さえておかなければならないのは、盛田操子には、明瀬巡査という特定の個人に対する動機はなにもなかっただろうという点です。彼を手にかけたのは、鯉登あかり以外に誰かもうひとり殺しておく必要があったからです。その相手は、口にしてみるにつけ正気の沙汰ではありませんが、おそらく誰でもよかった。当初の思惑では、あかりの母親の帰宅を待って殺すつもりだったのでしょう」

「なるほど、きみも彼女と同じ考え、か」

「は？」

「なんでもない。続けてくれ」

「あかりの母親の帰宅は普段よりも遅れ、明瀬巡査がやってきた。四時間も待っていた操子は、もういい加減けりをつけたかったこともあり、彼を殺して逃げることにした。その理由は——」祐輔は深呼吸し、間をとった。「あかりの母親でもいい、巡回ちゅうの警官でもいい、とにかく誰でもいいから操子がもうひとり殺さなければならなかった理由は、バランスをとるためだったと思われます」

「バランス……？」

佐伯はもの問いたげな視線をゆっくり、祐輔から七瀬へと移す。

「交換殺人をする以上、共犯者たちはそれぞれの犯行を無事遂行しなければならない。相方のためというよりも、むしろ自分の安全のためにです。ところが、芳谷朔美は最初のトライで失敗した。ひとちがいをしたうえ、相手を死なせてしまったわけです。もちろん曾根崎が死んだのは彼自身の不注意のせいという見方もできるけれど、ともかく、ひとがひとり死亡したという事実に変わりはない」

警戒するような表情で、佐伯は祐輔のほうに向きなおった。

「一旦動き出した計画は、途中でそう簡単に変更はできない。二度目のトライの段取りをつけるのは後回しにして、芳谷朔美はともかく婚約者といっしょにヨーロッパへ旅立った。その留守ちゅう、盛田操子は首尾よく鯉登あかりを殺害する。さて、本来なら操子の任務はここで完了です。あとはなにもしなくていい。いや、正確に言えば、朔美の再トライのスケジュールに合わせて自分のアリバイをもう一度確保しさえすれば、それですべてが終わる」

「そのとおりだ」

「が、ここで操子の立場になって考えてみてください。自分はちゃんと鯉登あかりを殺した。それと引き替えに、芳谷朔美には今度こそ絶対、盛田氏を殺害してもらわなければならない。しかし、はたして朔美が確実に再トライしてくれるという保証はあるだろうか？　もしかして急に弱気になって、やっぱりやめる、なんて言い出さないだろうか？　ふと操子はそんな疑心暗鬼に陥った」

おぼろげながら祐輔が言わんとすることを察したのだろう、佐伯の眼もとが微《かす》かに痙攣した。

「操子にとって、朔美に途中で計画から降りられる事態だけは避けなければならない。もちろん、いざとなれば操子だって警察に駈け込む覚悟で、そうなれば朔美も殺人教唆で罪に問われる。せっかく鯉登あかりを殺してもらったのも無駄になり、身の破滅なわけだから、よほどのことがない限り朔美が裏切る心配はないはずでした。しかし、ひとちがいだったとはいえ、すでにひとひとりが死亡する原因をつくってしまっている朔美が、はたして精神的にどれだけ保つのか？　ひとり死なせてしまっているのに、このうえもう一回己れの手を汚すのは嫌だ、だいたいこちらだけ二度も殺人に手を染めなくちゃならないなんて不公平だ、罪に問われてもいい、なにもかも台無しになってもいいから、あたしはもう自首する、と。そう朔美が精神的重圧に負ける展開を、操子はいちばん恐れたはずです。だから──」

「だから、もうひとり殺しておかなければならなかった、というのか」佐伯は呻いた。「誰でもいい、もうひとり殺して、互いの負担のバランスをとってみせた、というのか」

「これで不公平ではなくなったはずだ、と。操子は一方的に、朔美へメッセージを送ったのです。自分はこうしてふたり殺したんだから、あなたも迷わずにもうひとり、つまり本命である盛田清作を絶対に殺さなくちゃいけない、と」

「その朔美が今回、殺されたのは……」

「操子の思惑が完全に裏目に出たからです。彼女はやりすぎた。交換殺人の互いの負担のバランスをとるために、まるで無関係の人間を巻き添えにするのも厭わない操子の冷酷さに朔美は恐れをなして、自首しようとした。それに気づいた操子は先手を打って、朔美の口を封じてしまったのでしょう」

RENDEZVOUS 8

「……机上の空論だ、って叱られちゃったわ、主任に」

七瀬は自嘲気味にそう弱音を吐いた。ミルクも砂糖も入れていないブラックコーヒーに口をつけもせず、スプーンで無為に掻き回している。

「佐伯さんもさりげなく援護してくれたんだけど、みんなに呆れられるばかり。交換殺人？　なんだそりゃ、スリラー映画じゃあるまいし、って」

盛田操子の犯行を立証する以前に、捜査本部を説得すること自体かなり困難だろうと祐輔も思っていたが、どうやら予想以上の厳しさらしい。

カフェのメニューには生ビールもあったが、なにしろ昼間だし自分だけ注文するのもはばかられる。七瀬の愚痴に相槌を打ちつつ、祐輔も最初はブラックで飲んでいたコーヒーに二杯目からは砂糖とミルクを入れた。

「たしかに、いまのところ状況証拠ばかりですし、ね。なにか物証がないと」

「そもそも状況証拠すらない、と完膚なきまでに否定されちゃって。ぐうの音も出ない」

「え。そんなことはないでしょう。児童公園の事件では芳谷朔美の指紋が、凶器の柄から検出されているじゃないですか。彼女が盛田氏を殺そうとしていたのは明らかだし、いっぽう操子はその日、上京していて堅固なアリバイがある。これって立派な、交換殺人の状況証拠でしょ」

「そうはいかないの。まず、凶器を用意したのが曾根崎洋ではなく朔美のほうであるという裏づけがとれていない。が、まあとりあえず一歩譲って、彼女が誰かを殺害しようとしていたのだとしましょうか。しかし仮にそうだったとしても、その標的がほんとうは盛田氏だったとは限らない。指紋という証拠がある以上、彼女が曾根崎洋を襲ったことはまちがいないのだとしても、それが彼を盛田氏ととりちがえた結果だ、とは言えないのよ」

「しかし――」

「では、もう百歩譲って、朔美が盛田氏を殺そうとしていたのだとしましょう。そして、それが誰かと共謀しての交換殺人だったのだということにも、この際してしまいましょう。でもね、その相方が盛田操子だったと、どうして特定できるの？」

「それは、だって――」

「盛田氏に殺意を抱く人間は、妻の操子以外にもいるかもしれないでしょ。例えば仕事上のトラブルがあった同僚とか」

「しかしですね、現実に鯉登あかりという、芳谷朔美とのあいだに深刻なトラブルをかかえていた女子高生が殺されているんだから、これはどう考えても――」

「そちらはまったくの別件だったのかもしれない。少なくとも鯉登あかりを殺害する動機を持っていた人物が芳谷朔美ひとりだったとは、誰にも断定できないのよ」

なるほど、いちいちもっともだと祐輔も頭をかかえた。机上の空論と一蹴されても仕方がない。しょせんしろうとの思いつきなど、現実の事件捜査には屁のつっぱりにもならないようだ。

「もちろんポルノまがいの実録小説や、そして瀬尾朔太郎との不義の関係による妊娠など、芳谷朔美を巡るトラブルが鯉登あかりを中心にして起きていたことは事実よ。朔美の心証は決して白いわけではない。加えて、鯉登あかり殺害時にはヨーロッパ旅行という、できすぎとも言えるアリバイがあるとなるとなおさら、ね」

「つまり、朔美が誰かを唆《そそのか》し、鯉登あかりを殺害させた可能性は否定できないわけだ」

「ええ。ただし、積極的に肯定もできないけどね。仮に肯定するとしても、その誰かが盛田操子だったとは一足飛びに結論づけられない」

「朔美が、操子の夫である盛田氏を襲おうとしていた節がある、というのは傍証にはならないんですか？　たとえそう断定はできないにせよ、完全に否定もできないはずでしょ」

「そもそも、ふたりが交換殺人の約束を取り交わしていたという仮説を否定できる材料のほうが多いのよ。まず、互いに殺人を委託するからには、よほどの密接な関係があったはず。でもいまのところ、ふたりを結ぶ接点は、とんと見当たらない」

「もともとはなんの接点もなかったかもしれない。だとしても、おかしなことはなにもないでしょ。ふとしたことから知り合った後で、互いに深い利害関係が発生したわけだ。ふたりとも殺したい相手がいる、ともに完璧なアリバイを手に入れるため、交換殺人をしようと相談がまとまって――」

「じゃ、ふたりはどこで知り合ったの？」

「え？　えー、それは、その、調べてみていただかないことには、なんとも」

「盛田操子と芳谷朔美が知り合う機会があったとは思えない。佐伯さんと、それからいまあたしが直接指導ちゅうの若手三人でいろいろ探ってみたけど、出身校やかつての職場、利用している店など、ふたりが遭遇し得たと思える場所がまったく見当たらない。なにひとつ共通項がない」

はあっ。七瀬は、めずらしく露骨に憂いの籠もった吐息とともに、テーブルに突っ伏した。

すぐに顔を上げると、手を伸ばし、祐輔の腕をとんとん、軽く叩く。

「ごめん、きみの揚げ足をとっても、しょうがないのに」

「いえ。どうかお気になさらずに」

「ところで、今日はずいぶん、こざっぱりしてるのね」

いつもの蓬髪《ほうはつ》をきれいに切り揃え、不精髭も剃り落としているせいで、いまいち調子に乗れない祐輔であった。せっかく戻ってきたバンダナもつけていない。なんだか風邪をひきそうだ。

「そりゃあデートですから、なにしろ」

「ひょっとして、あの彼女のアドバイス？」

「は。い、いや」

「図星か」七瀬はようやくスプーンを置き、コーヒーに口をつけた。「たいへんだねえ、きみも。ま、報われない片想いっていうのも、長い目で見ればそれなりにしあわせだよ」

最近、誰かに同じことを言われたような気がしたが、とっさに憶い出せない。

「誤解で。いや、そうでもないか」

「素直でけっこう。ま、がんばれ」

「タバコ、喫ってもいいですか」

「どうぞ。あたしも一本、ちょうだい」

「お喫いになるんですか」

「たまーに、ね」

祐輔に火を点けてもらった七瀬は、紫煙をくゆらせながら、話をもとに戻した。

「交換殺人というのは、たしかに思いつきとしてはありなの。でもあれこれ検討してみると、どうも現実的ではない。例えばふたりが十何年来の親友同士とかだったら、なにかの雑談のおりに、ふと、実はいま殺したいやつがいるのよ、なんて剣呑《けんのん》な話の流れになるかもしれない。けれど——」

「そうか、たしかにそうですね。仮に飲み屋とか美容院とかで、それまで親交のなかったふたりが接近遭遇する機会があったとしても、そうそう簡単に殺人という、いささか腹を割り過ぎた話題になるなんて、ちょっとありそうにない」

「そういうことなのよ。そこがネックなの」

「やっぱり、なにか物的証拠がないとだめ、か」

「それしかない。それしかないんだけど、これが、ね。なんともはや」

「鯉登あかりと明瀬巡査の事件ですけど、現場から指紋とかは出ていないんですよね」

「鯉登家の家族のものではない残留指紋なら、いくつか検出されてる」

「え。じゃあそれ、照合してみるわけにはいかないんですか、盛田操子のものと？」

「はたして彼女のものがあるかしら？　うっかり証拠を残してゆくとは考えにくい以上、たとえ任意であろうと本人にサンプルを求めるのは、外堀をしっかり埋めた後の話よ。慎重のうえにも慎重にで、なかなかむずかしい」

「芳谷朔美が殺害されたほうだけど、こちらもなにもないんですか、有力な物証は」

「ない。見事に、なにもない。そもそも朔美はいったいどこで殺されたのか、その殺害現場さえ特定できていない」

「自宅ではないんですよね、朔美の」

「ざっと調べてみたところでは、ね」

「朔美の遺体の首に巻きついていた紐や、くるまれていた毛布、段ボールなど」

「もちろん出どころを洗ってはいるけど、どれもこれもありふれたものばかり。購入先、入手先を割り出せそうなものはひとつもない」

忌まいましげに吸殻を灰皿に押し潰した。

「少なくともわたし的には、心証は真っ黒なんだけど。このままじゃ逮捕どころか、盛田操子への任意の事情聴取すらままならない。はっきり言って、そういう最悪の膠着《こうちゃく》状態なのよ。ま、主任に言わせればあたしの独り相撲というか、勝手に膠着状態にしてしまってる、ってことになるんだけどね」

「——そうなんだ。そこで行き詰まってしまってるのね」

念願の七瀬とのデートの経緯を祐輔から根掘り葉掘り聞きながらさんざん冷やかしていた千帆だが、捜査の難航ぶりを知るに至り、真顔になった。

注文した中ジョッキの生ビールのおかわりや、ソーセージの盛り合わせがテーブルに並べられるあいだ、短い沈黙が下りる。

「——しかしまあ、そんなたいへんなときに七瀬さんを誘って、くどこうなんて、さすがボンちゃん、いい度胸してるわ」

「おいおい。おれが誘ったわけじゃない。向こうからお声がかかったんだ」

「はあ？　んなわけ、ないでしょ。なに、妄想してんの」

「妄想なもんか」粒マスタードを塗りたくったソーセージを咥え、ぱきっ。「なんでも、あんまり根を詰めてる彼女を心配した上司のひとが、ちょっと息抜きしてこいと半ば命令した、とかって」

「息抜きするにしても、そこでボンちゃんなんかにお声がかかるものかしら」

「かかったんだからしょうがないだろ。それにだいたい、彼女をくどく暇なんかありゃしない。捜査の停滞ぶりの愚痴に延々、付き合ってただけで」ぐいぐい生ビールを呷った。「あー、しかもコーヒーばっかがぶがぶ飲んで、胃がもたれた」

「じゃあここは一発、七瀬さんのためにいい知恵を絞ってやって、男を上げなきゃ」

「だからな、タカチ。言っただろ、机上の空論的な知恵じゃだめなんだって。これはドラマなんかじゃなくて現実の捜査なんだから。警察に必要なのは推論じゃなくて、物証なの、物証」

「どうすればその物証を得られるか、という知恵を貸してあげるのよ」

「そんなムシのいい。だいたいおれはもう、芳谷朔美と盛田氏の奥さんとの共謀説というアイデアだけで、知恵を出し尽くしましたよ」

「ボンちゃんにしては、なかなかぶっ飛んだ発想だったわね。明瀬巡査殺害の動機にしても。共犯者の負担のバランス説とは」

「ま、それが真相か否かは盛田操子本人に訊いてみないと判らんがな」

あるいは千暁の心情に慮《おもんぱか》ってか、祐輔は首を小さく横に振り、言葉を濁した。

「ともかく、おれはもうイマジネーションを限界まで搾り尽くしましたよ。これ以上、逆さに振っても鼻血も出ない」

「交換殺人、かあ」コイケさん、もうすっかり食中毒からは復活したのか、喉もと過ぎればなんとやらの勢いで手羽先の唐揚げをもぐもぐ。「たしかに話を聞く限りでは、めちゃめちゃ怪しいっスよね、その奥さん」

「ま、クロだろうな、多分」

「でもさ、彼女がどうして旦那さんに殺意を抱いたのか、その理由がいまいちよく判らない」由起子は薄くカットしたソーセージをトマトのサラダと混ぜて頬張り、ビールといっしょに流し込む。「盛田氏本人は、夫婦喧嘩したときうっかり彼女に手をあげてしまった一件くらいしか思い当たらないって言うけれど、その程度のことが、はたして殺意にまで増幅するものでしょうか」

「そりゃあ判らんぞ。例えば、だ」串カツの盛り合わせを注文しておいてから、祐輔はしかつめらしく腕組みをした。「例えば、先生になにか学校のことで叱られて自殺した子供がいるとしよう。実際そういうニュースをたまに見るが、その事実だけをとると、なんと短絡的なと驚き、嘆くのが普通のおとなの反応というものだろう。しかし本人にとっては、その子なりに、それまでにもあれこれ思い悩む出来事が積み重なっていたのかもしれないじゃないか。そこへもってきて、先生に叱られたことが最後のひと押しとして作用したわけだ。決して部外者の眼に見えるほど短絡的で単純なものじゃあない」

「つまり、それを敷衍《ふえん》して言うと、盛田操子にとっては旦那さんに手を上げられたことが、それまでの不満諸々の鬱積に火を点けた、と？」

「まあな。具体的にどういう不満の積み重ねがあったか、部外者には判らない。盛田氏にも判らないだろうし、おそらく操子本人にもいちいち列挙することはむずかしいんじゃないか。ひとの恨みというのは、だから恐ろしいんだよ」

「なるほどお、勉強になりますなあ」げっぷを洩らしたコイケさん、ビールで腹が膨れてきたのか、冷酒に切り換えた。「さすが、ひとの恨みを買って三十年、先輩の言葉には重みがあります」

「誰が三十年じゃ。そんなに生きとらんわい」

「でも、どうなるんです、もしもこのまま物証がなにも出てこなかったら」メニューを開きかけた手を止め、由起子はそっと一同を見回した。「盛田操子の犯行の立証もできなかったら、ひょっとして……迷宮入り？」

「かもな」

「そんな心配はないでしょ」ジョッキを干した千暁は、前屈みにテーブルを覗き込んだ。「あれ？唐揚げ、もうないの」

「わりい、タック。おれが全部、食べちった」

「追加しようよ」由起子が、さっと手を挙げ、従業員を呼んだ。「考えたらあたしも手羽先、いっこも食べてないよ。んもー、コイケさんたら、なに鶏肉に執着してんの。それってちがうでしょ、キャラクターが」

「いやいや、最近ちょっと、ゲシュタルト・チェンジしたもんで。食中毒のせいだったりして」

「って、おいこら、こらこらこら。おまえたち、話を逸らすな。いまタックが、聞き捨てならん爆弾発言をしたというのに」

「は？」肝心の千暁は、まったくぴんときていない様子でビールのおかわりを注文する。「そんな大層なこと言いましたっけ、おれ」

「事件が迷宮入りするかもしれん、という話をしてたら、おまえ、そんな心配はない、と言下に否定したじゃないか」

　ああ、と妙に腑抜けた表情で頭を掻く。「でも七瀬さんがそれだけがんばってるんだから、遠からず解決するでしょ、多分」

「ずいぶん楽天的だな。おまえにしちゃ、めずらしいというか」

「いまに物的証拠も出てくるだろうし」

「って、な、なんつー無責任、かつ脳天気な」

「餅は餅屋ですよ。だいじょうぶ。警察はプロなんだから。芳谷朔美の殺害現場を特定し、外堀を埋めたうえでちゃんと令状をとって調べれば、なにかが出てきますよ。血痕とか、DNA鑑定の検体になるものとかが、必ず」

「あのなあ、タックよ、おま、おれの話、聞いてたのか？　その肝心の殺害現場がどこなのかさっぱり判らないから、お手上げだと——」

「芳谷朔美の殺害現場なら、操子の自宅です」

「へ？」

「先輩が様子を見にいったという、洞口町の児童公園の前にあるマンション」

「……〈メイト・ホラグチ〉のことか？」

「そこの三〇三号室でしたっけ。盛田夫婦の部屋。そこで芳谷朔美は殺害されたんです」

あっさり、なんの逡巡もなく断定する千暁に、祐輔のみならず他の三人も、きょとんとなる。

「ど、どうして判る？　そんなこと」

「他に考えようがありません」

「だからその根拠はなんなんだ。言っておくが、犯人が盛田操子だから多分、現場も彼女の自宅ってことでOK、なんてのはだめだぞ」

「えーと、いや、なんだか頭がよく回らないから、この話題はまた別の機会に――」と、そこへ運ばれてきた千暁のおかわりの生ジョッキを、隣りの千帆がさっと、ひったくった。

「あ、あれれ？　なにすんの」

「ボンちゃんの質問にきりきり答えなさい。それまでこれは」にこやかだった千帆の声が急に低く籠もり、ドスの利きまくり。「おあずけ」

「そ、そんなあ」

「タカチい、やっぱタックの場合、少しは飲ませてあげないと」と由起子はにまにま。「頭、働かないんじゃない？」

「じゃ、とりあえず、ひとくちだけいって。残りを飲み干したかったら一切合財、さっさと吐いてもらおうか」

「こ、怖いいい」由起子、祐輔、そしてコイケさんの三人は、雪山の遭難者の如くテーブルの隅っこで団子になって、震え上がった。「タカチい、こ、怖いッ、その顔、その声、どんな鬼刑事よりもッ」

「そ、そもそも、ですね」千暁は千暁でジョッキに口をつけたものの、ビールをうまく含めず、鼻の下に白い泡をつけただけ。「芳谷朔美を殺したのは誰なんでしょう」

「そりゃおまえ」祐輔は鼻を鳴らした。「盛田操子だ。他にあり得ん」

「では、なぜ操子は朔美を殺したんです？　ふたりは交換殺人の契約を交わした、言わば運命共同体だったというのに」

「きっと朔美が途中で裏切ったからさ」

「裏切った。というと、どんなふうに？」

「警察に垂れ込もうとしたんだろうな」

「なぜ？　そんなことをしたら、共犯者の朔美だって窮地に陥ってしまうのに」

「そりゃあ、びびっちまったんだよ。朔美は、ただでさえ無関係のソネヒロを巻き込んで死なせてしまったというのに。操子はあろうことか、互いの負担のバランスの公平さを保つためだけに、たまま鯉登家へやってきた警官を殺してしまった。まさか自分のパートナーがそこまで冷酷な真似をしでかすとは思っていなかった朔美は、すっかりびびっちまった。これ以上、自分の手を汚すより、殺人教唆で逮捕されたほうがましだ、と。実際、警察へ駈け込もうとしていたんだろう。それをいち早く察した操子は先手を打って——」

「朔美の口を封じた、というんですか」

「そうに決まってるだろ」

「だとすると不自然な点があります。まず、朔美が殺害されるタイミングが早すぎませんか。ヨーロッパ旅行から帰国した彼女が警察の事情聴取を受けたのが二十九日で、その日の夜、もう殺されてるんですよ。朔美が警察へ駈け込もうとしている気配を操子が察する暇なんて、あったんでしょうか」

「気配を察したんじゃなくて、朔美自身がうっかり弱音を吐いちまったのかもしれんぞ。もういやだ、と。もう自分は誰も殺したくないからいち抜けたとかなんとか、操子に直接」

「それはあり得ません」

「え。なぜ？」

「だったら朔美は、二十九日に七瀬さんたちに事情聴取を受けた段階で、すべてをぶちまけていそうなものでしょ」

「そうとは限るまい。その時点ではまだ朔美も、覚悟が決まっていなかったかもしれないじゃないか。実は自分は交換殺人計画に加担していました、なんて、そうそう正直に、あっけらかんと刑事に打ち明けられるものじゃないだろ」

「実は、ここがこの事件の最大のポイントだと思うんですが――」

さりげなく千暁がジョッキを無事、飲み干すと、阿吽の呼吸で千帆がおかわりを注文。

「そもそも朔美と操子は、互いに直接、顔を合わせたことがあったんでしょうか」

「……あ？」

「七瀬さんはこう言ってたんですよね、これまで調べた限りでは、ふたりのあいだに接点はなにもないと。もちろん、なにか判明するのはこれからかもしれない。しかし、いくら調べても、ふたりのあいだにはなんの関係もなかった――という結論しか出ないほうに、おれは賭けます。その前提に立って言うならば、朔美と操子は、互いの素性をまったく知らなかったはずです」

「ちょ……ちょ、ちょっ、待、タック、おまえ」

「もしかしたら、相手が自分と同じく女であるということ、すなわち性別すら把握していなかった可能性もある」

「おいッ。おいおいおい、そんなわけがあるか。じゃあなにか？　ふたりが交換殺人を計画してたっていうのは、まったくの的外れだと……」

「いえ、多分、共謀していたのでしょう」

「だ、だったらおまえ、ふたりが互いの素性も知らなかった、なんて。そ、そんな、そんなばかな話があるかッ」

「先輩、先輩」由起子が祐輔の肘をつんつん、つっついた。「もしかしてタック、まだ飲み方が足りないのかも」

「おれだって足りんわい。ちょっとおねえさん」祐輔は口角泡を飛ばし、従業員を呼び止めた。「特大ジョッキ生、五本、いや、十本、持ってきて。どーんと」

「あ、おれ、アワビとアスパラのバター炒め」

「あたし、マグロのカルパッチョ」

どさくさまぎれにコイケさんと由起子、店ではかなり高価めのメニューを注文。

「いったいなにを言い出すかと思えば、またとんでもないことを。だいたいだなタック、おまえ、それってなにか根拠があって言ってんのか？」

「根拠、ですか。ま、まあ、そうですね、ないこともない、かな」

「きっちり説明してみろ。さあ。さあさあ。見事おれを納得させることができたら、今夜の飲み代、ぜーんぶ、払ってやる」

「あ、おにいさん」すかさず千帆は手を挙げ、従業員を呼んだ。「和牛の炭火焼き、ひとつ。よし、トロの炙《あぶ》り焼きもいっちゃお」

「それ、美味《うま》そうだなあ。おれも同じのをお願いします」と彼女に便乗しておいてから、千暁は仕切りなおした。「——ふたりが互いの素性を知らなかったんじゃないかと考えられる理由のひとつは、朔美の死体が常与神社に遺棄されたから、かな」

「はあッ？」

「いいですか、仮に朔美殺害の動機が口封じだったとしましょう。その場合、操子は彼女を〈メイト・ホラグチ〉の自分の部屋なんかで殺害するはずはありません」

「待て。まてまてまて、タック。そりゃ話があべこべだ。卑怯だぞ。朔美の殺害現場が操子の自宅マンションだってことは、裏づけがとれてるわけでもなんでもない。おまえが勝手に言ってるだけじゃないか。それを前提にしてしまうのはズルいぞ」

「だからこそ、ですよ」

「なにが、だからこそ、なんだ」

「操子は朔美の死体を常与神社に運び込んだ。なぜわざわざ、そんなことをしたんです？」

「そりゃあ邪魔だったからだろ。死体をえっちらおっちら手間をかけて棄てにゆく理由なんて、他にあまりありそうにない」

「まさしく。でも、よく考えてみてください。もしも口封じのために朔美を殺すのなら、犯行後そのまま遺体を放置していっても差し支えない場所を最初から選びそうなものでしょ」

「計画的にことを運んだとは限らない。操子にとっては不測の事態によって、急に朔美を殺さざるを得なくなったのかもしれんじゃないか。そんなとき、場所を選んでる余裕があるかよ」

「突発的に殺してしまった、と。にしても遺体はその場に放置していけばいいじゃないですか。操子に手を貸した者がいたかどうか判りませんが、おれはいなかったと思います。大きなサイズの段ボールを台車代わりに使ったりいろいろ工夫しても、独りで死体を運搬するのはかなり困難な作業です。めんどうだし、リスキーだ。なぜわざわざそんなことをしなきゃいけなかったんでしょうね」

「だから言ったろ、邪魔だったんだよ、そのまま放置しておくと、いろいろまずいことに――」

「なにがどう、まずいことになるんです?」

「例えば、ぐずぐずしてたら旦那が仕事から帰。ええい、くそ。判った、わかったよ。たしかに殺害現場は〈メイト・ホラグチ〉だったんだろうさ。少なくともその可能性は高い。だから操子は、盛田氏が帰宅する前に、朔美の遺体を処分しておかなければならなかったんだ」

「おそらく盛田氏が深夜に帰宅する直前、朔美の遺体をぐるぐる巻きにして部屋から運び出し、車に積んでおいたんでしょうね。そして盛田氏がまだ眠っている隙に、そっと車を出し、常与神社へ遺棄してきた。ざっとそういう手順だったんでしょう」

「しかし……ふたりが互いの素性を知らなかったから、操子が朔美の死体を遺棄した――ってえのは、どういう理屈だいったい?」

「厳密には、常与神社に遺棄した、です」

「ああ?」

「なぜ操子は、死体を常与神社に遺棄したんでしょう?」

「別に、どこだってよかったんじゃないか、ひとけのないところなら」

「そのとおりです。だが操子は、とっさに常与神社を選んだ。この選択に、実は重要な意味がある」

「どういう」

「さっき先輩が言ったとおり、操子が朔美を殺してしまったのは不測の事態、つまり突発的な犯行だったはずです。だから不本意にも現場が〈メイト・ホラグチ〉三〇三号室になってしまった。当然、遺体をこのままにはしておけません。どこかへ棄ててこなければならないが、さてこの場合、犯人にとって最適の遺棄場所とはどこでしょう？」

「そりゃあ、できることなら――」ひょいと祐輔はマグロの炙り焼きを口に放り込む。「被害者、つまり朔美の自宅、もしくはその周辺にするのがベストなんじゃないか」

「そのとおりです。しかし操子は結局、常与神社のほうを選んだ。なぜか」

「……なぜなんだ？」

「操子は、朔美がどこに住んでいるのかを知らなかったからです」

口を半開きにした祐輔は、箸を宙で止めた姿勢のままは凝固する。

「ここがこの事件の最大のポイントなんです。操子と朔美は双方とも、自分がいったいどこの誰と協力し合っているのかを知らなかった」

「じゃ、じゃあ……どうやって？」

「互いの素性を知らないのだから、どこに住んでいるのかも判るはずはない。操子はおそらく事件のニュースを観て初めて、芳谷朔美という名前を知ったのではないでしょうか」

「まて、タック。そう急ぐな。もっとちゃんと説明しろ。互いの素性を知らないままふたりは、いったいどうやって協力し合ったんだ。どんなふうに交換殺人の契約を締結したというんだ」

「ここでやっと、ふたりを結ぶ唯一の接点が登場する。それが常与神社であり、もっと厳密に言うと、〝天狗吊り〟です」

千帆、由起子、コイケさんの三人もそれぞれ箸やジョッキを持つ手を一瞬止めたが、すぐに飲み喰いを続行しつつ、千暁の話に聞き入る。

「どちらがさきに交換殺人の話を持ちかけたのか、それは本人たちに確認しないと判りませんが、便宜的に朔美だったということにして、進めます」

ビールで喉を潤し、ひと息つく。

「朔美は、妊娠をネタに婚約者を窮地に陥れようとしている鯉登あかりを憎んでいた。ポルノまがいの私小説のモデルにされ、自尊心も大いに傷ついていたでしょう。殺意は増幅していたが、かといって短絡的に実行に移すわけにもいかない。そこへ聞こえてきたのが〝天狗吊り〟の噂だった」

「で、常与神社へ行ってみたのか」

「朔美が丑の刻参りの効果を信じていたかどうかは判りません。釘の一本、打ちつけたところでどうなるものでもないと冷ややかな気持ちだったかもしれないが、それだけ鯉登あかりに対する憎悪が昂《こう》じていたのでしょう。彼女はそこで、自分以外にもかなり真剣に〝天狗吊り〟参りをしている人物の存在に気がつく。それが盛田操子でした」

「しかし、〝天狗吊り〟参りしているやつは他にもたくさんいたんだろ。そのなかから、どうして特に操子に眼をつけたんだ」

「具体的には想像するしかないが、なにか特徴的で規則性のある痕跡があったのではないでしょうか。

つまり一度だけじゃなくて何度も何度も通っていると思われるような、明確なサインが」

「印象に残ったというわけか。それに気づくということは、朔美本人も何度も通っていたんだな」

「当然そうでしょう。このひともかなりマジなんじゃないか、そう感じた朔美は、なんとか相手とコンタクトをとろうと試みる」

「どうやって？」

「それも想像するしかないけど、〝天狗吊り〟参りに使う呪物に目印をつけるかどうかして、連絡をもらう方法をなにか伝えたんじゃないでしょうか。もちろん互いの素性は隠し通す、という前提で」

「すでにそのとき、交換殺人の計画を進めるつもりだったからだな」

「ええ。もしも計画を実行に移す可能性があるのなら、最後まで双方の素性は秘密にしておいたほうが賢明だ。協力者のはずなのに互いに接点もない、利害関係もない、それによってアリバイの確実性が担保されるというのが交換殺人の最大の肝であり、メリットですからね。こうしてふたりは自分の顔を相手に隠したまま、連絡をとり始める」

「どうやって。って、たいがいしつこいなおれも。これまた想像するしかないわな」

「そうですね。例えば木のウロを郵便箱代わりに使い、交互にメモを残してゆく、とか」

「あ、なるほど」

「殺して欲しい相手の身元、そして自分が確実にアリバイを用意できる日程とか、メモの交換によって計画はどんどん固められてゆく」

「理屈はだいたい判ったんだが……しかし」祐輔は眉根を揉んだ。「しかしそんなこと、ほんとにあり得るのか？　互いの名前も知らない、顔も見たことがない、そんな相手と交換殺人、だなんて。仮に遊び半分に約束したとしても、いざその場になって実行に移せるものなのか」

「それだけふたりは本気だったということか、あるいは、メッセージをやりとりするうちに常与神社の醸し出す妖気にあてられたのか……」

「ともかく、まず朔美が盛田氏を殺害する段取りになった。ところが彼女はまちがえて、ソネヒロを死なせてしまった」

「とんだ番狂わせで操子も困ったでしょうが、そういう緊急事態のときの連絡方法もあらかじめ決めてあったんでしょう。盛田氏殺害のやりなおしについては後回しにして、鯉登あかりを頼むという伝言を残し、朔美は婚約者とともに婚前旅行のためヨーロッパへ向かう」

「そのあいだに、操子は鯉登あかりを殺害し、そして保険をかけるつもりで、もうひとり、殺したというわけか」

「一度失敗している朔美が途中でいきなり梯子《はしご》をはずしてしまう危険性を、操子はもっとも警戒しなければならなかった。だからもうひとり、明瀬くんを殺すことで、双方の犠牲者の人数のバランスをとると同時に、暗に己れの覚悟を示しもした」

「覚悟、か。自分を裏切ったら、どうなっても知らんぞ、みたいな？」

「でしょうね。実際、操子のメッセージに込められた覚悟を重く受け止めた朔美は、ひそかに方針を変える。どうせもうひとり殺さないといけないのならば盛田氏じゃなくて、操子のほうにしたほうが自分にとって都合がいい、と」

ん？　と困惑した祐輔だったが、すぐに得心がいったのか、箸を動かすのも忘れたみたいに何度も頷く。

「邪魔者の鯉登あかりは抹殺してもらったし、自分にはもうなにがなんでも盛田氏を殺さねばならない必要性もない。ならば操子の口を封じたほうが、交換殺人の計画も闇に葬れる。自分は安全圏に逃げきれるというわけです。もちろんこの段階で朔美は、自分が共謀しているのが盛田操子という女だとは知りません。ただ盛田氏を殺したがっている人間だ、としか」

「しかし、操子が朔美の名前や家を知らなかったように、朔美のほうだって操子の身元を知らなかったんだろ」

「郵便箱代わりの木のウロ。そこに改めて盛田氏を狙う段取りの相談を入れておく——という取り決めをしてあったんでしょう。それを確認しにくる操子を、朔美は陰からこっそり見張っていた」

「常与神社へ〝天狗吊り〟参りにくる者は数あれども、木のウロを使うのは自分のパートナーだけ、と見分けたわけか、朔美は」

「でしょうね。自分の残したメモを取り出す相手を見極めるや、彼女を尾行する。そして洞口町まで操子をつけていった朔美は——」

「部屋に乗り込み、操子を殺そうとしたはずが、返り討ちに遭ってしまったというわけか」

「言わば正当防衛で殺してしまった女が実は、ひそかに交換殺人の計画を進めている自分のパートナーだと、その場で操子が気づいたかどうかは判りません。が、結局はそうと悟ったはずです」

「死体を常与神社に遺棄したから、だな」

「ええ。操子にとって、眼前に転がる死体と自分との接点は〝天狗吊り〟しかない。遺棄場所として、とっさに選んでしまったのでしょう。というより他に思いつかなかった」

「凶器はなんなんだろうな」

「抵抗しようとした操子が無我夢中で手にとったのだとしたら、当然、そのとき盛田家にあったものでしょう。なにかは判りませんが」

「なんとかそれを押さえれば――って、もうとっくに処分してるか」

「被害者が出血していれば、ルミノール反応で室内を調べられる。問題は、盛田家を家宅捜索するための令状がとれるだけの材料があるか否か、ですが。ま、それは専門家が考えることであって。警察に任せておけばいい」

「でもさ……」箸を置いた由起子は、なんとも不気味そうに己れの身体を掻き抱いた。「もしもタックの仮説が当たっているとしたら、芳谷朔美ってそうとは知らず、ずーっと鯉登あかりに操られていたってことだよね。それも盛田操子に彼女を殺させたことのみならず、〝天狗吊り〟の一件も含めて、なにもかも」

「それはちがうわ、ウサコ」

そっけなく否定したのは千帆だ。

「どうして？」

「もしも鯉登あかりが、自分の書いた筋書き通りにすべてを進めたかったのだとしたら、芳谷朔美本人が自分を殺さないと、意味なかったんじゃないかしら。わたしはそう思う」

「そうかなあ」

「だって考えてみて。朔美に殺される瞬間、ほら、やっぱりこちらのシナリオ通りに動いてくれちゃって、ばかな女、操られているとも知らないで、と。そう精神的優位に立ち、朔美を内心せせら笑いながら死んでゆくことも含めて、あかりの願望だったはず。なのに、見ず知らずの女に殺されちゃ台無しだったんじゃないかしら。というより、自分の蒔《ま》いた種でこうなったとは全然理解しないまま、彼女は死んだんじゃないかと思う」

「てことは、〝天狗吊り〟の一件が——」

「こんなふうに朔美の操縦と結びつくなんて、夢にも思っていなかったでしょうね。よけいなことをしたと鯉登あかりは、いまごろ悔やんでるかもよ。もしも彼女が朔美たちの計画のことを知ったら、だけど」

あとがき

本書は匠千暁、高瀬千帆、羽迫由起子、辺見祐輔という学生四人を中心とする本格ミステリ・シリーズの長編版、第六作目です。

長編版のリストは以下の通り。

①『彼女が死んだ夜』（幻冬舎文庫／解説・千街晶之）
②『麦酒の家の冒険』（講談社文庫／解説・恩田陸）
③『仔羊たちの聖夜』（幻冬舎文庫／解説・戸川安宣）
④『スコッチ・ゲーム』（幻冬舎文庫／解説・市川尚吾）
⑤『依存』（幻冬舎文庫／解説・川出正樹）
⑥『身代わり』（本書）

なお①、③、④はそれぞれ角川文庫版も現在、入手可能（のはず）です。

①『彼女が死んだ夜』（角川文庫／解説・法月綸太郎）
③『仔羊たちの聖夜』（角川文庫／解説・光原百合）
④『スコッチ・ゲーム』（角川文庫／解説・大地洋仔）

内容はまったく同じものですが、それぞれの巻末の解説を読み比べてみていただくのも、また一興かと存じます。

本シリーズ短編集のリストは以下の通り。

⑦『解体諸因』（講談社文庫／解説・鷹城宏）
⑧『謎亭論処』（祥伝社文庫／解説・図子慧）
⑨『黒の貴婦人』（幻冬舎文庫／解説・太田忠司）

ところで幻冬舎文庫版『仔羊たちの聖夜』の戸川安宣氏の解説「安槻大カルテット・クロニクル」の分析試案によれば、同作の時代設定は一九八九年と推定され得るそうです。それに倣えば本作『身代わり』は一九九〇年の出来事ということになり、執筆時はその前提を意識して書きました。すでにお読みになった方ならお判りのように、作中世界にはまだ携帯電話やパソコンが登場しておらず、代わりにポケットベルやワープロが現役です。

ただし一九九〇年であると明記してしまうと他のシリーズ短編と矛盾する箇所が出てくるので、読者諸氏におかれましては、だいたいそのあたり、というふうに大雑把にご了解いただけると幸いです。

一九九五年一月に『解体諸因』（講談社文庫）で職業作家としてデビューして、はや十五年目。本作『身代わり』で西澤保彦の著作はちょうど五十冊目（同タイトルの新書版、文庫版は含まず）という節目を迎えました。

本作は、ミステリとして独立した事件こそ取り扱ってはいるものの、レギュラーキャラクターたちを巡るドラマに関しては同シリーズの『依存』の後日談という意味合いの色濃い趣向になりました。なので、できれば本作の前に長編⑤『依存』に、そしてさらにむりをお願いできるなら作中の「R高原」が出てくる長編②と、佐伯刑事と七瀬刑事が初登場する長編③とに、それぞれ目を通しておいていただければと思います。

本書で初めて本シリーズに接するという読者諸氏にとってはたいへん不親切な体裁となってしまいましたが、少しでも楽しんでお読みいただけることを祈っております。

前作『依存』を発表したのが二〇〇〇年、あれからずいぶん長いブランクが空いてしまいましたが、辛抱強く待ってくださった読者の皆さま、そして幻冬舎の志儀保博氏にこの場を借りて深くお礼申し上げます。

二〇〇九年五月　高知市にて

西澤保彦

本書は書き下ろしです。原稿枚数630枚（400字詰め）。

〈著者紹介〉
西澤保彦　1960年高知県生まれ。米エカード大学創作法専修卒。高知大学助手を経て95年、トリックの限りを尽くした本格ミステリ『解体諸因』で衝撃デビュー。以後、SF的設定と本格推理を融合した独自の小説世界で話題作を続々と発表。『謎亭論処』『依存』『収穫祭』『マリオネット・エンジン』など著書多数。

GENTOSHA

身代わり
2009年9月25日　第1刷発行

著　者　西澤保彦
発行者　見城 徹

発行所　株式会社 幻冬舎
〒151-0051 東京都渋谷区千駄ヶ谷4-9-7

電話:03(5411)6211(編集)
03(5411)6222(営業)
振替:00120-8-767643
印刷・製本所:株式会社 光邦

ISBN978-4-344-01726-9 C0093
幻冬舎ホームページアドレス　http://www.gentosha.co.jp/

この本に関するご意見・ご感想をメールでお寄せいただく場合は、
comment@gentosha.co.jpまで。